Edg
Cem

Sunny w

Edgar Rai
Cem Gülay

Sunny war gestern

Roman

Deutscher Taschenbuch Verlag

Von Edgar Rai ist außerdem bei dtv junior lieferbar:
Salto rückwärts

Das gesamte lieferbare Programm von dtv junior
und viele andere Informationen finden sich unter
www.dtvjunior.de

Originalausgabe
© 2014 Deutscher Taschenbuch Verlag GmbH & Co. KG,
München
Umschlagkonzept: Balk & Brumshagen
Umschlaggestaltung: Katharina Netolitzky unter Verwendung
von Fotos von gettyimages und Corbis
Lektorat: Katja Frixe
Gesetzt aus der Charlotte 11,5/14,75˙
Satz: Druckerei C. H. Beck, Nördlingen
Druck und Bindung: Kösel, Krugzell
Gedruckt auf säurefreiem, chlorfrei gebleichtem Papier
Printed in Germany · ISBN 978-3-423-74002-9

1

Sunnys Mutter lässt ihre strahlend weißen Zähne aufblitzen: »Da fahren wir ja gerade zur rechten Zeit«, begrüßt sie mich augenzwinkernd, als ich mein Fahrrad in die Auffahrt schiebe. Neben ihr steht Bergmanns Geländewagen und hat die Heckklappe aufgerissen wie ein Bartenwal sein Maul.

»Hallo, Nazan«, erwidere ich. Sie hat mir das Du angeboten, vor zwei Wochen. Fühlt sich aber immer noch komisch an.

Frau Bergmann – Nazan – sieht irre gut aus. Ist eigentlich keiner Erwähnung wert, denn ich habe noch nie erlebt, dass die Mutter meines Freundes nicht irre gut aussieht. In ihrer Gegenwart hat man immer das Gefühl, zufällig einen Hollywood-Star privat zu treffen, Salma Hayek oder so. Ursprünglich kommt sie aus dem Libanon, aber das liegt so lange zurück, dass aus ihr inzwischen eine Fünfzig-fünfzig-Mischung aus Tausendundeine Nacht und hanseatischer Edelgattin geworden ist.

Sunnys königsblaues Hundertfünfzig-Gänge-Rennrad lehnt an der Laube für die Mülltonnen und glänzt, als hätte es gerade die Tour de France gewonnen. Ich stelle meins daneben, was ein bisschen einer Beleidigung gleichkommt. Tja, denke ich, müsst ihr mit klarkommen. Machen Sunny und ich schließlich auch.

Zur Begrüßung und zum Abschied umarmt mich Nazan immer. Heute muss sie sich dafür auf die Zehenspitzen stellen, weil sie nicht ihre üblichen High Heels trägt, sondern sportliche Freizeitschuhe. Sie mag mich. Und sie mag, dass ihr Sohn und ich zusammen sind. Über ihre Schulter hinweg sehe ich Sunnys Vater mit zwei identischen Reisetaschen aus dem Dunkel der Garage kommen und in den Sonnenuntergang blinzeln.

»'n Abend, Laura.« Schwungvoll hievt er die Taschen in den Kofferraum, drückt einen Knopf und wendet sich uns zu, während der Wal hinter seinem Rücken das Maul schließt.

So, wie Sunnys Mutter mich zur Begrüßung in die Arme schließt, schüttelt mir sein Vater die Hand. Auch er mag mich. Glaube ich. Weiß man bei ihm allerdings nicht so genau. Herzlichkeit ist nicht gerade seine hervorstechendste Eigenschaft.

»Hallo, Herr Bergmann.« Er hat mir das Du noch nicht angeboten.

»Wie geht's dir?«, fragt er.

Manchmal bin ich kurz davor, »schlecht« zu antworten, einfach so, um zu sehen, wie er reagieren würde. Mach ich dann aber doch nicht. »Ganz gut, danke.«

Er legt Nazan einen Arm um die Schulter und blickt auf sie herab. »Bereit?«

Sieht lustig aus, wenn sie so eng nebeneinanderstehen. Sie ungefähr fünfzehn Zentimeter kleiner als ich, er ungefähr fünfzehn Zentimeter größer.

Sie blickt zu ihm auf, streicht sich beiläufig ihr glänzendes schwarzes Haar über die Schulter und legt ihm als Antwort auf seine Umarmung einen Arm um die Taille: »Auf geht's, würde ich sagen.«

Sunnys Eltern verreisen, ein verlängertes Wochenende,

Freitag bis Dienstag. Er hat mir erzählt, dass sie das machen, seit er denken kann, immer um Ostern herum – treffen sich Freitagabend mit einem befreundeten Ehepaar in Stralsund, um Samstag früh zu viert in See zu stechen und bis Dienstag Rügen zu umsegeln. Bis letztes Jahr ist dann immer die Haushälterin, Frau Schütz, für vier Tage in eins der Gästezimmer gezogen und hat sich um Sunny gekümmert. Dieses Jahr nicht mehr. Darauf hat Sunny bestanden. Wenn man mit siebzehn noch ein Kindermädchen braucht, um drei Tage zu überstehen, dann wird es langsam albern. Nazan hat schweren Herzens eingewilligt.

Wie auf's Stichwort taucht auch Sunny aus der Garage auf und blinzelt in die Abendsonne. Noch immer ist sein Daumen mit Tape bandagiert. Hat er bereits seit einer Woche dran. Er ist frisch geduscht und kommt gerade vom Training. Erkenne ich sofort. Er hat dann immer dieses Leuchten in den Augen. Ist am Ende nur eine Mischung aus Testosteron und Adrenalin, sagt mein Papa. Wie Biolehrer eben so ticken. Mir egal. Deshalb leuchten Sunnys Augen ja nicht weniger.

Als er mich sieht, grinst er sein Gewinnergrinsen, schlenkert zu mir herüber, sagt »Hi« und küsst mich auf den Mund. Dabei versucht er so zu tun, als würden wir uns schon seit Jahren vor seinen Eltern auf den Mund küssen.

Offiziell treffen wir uns, um fürs Abi zu lernen. Doch ich schätze, spätestens jetzt ist jedem in dieser Auffahrt klar, dass hier heute Abend niemand mehr fürs Abi lernen wird. Und dann stehen wir einander gegenüber: Herr Bergmann, der Nazan im Arm hält, und Soner, der von allen außer Herrn Bergmann nur Sunny gerufen wird und mich im Arm hält. Ich komme mir vor, als würden wir »erwachsen« spielen.

»Na dann«, Sunny wirft sich seine Tolle aus der Stirn, »viel Spaß.«

Nazan und Herr Bergmann verabschieden sich von Sunny auf die gleiche Art, wie sie mich begrüßt haben: Umarmung von Nazan, Handschlag von Herrn Bergmann. Wobei Nazans Umarmung inniger ausfällt, als Sunny lieb ist. Unauffällig schiebt er sie von sich weg. Kurz darauf stehen er und ich in der Einfahrt, Arm in Arm, und winken einem schwarzen Porsche Cayenne mit getönten Scheiben hinterher, bis der um die Ecke verschwindet. Mit leisem Grollen schiebt sich das automatische Rolltor ins Schloss.

Sunny lächelt mich an. »Drei Tage sturmfrei.«

Frau Schütz hat Sunny und mir ihre berühmten Clubsandwiches gemacht, bevor sie sich ins Wochenende verabschiedet hat – zwei für jeden, in perfekte Dreiecke geteilt, belegt mit allem, was sich im Kühlschrank auftreiben ließ. Unmöglich zu essen und für mich viel zu viel. Ich schaffe höchstens eins. Macht aber nichts, denn Sunny verdrückt nach dem Hockeytraining mühelos ein halbes Lamm. Er nimmt die Teller von der Anrichte und steuert das Sofa vor dem Fernseher an.

Ich zögere einen Moment. Essen vor dem Fernseher ist im Hause Bergmann eigentlich verpönt. Um es milde auszudrücken. Für Sunnys Vater kommt es kurz vor Auf-allen-vieren-aus-dem-Napf-fressen. »Wie ist denn das bei euch zu Hause?«, hat er mich mal gefragt. »Wird *da* vor dem Fernseher gegessen?« Ich habe ihm erklärt, dass bei uns schon deshalb nicht vor dem Fernseher gegessen wird, weil wir keinen haben. Darauf hat er dann nur »hm« geantwortet. Seitdem scheint er zu glauben, wir würden unser Wasser aus einem Brunnen schöpfen und hätten Petroleumlampen von den Zimmerdecken hängen.

Sunny hat sich breitbeinig ins Leder sinken lassen und kaut bereits auf seinem Sandwich: »Sturmfrei«, wiederholt er und fügt hinzu: »Getränke sind im Kühlschrank.«

Als ich die Edelstahltür aufziehe und mich im Kühlschrank umsehe, spüre ich zum ersten Mal eine wachsende Nervosität. Sturmfrei. So wie Sunny es ausspricht, klingt es fast nach einer Verpflichtung. Als *müsste* man dann vor dem Fernseher essen, sich betrinken, im Bett der Eltern Sex haben ... Wahrscheinlich hätte Sunny am liebsten ein Bier, aber dann bekommen seine Küsse einen bitteren Beigeschmack, und das mag ich nicht. Ich ziehe also eine angebrochene Weißweinflasche aus der Tür, nehme zwei Gläser aus dem Schrank und schenke uns ein. Wenn wir schon »erwachsen« spielen, denke ich, dann richtig.

Ich setze mich zu Sunny auf das Sofa. Wir stoßen an. Es kommt mir wärmer vor, als es ist. Mein Pullover gleicht einer Thermojacke. Außerdem steigt mir der Wein von der Zunge direkt in den Kopf. Mann, wie ich auf Sunnys Geruch stehe! Besonders nach dem Training und frisch geduscht. Herb und gleichzeitig süß. Echt krass, was das mit mir macht. War auch das Erste, worin ich mich bei Sunny verliebt habe – sein Geruch. Dem Rest konnte ich noch eine Weile widerstehen.

Wir hatten schulfrei, alle, wegen des Hockeyturniers. Unsere Schulmannschaft war Stadtmeister geworden, richtete das Turnier für den Einzug in die Endrunde des deutschen Schulhockeypokals aus und stellte die Anlage zur Verfügung. Meine beste Freundin Ricky – für viele Lehrer Schulfeind Nummer eins – musste an einem der Stände belegte Brötchen verkaufen, und weil ich sie das nicht alleine machen lassen und außerdem bei meinem Sportlehrer ein paar Extrapunkte sammeln wollte, hatte ich mich freiwillig als Helferin gemeldet.

Das Turnier ist vorbei, Ricky und ich belegen die letzten Brötchen und stapeln sie übereinander, um sie an wen auch immer zu verschenken, einfach, damit wir endlich den Tapeziertisch zusammenklappen, Schluss machen und gehen können – da steht er plötzlich vor uns: Sunny, frisch geduscht, über der Schulter diese Monstertasche mit seinen Hockeyschlägern, seinem Reitsattel, seinem Jagdgewehr und was Typen wie er sonst noch so alles dabeihaben. Sie haben gewonnen, *wir* haben gewonnen. Halbfinale, wir kommen! Es steht ihm quer über das Gesicht geschrieben, in Leuchtbuchstaben: ICH BIN EIN GEWINNER! Unwillkürlich wische ich mir meine margarineverschmierten Finger an der Jeans ab, lege das Messer aus der Hand und streiche mir die Haare aus dem Gesicht.

Er grinst – so mit nur einem Mundwinkel – wie ein Cowboy, der aus der Hüfte schießt. Mit dem Kinn deutet er auf die Brötchenpyramide: »Was wollt ihr denn für diese Köstlichkeiten haben?«, fragt er.

»Eigentlich einen Euro«, antworte ich, »aber ab sofort sind sie, unglaublich aber wahr, umsonst zu haben.«

Er beäugt die Labberbrötchen mit dem verschwitzten Gouda, die er eben als Köstlichkeiten bezeichnet hat, stellt seine Tasche ab, zieht sein Portemonnaie aus der Jacke, fummelt ein Zwei-Euro-Stück heraus und lässt es in unsere Teedose fallen. Ich gebe zu, die Message dahinter ist mir nicht ganz klar: Ein Gewinner zahlt auch, wenn er etwas umsonst haben kann? Oder: hier, für euch, Ladies? Bin mir nicht sicher, ob ich das irgendwie cool oder irgendwie uncool finden soll. Sunny scheint es egal zu sein. Er klemmt sich ein Brötchen zwischen die Zähne, nimmt ein zweites in die Hand und wirft sich wieder seine Ich-ziehe-in-die-weite-Welt-hinaus-Tasche über die Schulter.

»Kommt ihr nachher zur Party?«, fragt er, das Brötchen im Mund.

Ich könnte mir in den Hintern beißen, aber mir fällt echt auf die Schnelle keine Antwort ein. Ja, nein, vielleicht? Ich weiß nicht einmal, von was für einer Party er redet.

Zum Glück springt Ricky ein. Die ist nie um eine Antwort verlegen: »Mal sehen«, antwortet sie. Als hätten wir einen ganzen Korb voller Partyeinladungen und müssten auslosen.

Er dreht sich zum Gehen. »Ihr kennt das Vereinsheim?«, vergewissert er sich, und in dem Moment wird mir klar, dass er echt *will*, dass wir zur Party kommen. Zumindest, dass Ricky dort auftaucht. Was mich angeht: Da bin ich nicht so sicher.

»Machst du Witze?«, entgegnet Ricky.

»Cool. Ich setz euch auf die Gästeliste. Ricky und« – er sieht mich an und mein Magen schnurrt auf die Größe einer Erdnuss zusammen – »Laura, richtig?«

Statt zu antworten, grinse ich nur dämlich. Der Typ hat mich vorher noch nie auch nur eines Blickes gewürdigt. Dachte ich jedenfalls. Und jetzt schüttelt er einfach so meinen Namen raus.

Er geht an uns vorbei, zieht seinen herbsüßen Ich-habgerade-ein-Spiel-gewonnen-und-bin-frisch-geduscht-Geruch hinter sich her und ich ertappe mich dabei, dass ich ihm wie ein Hund nachschnuppere und dabei auf den Hintern starre.

»Sitz!«, herrscht Ricky mich an. Da ist Sunny Gott sei Dank schon außer Hörweite. Sie kontrolliert meine Pupillen, als mache sie einen Drogencheck. »Bitte nicht, Laura. Der Typ ist total der Poser.«

Ich merke, dass auch Sunny nervös ist. Kann nicht mal genau sagen, woran. Ist wie eine elektrische Spannung, wie ein Stromkreislauf, der sich schließt, sobald wir uns berühren. Bin sicher, mein Papa hätte eine einleuchtende biochemische Erklärung parat. Außerdem ist er total warm, obwohl er nur Jeans und T-Shirt trägt. Ich koche derweil in meinem Pullover im eigenen Saft. Eine Sache hab ich noch gar nicht erwähnt: Sunny kann super küssen. Echt. Ich hab jetzt nicht die Wahnsinnserfahrung, aber viel besser kann's nicht gehen. Als er mich jetzt zu sich heranzieht und sich unsere Lippen berühren, öffnen sich meine Hormonschleusen, und als er vorsichtig seine Zunge in meinen Mund schiebt und seine Hand unter meinen Pullover gleiten lässt, kann ich praktisch sehen, wie meine Synapsen fröhlich zerplatzen, als hätte jemand eine rosa Brausetablette in meinen Kopf fallen lassen.

»Wollen wir nicht erst mal fertig essen?«, frage ich, nachdem sich unsere Lippen voneinander gelöst haben. Da habe ich Gelenke aus Glibber und muss erst mal das Wohnzimmer scharf stellen.

»Klar.« Er lächelt, kreuzt die Beine und legt die Füße auf dem Couchtisch ab. »Lust auf Fernsehen?«

So war das zwar jetzt auch wieder nicht gemeint, aber vielleicht, denke ich, ist es für uns beide ganz gut, ein bisschen Nervosität abzulassen. »Keine Ahnung«, antworte ich. »Was gibt's denn?«

Sunny schüttelt das Handgelenk und blickt auf seine Uhr: »Tagesschau«, sagt er und langt nach der Fernbedienung.

Ich nehme mein Weinglas und mache es wie er: kreuze die Beine und lege die Füße auf dem Couchtisch ab. »Von mir aus.«

Der Fernseher bei Bergmanns ist eigentlich kein Fernseher sondern ein schwarzes Segel, das an einem Sciene-Fiction-Gelenkarm von der Decke hängt. Als Sunny ihn einschaltet, wird das gesamte Wohnzimmer in blaues Licht getaucht und der Kopf des Nachrichtensprechers schwebt überlebensgroß im Raum. Sofort bereue ich, mit dem Küssen aufgehört zu haben.

Ungefähr fünf Minuten lang tun wir uns das an: sitzen Schulter an Schulter auf dem Sofa, jeder seinen Sandwichteller im Schoß, und blicken zu dem Flatscreensegel auf. Eigentlich aber warten wir nur darauf, dass es mit dem Knutschen weitergeht. Und mit was auch immer danach kommt. Während im Hintergrund Euroscheine eingeblendet werden, erzählt der Nachrichtensprecher etwas von Griechenland, anschließend ist Angela Merkel zu sehen, wie sie einen Mann begrüßt, den ich noch nie gesehen habe. Aus irgendeinem Grund ist der Kommentar dazu auf Serbokroatisch, jedenfalls ergeben die Worte keinen Sinn für mich, formen sich nicht einmal zu richtigen Sätzen.

Ich schließe die Augen, sauge Sunnys Geruch ein und schimpfe mit mir, dass ich nicht so feige sein soll. Ricky verdreht schon seit Wochen nur noch die Augen, wenn das Thema Sunny und ich und Sex zur Sprache kommt.

»Ihr seid so was von überfällig, das gibt's gar nicht«, hat sie erst neulich wieder gesagt und vorhin in der Schule meinte sie nur: »Wenn's heute Abend nicht endlich passiert, tu mir bitte einen Gefallen: Ruf nicht *mich* an, okay?«

»Stell dein Glas ab«, sage ich.

In den Nachrichten bringen sie etwas über eine U-Bahn-Schlägerei und irgendeine Debatte, die neu entfacht worden sei. »Wie bitte?«, entgegnet Sunny.

»Stell dein Glas ab, los.«

Er stellt sein Glas ab: »Und jetzt?«

Ich lasse eine Hand in seinen Nacken gleiten, wie eine Schlange, bevor sie zubeißt. »Jetzt komm her«, sage ich, lasse meine Hand zuschnappen, ziehe ihn zu mir heran und küsse ihn so, dass der Rest der Welt eigentlich in einzelne Atome zerfallen und zu Boden rieseln müsste. Los, denke ich, lass es uns tun. Lass uns endlich miteinander schlafen. Wir sind so was von überfällig, das gibt's gar nicht.

»Mein Teller!«, versucht er noch zu sagen, aber meine Lippen kleben auf seinen, und außerdem ist es sowieso egal, denn sein Teller liegt längst auf dem Boden und das letzte halbe Sandwich hat sich über den Orientteppich verteilt.

»Scheiß auf deinen Teller«, ich gönne ihm eine kurze Atempause, »heute ist sturmfrei.«

Wir sehen uns in die Augen und lächeln verlegen, nur ein paar Sekunden lang. Wir sind so weit, *es* ist so weit.

Let's do it. Ich ziehe ihn halb auf mich drauf, er küsst mich, dass mir in meinem Kochtopfpulli gleich der Deckel wegfliegt – zieh mir doch endlich dieses Ding aus! –, ich taste nach der Fernbedienung, um dieses bescheuerte Monstrum auszumachen, finde sie, liege inzwischen auf dem Sofa, Sunny auf mir, überall, blicke mit einem halben Auge zum Leuchtsegel empor, will den blöden Knopf drücken und sehe ... Sunny. Im Fernsehen. In den Nachrichten.

Mein Gehirn sucht nach einer Erklärung. Findet aber keine. Sunny, der Typ, der gerade auf mir liegt, ist in den Nachrichten – als Standbild, den Blick in eine Überwachungskamera gerichtet. Die Informationen gehen einfach nicht zusammen. Wie zwei gleich gepolte Magnete.

Sunny hört auf, mich zu küssen, und bringt unsere Gesichter auf Abstand.

»Da.« Ich deute mit der Fernbedienung zur Decke.

Er folgt meinem Blick. »Ist ein Fernseher«, sagt er. »Eine sehr komplexe Erfindung.«

»Das bist du!«

Das Foto, das eben noch den gesamten Bildschirm ausfüllte, wird jetzt verkleinert neben dem Nachrichtensprecher eingeblendet. *Die Identität der Täter konnte noch nicht ermittelt werden ...*

Sunny dreht seinen Kopf in die Senkrechte, um besser sehen zu können. »Wusste gar nicht, dass ich so gut aussehe«, sagt er.

Ich schiebe ihn von mir weg und richte mich auf. *... werden Stimmen in der Opposition laut, die eine konsequentere Überwachung öffentlicher Räume und Plätze fordern ...* Die Ähnlichkeit des Typen auf dem Foto mit Sunny ist beängstigend. Wie krass ist das denn, denke ich.

Dann ist das Bild verschwunden und der Nachrichtensprecher liest die Ergebnisse der Freitagsspiele der Bundesliga vor.

Sunnys Hand schleicht sich unter meinen Pulli und sein getapeter Daumen tastet sich zu meiner Taille vor. Geistesabwesend greife ich nach seinem Arm und ziehe sie wieder heraus. »Der sah original aus wie du!«

Er blickt mich an, als sei das Bild in den Nachrichten nur ein inszenierter Gag von ihm gewesen. »Dann sehe ich also wirklich so gut aus?«

Noch immer die Fernbedienung in der Hand setze ich mich auf. Wie war das eben? Zwei Jugendliche, die einen Fahrgast zusammengeschlagen und lebensgefährlich verletzt haben. In einer U-Bahn-Station. In Berlin. Und wir liegen hier, aufeinander, in Hamburg-Othmarschen.

Vorsichtig nimmt mir Sunny die Fernbedienung aus der Hand und schaltet den Fernseher aus. Auf seinem Gesicht breitet sich wieder dieses Siegerlächeln aus, das mich in guten Momenten echt umhaut, mir aber in schlechten das Gefühl gibt, dass er mich nicht wirklich ernst nimmt. Als ob er am Ende sowieso bekommt, was er will.

Ich sehe ihn an, als hätte ich nicht die geringste Ahnung, wie ich ausgerechnet auf dieses Sofa gekommen bin.

»Schon vergessen?«, grinst er. »Sturmfrei.«

Ich bekomme das Bild von Sunny, wie er in die Überwachungskamera schaut, nicht aus dem Kopf. Auch wenn er sich große Mühe gibt, mich auf andere Gedanken zu bringen. Er hat die Lichter ausgeschaltet, macht den zweiten Schritt nicht vor dem ersten, küsst leidenschaftlich, ohne mich zu ersticken, und muss nicht minutenlang am Verschluss herumfingern, bevor er mir den BH abstreift. Zwischendurch denke ich, okay, jetzt, go. Doch dann ist da wieder dieses Bild und unterhalb meines Bauchnabels zieht sich alles zusammen. Außerdem wäre mir lieber, wir könnten in sein Zimmer gehen, statt auf dieser Couch zu liegen, umgeben von so viel Raum. Aber heute ist sturmfrei und da muss es wohl die Couch sein, schätze ich.

Beim Fast-nackt-aufeinanderliegen-und-knutschen geht es endgültig nicht weiter. Und das Problem dabei bin ganz klar ich. Barriere im Kopf. Ricky meinte ja, wenn wir uns erst einmal nackt auf dem Perser räkeln würden, käme der Rest von ganz alleine, und dass mein Körper mir dann schon sagen würde, was ich mit ihm anstellen soll. Ganz ehrlich: Bis jetzt merke ich nichts davon, dass da irgendetwas von alleine kommt. Bei mir jedenfalls nicht. Bei Sunny schon. Und alles, was mein Körper mir sagt, ist, dass er gleichzeitig mit festhalten und loslassen beschäftigt ist.

Überrascht stelle ich fest, dass Sunnys Gesicht reglos über meinem verharrt. Keine Ahnung, wie lange er mich schon ansieht.

»Hörst du das?«, fragt er.

Alles, was ich höre, ist mein Puls, wie er gegen das Trommelfell schlägt. »Was meinst du?«

Sunny dreht mir das rechte Ohr zu, als müsse er sich vergewissern: »Dein Kopf – brummt wie ein Hochleistungsgenerator.«

Nach diesen Worten weiß ich: Alles wird gut. Kein Grund, sich verrückt zu machen. Danke, Sunny. Es gibt kein Zurück mehr und ich will auch kein Zurück mehr. »Du hast mich schon viel zu lange nicht mehr geküsst«, flüstere ich und dann küsst er mich, meine Lippen geben nach, und ich merke, wie sich ein unglaublich warmes und zugleich prickelndes Etwas in meinem Körper ausbreitet.

Sekunden später bin ich so überschwemmt von Hormonen, dass ich kaum meinen Po heben kann, als Sunny mir den String ausziehen will, aber das macht nichts, denn Sunny weiß, wie das geht, und es gibt keinen Grund, überhaupt keinen, sich Sorgen zu machen, juchu, weil nämlich, alles wird ganz wunderbar.

Ziemlich genau, als mir dieser oder ein ähnlicher Gedanke durch den Kopf schwappt, schlägt etwas Hartes gegen die Terrassentür. Vor Schreck schreie ich auf und Sunny, der gerade meinen Bauchnabel küsst und noch immer mit meinem String beschäftigt ist, beißt sich auf die Zunge. Im Zickzack flitzt der Lichtstrahl einer Taschenlampe durchs Zimmer und bleibt an meiner nackten Brust kleben. Wieder schreie ich auf. Als hätte mir jemand eine Tarantel auf die Brust gesetzt. Ich versuche sogar, mit der Hand den Leuchtfleck wegzuschubsen, was natürlich völliger Unsinn ist. Also hebe ich hektisch mein Tanktop vom Boden auf und drücke mich in die Sofaecke. Inzwischen ist der Lichtstrahl auf Sunny übergesprungen und leuchtet ihm direkt ins Gesicht. Er schirmt die Augen ab und versucht zu erkennen, was auf der Terrasse los ist. Dabei gibt er einen lang gezogenen Laut von sich, der so viel heißen soll wie: Mist, meine Zunge blutet.

Erneut hämmert es gegen die Terrassentür. Gleich zerspringt die Scheibe, denke ich, und dann wird mir klar, dass es der Griff der Taschenlampe ist, der gegen das Glas geschlagen wird.

»Wer ist *das* denn?«, keuche ich, als müsste Sunny wissen, wer da draußen steht und was er will – wo es doch seine Terrasse ist.

Fakt ist: Sunny hat keine Ahnung und ist genauso überrascht wie ich, doch das spielt keine Rolle, denn die Frage beantwortet sich im nächsten Augenblick von selbst:

»Polizei! Öffnen Sie die Tür, sonst brechen wir sie auf!«

2

»Du kannst mir jetzt alles erzählen«, brüllt Ricky ins Telefon, »aber nicht, dass du noch Jungfrau bist!«

Dem Krach nach zu urteilen ist sie auf einer Home-Party. Und da weiß jetzt jeder, dass Rickys Gesprächspartner noch Jungfrau ist. Na toll. Sie hat getrunken, dann wird sie laut. Im Hintergrund wummert ein Song, den ich kenne. Etwas von den »Black Keys«, den Titel hab ich vergessen.

Statt zu antworten heule ich direkt los. Rickys Stimme zu hören ist wie den Wasserhahn aufdrehen, plötzlich sprudeln die Tränen aus mir heraus, tropfen auf das heilige Sofa und hinterlassen dunkle Flecken auf dem Leder.

»Laura, bist du noch dran?«, ruft Ricky.

Super. Jetzt weiß auch noch jeder auf der Party, dass die Jungfrau am Telefon ich bin. »Ja.«

»Was?!«

»Ja!«

»Und? Was ist jetzt?«

Ich wische mir die Tränen aus dem Gesicht: »Kannst du mal irgendwohin gehen, wo wir nicht die ganze Zeit schreien müssen?«

Sie merkt, dass etwas nicht stimmt. Man kann von Ricky sagen, was man will, aber wenn etwas nicht stimmt, dann merkt sie das. Egal, wie laut die Musik ist oder wie viel sie getrunken hat.

»Ey, Schnuppe, was ist los?« Macht sie immer: Wenn es mir schlecht geht, nennt sie mich Schnuppe.

Ich habe Gänsehaut an den Beinen. Die Terrassentür steht noch offen. Vom Garten zieht kalte Luft herein. Der leere Pool liegt da wie ausgeweidet. »Kannst du nicht irgendwohin gehen, wo es nicht so ...«

»Schon unterwegs – wart mal kurz!« Ricky zwängt sich durch die Menge. Zwischendrin höre ich sie rufen: »Ey, Freunde des ungehemmten Anabolikakonsums – lasst mich mal durch!« Eine Männerstimme gröhlt etwas und Ricky gröhlt zurück: »Ja, Mann, super Bizeps, hab's gesehen. Gibt's den eigentlich auch für Männer?« Noch mehr Gejohle.

Dann ist sie irgendwo, wo es ruhiger ist. »Erzähl«, fordert sie mich auf.

Inzwischen sind die kleinen dunklen Punkte auf dem Sofa zu einem großen zusammengewachsen und sehen aus wie eine Insel, Island oder so. »Die Polizei war da«, sage ich.

Das nimmt selbst Ricky für ungefähr drei Sekunden den Wind aus den Segeln. »Weil ihr miteinander geschlafen habt?«

»Die haben ihn mitgenommen.« Bei dem Bild, wie die Polizisten Sunny mit auf den Rücken gedrehten Armen und in Handschellen aus der Terrassentür schieben, fange ich sofort wieder an zu heulen. »Verhaftet.«

»Versteh ich nicht – Sex ist doch nicht strafbar.«

»Die glauben, er hat jemanden zusammengeschlagen – in der U-Bahn.«

»Scherz.«

Ich schüttel den Kopf. Kein Scherz.

»Also habt ihr gar nicht miteinander geschlafen?«, fragt Ricky. Alles andere interessiert sie offenbar nicht.

Wieder schüttel ich den Kopf. »Kannst du herkommen?«
»Schon unterwegs. Wo steckst du denn gerade?«
»Auf dem Sofa.«
Sie seufzt theatralisch. »Wenn du jetzt noch die Güte hättest, mir zu sagen, auf welchem ...«

Ungefähr eine halbe Stunde später ist sie da, klingelt und streckt ihre Zunge in die Überwachungskamera. Ich habe inzwischen meine Sachen angezogen, die Schiebetür geschlossen und aufgehört zu weinen. Weiter bin ich noch nicht.

»Ärmlich aber sauber«, stellt Ricky fest, als ich die Tür von Bergmanns Villa öffne. Und als wir ins Wohnzimmer gehen: »Was machen die mit dem ganzen Platz, der um die Sofas rum ist – Pferderennen? Gibt's hier eigentlich auch was zu trinken?«

Ich sage ihr, dass im Kühlschrank noch eine angefangene Flasche Weißwein steht.

Sie geht um die Kochinsel, wischt mit zwei Fingern über das Induktionsfeld, inspiziert ihre Fingerkuppen, zieht die Kühlschranktür auf und wird in milchiges Licht getaucht. Vorübergehend verschwindet ihr Kopf. »Hier liegt jede Menge Champagner rum«, stellt sie fest.

Kurz darauf sitzen wir da, wo Sunny und ich vor ungefähr einer Stunde noch heftigst geknutscht haben, trinken Champagner und Ricky sagt: »Jetzt noch mal langsam und so, dass auch ich es verstehe.«

Ich berichte ihr alles der Reihe nach: Wie Sunny erst in den Nachrichten war und dass keine Stunde später plötzlich die Polizei auf der Terrasse stand und das Haus praktisch erstürmt hat, vier Beamte, zwei davon mit gezogener Pistole. Wie sich Sunny auf den Boden legen musste, mit nichts als seiner Unterhose an, die Arme ausgestreckt, dass dies eine Festnahme sei, wegen versuchten Totschlags, und wie Sunny gerade noch Gelegenheit hatte, in seine Sachen zu schlüpfen, bevor sie ihn wie bei einer amerikanischen Serie, eine Hand im Nacken, aus der Terrassentür geschoben haben und dann mit Blaulicht abgerauscht sind.

»Aber das kann doch nur eine Verwechslung sein«, sagt Ricky.

»Schon«, erwidere ich, »aber der Typ in den Nachrichten sah halt original aus wie Sunny.«

Sie zieht ihr Smartphone aus der Tasche, tippt darauf herum, findet auf Tagesschau.de das Foto aus den Nachrichten und vergrößert es, bis das Gesicht das gesamte Display ausfüllt. »Das ist jetzt aber mal echt … bizarr«, sagt sie.

»Und was soll ich jetzt machen?«

Ricky trinkt einen Schluck. »Seine Eltern anrufen?«

Hätte ich auch von selbst drauf kommen können, denke ich. Zwar habe ich die Handynummern von Sunnys Eltern nicht, aber am Kühlschrank klemmt ein Zettel, auf dem sie notiert sind, für alle Fälle.

Leider bringt uns das nicht weiter. Sowohl bei Nazan als auch bei Herrn Bergmann geht die Mailbox ran. Mir fällt etwas ein, das Sunny erzählt hat: Bereits vor Jahren hat Nazan eingeführt, dass die Handys über ihr gemeinsames Segelwochenende ausgeschaltet bleiben. Keine Geschäftstelefonate, keine privaten Anrufe. Abschalten. Und in welchem Hotel sie übernachten, weiß ich auch nicht.

Als Nächstes rufe ich bei der Polizei an. Ich will wenigstens wissen, was jetzt mit Sunny passiert. Doch auch da: Fehlanzeige. Erst spreche ich mit jemandem, der keine Ahnung hat und mir eine andere Nummer gibt. Unter der meldet sich jemand, der immerhin so tut, als hätte er eine Ahnung und mir ebenfalls eine andere Nummer gibt. Unter der wiederum meldet sich eine Frau, die mich zweimal weiterverbindet. Schließlich habe ich jemanden vom Polizeikommissariat 25 am Telefon, der mir theoretisch Auskunft geben könnte, es praktisch aber nicht tut, weil ich weder Sunnys Mutter noch seine Schwester bin und selbst dann müsste ich persönlich vorbeikommen und mich ausweisen. Bedaure. Abgesehen davon: »Vor Montag passiert hier sowieso nichts.« Am Ende lasse ich ratlos die Schultern hängen.

Ricky ist inzwischen bei ihrem dritten Glas Champagner angelangt. »Wir könnten noch mal auf Pauls Party«, meint sie.

Aber klar doch. Erst wird mein Freund verhaftet, anschließend gehe ich auf eine Party. »Ich fahr nach Hause«, sage ich.

Wir suchen meine Sachen zusammen und überlegen dreimal, ob ich auch nichts vergessen habe. Sobald ich die Tür ins Schloss gezogen habe, komme ich nicht mehr rein. Endlich bin ich so weit.

Ricky hält die Flasche hoch: »Glaubst du, ich kann den Rest mitnehmen? Bis Sunnys Eltern zurück sind, schmeckt der sowieso nicht mehr.«

»Laura?«

Papas Stimme kommt aus dem Wohnzimmer. Ich wäre gerne nach oben geschlichen, aber so leise bekomme ich die Haustür nicht zu, dass mein Vater sie nicht hört. Inzwischen hört er sie sogar besser als Solo, unser Hund – der erst jetzt aus der Küche getapst kommt, schwerfällig mit dem Kopf wackelt und mit seinem Schwanz wedelt so gut es geht. Solo ist fünfzehn Jahre alt, hat Hüftgelenksarthrose und sieht kaum noch etwas. Aber er freut sich immer noch jedes Mal aufs Neue, wenn einer von uns nach Hause kommt. Ich kraule ihm den Hals, führe ihn in die Küche zurück, setze mein Alles-in-Ordnung-Gesicht auf, seufze leise und öffne die Wohnzimmertür.

Meine Eltern sitzen auf dem Sofa und sehen aus wie ein Ölgemälde – die Oberkörper einander zugewandt, die Rücken gegen die Seitenlehnen gedrückt, die Beine ineinanderverschränkt. Sie haben die Leselampen eingeschaltet, die rechts und links des Sofas stehen. Während Papa Schularbeiten korrigiert, liest Mama in einem ihrer einhundert Prozent spaßbefreiten Fachbücher. In letzter Zeit machen sie es sich abends gerne gemütlich. Irgendwie werden sie alt, finde ich, und irgendwie nervt mich das, ohne dass ich genau sagen könnte, warum. Schließlich werden wir alle mal alt. Gerade jetzt allerdings ist es mir komplett egal. Sollen sie alt und grau und eins werden mit ihrem blöden Sofa.

Über den Rand seiner Brille wirft Papa mir einen Blick zu. »Du bist aber früh zurück«, stellt er fest.

Übersetzt heißt das: Wolltest du nicht bei Soner übernachten? Geht's dir gut? Ist etwas vorgefallen? Erzähl doch mal!

Ich ziehe die Schultern hoch.

Spätestens jetzt ist meinen Eltern klar, *dass* etwas vorgefallen ist. Und dass ich nicht darüber sprechen will.

Mama blickt von ihrem Buch auf. Auch sie hat seit einiger Zeit eine Lesebrille. Papa und sie haben dieselbe Dioptrienzahl. Wenn einer seine Brille verlegt, nimmt er einfach die des anderen. Sie finden das irgendwie knuffig, glaube ich, dass sie die Brille des jeweils anderen benutzen können – dass sie im selben Beat altern.

Mama lächelt mitfühlend, sagt aber nichts. Sie findet, man soll sein Gegenüber kommen lassen und ihn nicht in eine bestimmte Richtung lenken. Selbsterkenntnis. Ist das erklärte Funktionsprinzip ihrer Therapie. Wenn man den Patienten kommen lässt, sagt sie, führt er einen automatisch zum Ursprung seiner Probleme.

»Alles in Ordnung?«, hakt Papa nach.

Der Korrekturstift in seiner Hand wippt erwartungsvoll auf und ab – Stabilo, Fineliner, rot, 0,5 Millimeter. Er hat bestimmt zehn Stück davon in seiner Schreibtischschublade, mit einem Gummiband drum.

Ich sehe Sunny vor mir, mit diesem ungläubigen Blick, wie sie ihn, die Hände auf dem Rücken, durch die Terrassentür schieben. Sprachlos, ausgerechnet er, der sonst nie um Worte verlegen ist.

»Schätze schon«, sage ich.

Ich mag meine Eltern, ehrlich, aber sie jetzt dasitzen zu sehen, Papa mit seiner ewigen Sorge um mich und Mama, wie sie mich kommen lässt ... »Ich bin nicht eine von deinen scheiß Patientinnen!«, hab ich sie früher manchmal angeschrien. Das war meine schärfste Waffe, wenn ich es nicht mehr ertragen konnte, dass sie immer Verständnis für alles hatte und nie eine eigene Meinung. Manchmal hab ich sie damit gekriegt, meistens nicht.

Nein, denke ich, ich will euch *nicht* erzählen, dass Sunny

gerade verhaftet worden ist. Ich will deine klebrige Sorge nicht, Papa, und auf deine professionelle Anteilnahme, Mama, kann ich ebenfalls verzichten. Und ich will auch nicht das Gefühl haben, dass ich es euch eigentlich erzählen müsste, weil ich sonst euer Vertrauen missbrauche oder so.

Ich spüre, wie mir die Tränen kommen. Gerade noch rechtzeitig sage ich »ich geh ins Bett« und rette mich in den Flur.

»Gute Nacht«, folgt mir Mamas Stimme.

»Schlaf gut«, ruft Papa.

Schlaf gut. Aber sicher doch.

Gefühlte drei Stunden lang beobachte ich, wie das milchige Rechteck erst über meine Decke und anschließend über die Wand kriecht. Nicht dass dadurch irgendetwas klarer würde. Ich kapier es einfach nicht: wie sie ins Wohnzimmer gestürmt sind, wie Sunny sich auf den Boden legen musste, Gesicht nach unten, wie sie ihn in Hose und T-Shirt aus dem Haus geschoben haben. Der letzte Polizist hatte als »beweissichernde Maßnahme« bereits Sunnys Laptop und iPhone beschlagnahmt, seine Waffe wieder im Holster verstaut und sprach in ein Handy: *Festnahme ist erfolgt. Der Verdächtige hat keine Gegenwehr geleistet. Verbringen den Verdächtigen auf das Kommissariat in der Notkestraße.*

Bevor er ging, sah er mich an und versuchte, nicht an mir herabzublicken. Ich hatte nur mein Tanktop und meinen String an.

»Sie sind die Freundin?«, fragte er.

Mir fiel auf, wie jung er war. Höchstens fünf oder sechs Jahre älter als Sunny. Und kleiner.

Ich nickte. Einer seiner Kollegen hatte bereits meine Personalien aufgenommen.

»Und Sie können bezeugen, dass sich keine weitere Person auf dem Grundstück aufhält?«

»Nein – ähh, ja«, stotterte ich. »Sonst ist niemand hier, glaube ich.«

Er sah mich an, als suche er die Wahrheit hinter meinen Worten. Dann tippte er sich mit zwei Fingern an die Mütze und verschwand.

Ich hab ein Dachfenster über meinem Bett. Daher das milchige Rechteck, das inzwischen seine Form verändert und sich die Wand hinaufgearbeitet hat. Das ist das Beste an meinem Zimmer – das Fenster. Außerdem mag ich, dass man sich in meinem Zimmer wie in einem Zelt vorkommt. Lauter Schrägen.

Ohne mein Fenster wäre ich echt aufgeschmissen. Im Winter ist es manchmal zugeschneit, sodass man tagelang nur Weiß sieht, bei Regen trommeln die Tropfen gegen die Scheibe, im Sommer lasse ich es nachts auf und höre die Vögel singen. Heute scheint der Mond herein. Bei der Vorstellung, es hätte dieses Fenster die letzten Jahre nicht gegeben, komme ich mir sofort wie eingesperrt vor.

Ich habe meine Anlage leise gestellt, erst die Coldplay-CD durchgehört, dann die von Lenny Kravitz. Irgendwann sind meine Eltern unter mir ins Bett gegangen. Jetzt bin ich wieder bei Coldplay. Inzwischen ist der Mond aus meinem Blickfeld gerückt und nur noch sein Schein ist an der Wand zu sehen.

Ich gebe zu, mein Musikgeschmack ist nicht besonders originell. Ein bisschen wie ich, fürchte ich. Ich sehe zwar ganz gut aus, so oberflächlich betrachtet, aber ich hab nichts, das mich irgendwie anders oder außergewöhnlich macht. Na ja, ich kann ziemlich gut zeichnen, so technische Sachen. Aber das ist nicht wie Hockey-Juniorenauswahl oder schauspielern können. In der Schule bin ich guter Durchschnitt. Schätze, das trifft es irgendwie – guter Durchschnitt.

Glücklicherweise sieht Sunny das anders. Er sagt, ich sähe aus wie eine Göttin. Schönheit, meint Mama, liege im Auge des Betrachters. Mein Glück. Außerdem findet er, dass ich ganz normal bin, sei bereits etwas Außergewöhnliches – wo doch heute jeder unbedingt etwas Besonderes sein will und sich zum Idioten macht, nur um für zwei Sekunden ins Fernsehen zu kommen. Der hat gut reden. Schließlich muss Sunny sich nicht anstrengen, um etwas Besonderes zu sein. Nächste Woche bringt er ziemlich sicher den deutschen Schulhockeypokal mit nach Hause und nächsten Monat ein Abi mit einer Eins vor dem Komma. Sein Aussehen ist ebenfalls über jeden Zweifel erhaben – sofern man auf südländische Typen steht. Und das hat nichts mit dem Auge des Betrachters zu tun. Okay, er wäre gerne eins neunzig und nicht, wie ich, eins achtzig. Aber das stört ihn, nicht mich. Und irgendetwas gibt es ja immer, das einem an einem selbst nicht passt. Jedenfalls ändern seine eins achtzig nichts daran, dass der weibliche Teil der Oberstufe steil auf ihn geht, während der weibliche Teil der Lehrerschaft ihn gerne zum Schwiegersohn hätte. Logisch, dass man da zum Schulsprecher gewählt wird. Formsache.

Aber jetzt sitzt er im Gefängnis.

Und ich ertappe mich dabei, dass ich überlege, wo er

gestern Abend gewesen ist. Wir haben telefoniert, nach der Schule. Er hätte Training haben sollen, aber sein Daumen war noch zu geschwollen, also wollte er zu Hause bleiben und lernen. Ich habe dann den ganzen Abend Rocco und Nola gebabysittet, die Kinder von Papas Kollegin Sylvie. Bis ich zu Hause und auf Facebook war, war Sunny schon nicht mehr online. Und selbst wenn er on gewesen wäre: Das hätte er auch von seinem iPhone von Berlin aus machen können.

Ich glaube das nicht. Ich glaube nicht, dass ich tatsächlich in meinem Bett liege und mir überlege, ob mein Freund gestern heimlich nach Berlin gefahren ist, um dort in der U-Bahn jemanden zusammenzuschlagen. Warum hätte er das tun sollen? Das ergibt überhaupt keinen Sinn und ist KOMPLETTER BULLSHIT!

Könnte aber sein.

Theoretisch.

3

Als mich das Handyklingeln aus dem Schlaf reißt, habe ich ein gleißendes Brennen in den Augen. Offenbar habe ich den Morgen komplett verpennt und jetzt scheint die Sonne direkt durch mein Dachfenster. Ich kneife die Lider zusammen, taste nach dem Handy, lese »10:32« und »unbekannt« und drücke die grüne Taste.

»Hallo?«, krächze ich mit eingetrockneten Stimmbändern.

»Hallo«, Pause, »ich bin's«, Pause, »Sunny«.

Ich setze mich auf und versuche, mit der freien Hand die Sonne aus dem Zimmer zu verscheuchen. Die Bilder der letzten Nacht ploppen durch meinen Kopf wie Popcorn. »Was ... Wo bist du?«

»Im Gefängnis.« Pause. »Hahnöfersand. Richterliche Anordnung.«

Meine Luftröhre zieht sich zusammen. »Und wo ist das?«

»Auf Hahnöfersand.«

Kapiere ich natürlich nicht.

»Ist eine Insel«, erklärt Sunny.

Sofort schießt mir das nächste Bild durch den Kopf: Sunny, in einem burgartigen Verlies, weit, weit draußen im Meer, verlassen von Gott und der Welt. Inzwischen ist meine Luftröhre so schmal wie ein Nadelöhr.

»Und wo ist *die*?«, will ich wissen.

»Hier, in Hamburg, in der Elbe. Kennst du die nicht?«

»Ach so«, sage ich, aber richtig kapiert habe ich es immer noch nicht.

»Ist nicht so wichtig«, meint Sunny. »Ich wollte dir nur sagen, dass sie mich in einer halben Stunde in die Stadt bringen – Haftprüfungstermin. Ich gehe davon aus, dass sich dann alles aufklärt.«

Er klingt, wie er klingt, wenn er als Schulsprecher eine Erklärung abgibt. »Wie geht's dir?«, frage ich.

»Ganz passabel. Die Nacht war kurz und die Toiletten könnten sauberer sein. Aber alles in allem ist es nicht so schlimm, wie man vermuten würde. Bisschen wie in einer Jugendherberge.«

Er will unbesorgt klingen, doch ich kenne ihn gut genug, um zu wissen, dass das seine Art ist, Unsicherheit zu verbergen. Noch immer schirme ich mit der freien Hand die Augen ab. »Soll ich dahin kommen – zu dem Termin, meine ich? Brauchst du irgendwas?«

»Nicht nötig«, meint Sunny. »Ich weiß auch gar nicht, wo das ist. Am besten, ich melde mich einfach, sobald ich da fertig bin.«

Ich weiß nicht, was ich sagen soll. Zum Glück weiß Sunny es.

»Laura?«

»Ja?«

»Mach dir keine Sorgen.«

Ich bin kurz davor, ihn zu fragen, ob er es war – der Typ in der U-Bahn. Doch dann sage ich nur: »Klar mache ich mir Sorgen. Was denkst du denn?«

Er würde mir jetzt gerne sagen, dass er mich liebt. Aber er ist nicht allein, glaube ich. Deshalb zieht er die Schulsprecher-Nummer durch und antwortet: »Musst du nicht. Das hier ist Deutschland, hier gelten Gesetze noch was.«

»Ich liebe dich auch«, erwidere ich.

»Das ist gut.«

»Okay?«

»Okay.«

»Also, bis später.«

»Ja, bis später.«

Pause. Ich atme, als hätte ich Asthma. »Ich leg nicht auf«, sage ich.

»Alles klar.«

Dann ist die Leitung tot.

Meine Eltern sind zum Glück ausgeflogen. Keine Erklärungen. Solo ist ebenfalls weg. Das bedeutet, Papa ist mit dem Hund unterwegs und Mama ist einkaufen. Was dauern kann. Solo kommt inzwischen keine zwei Querstraßen mehr weit, ohne ein Nickerchen zu machen. Selbst wenn Papa nur mit ihm um den Block geht, ist er vor zwei Stunden nicht zurück. Gleiches gilt für Mama und ihren Wochenendeinkauf. Die macht zwar zwischendurch kein Nickerchen, aber wenn sie auf den Markt geht, sind zwei Stunden das Minimum. Und da heute Samstag ist, ist sie auf dem Markt.

Auf dem Esstisch erwartet mich ein Teller mit einem Croissant. Daneben steht ein Glas frisch gepresster Saft, dessen violette Farbe mir sagt, dass da wahrscheinlich Orangen und Möhren drin sind, auf jeden Fall aber Rote Bete. Klingt zum Weglaufen, schmeckt aber meistens ziemlich gut, außer wenn Mama meint, sie muss das Gemüsefach leer machen, und deshalb so Dinge wie Fenchel oder

Sellerie mit in den Entsafter steckt. Da wird dann sogar Papa bockig. Ich setze mich und probiere einen Schluck. Glück gehabt: Ingwer ja, Fenchel nein.

Die erste Stunde bekomme ich ganz gut rum: Ich frühstücke, mache das Radio an, räume die Spülmaschine aus, blättere die Zeitung, die »Psychologie heute« und das ADAC-Mitgliedermagazin durch und gehe duschen. Die zweite Stunde geht auch noch: Ich ziehe mich an und schminke mich, gehe hoch in mein Zimmer, lege die neue Jason Mraz ein, vermeide es, meine Nachrichten auf FB zu checken und verlaufe mich stattdessen erfolgreich in den grenzenlosen Weiten des Internets. Zwischendurch checke ich mein Handy. Keine Anrufe in Abwesenheit, dafür zwei SMS: Freundinnen aus der Schule, die wissen wollen, ob ich »es« schon gehört hätte. Keine Nachricht von Sunny. Dabei hätte er längst beim Richter gewesen sein müssen.

Als Papa und Mama praktisch gleichzeitig wieder nach Hause kommen, halte ich es nicht länger aus und packe meine Sportsachen. Ich kann jetzt nicht mit meinen Eltern an einem Tisch sitzen. Ricky ist Mitglied bei Fun Fitness. Alle drei Monate machen die eine Promo-Aktion, bei der die Mitglieder Gutscheine für ein Gratis-Training bekommen, die sie an Freunde verschenken können. Die Dinger stapeln sich schon bei mir. Höchste Zeit, dass ich mal einen davon in Bewegung umsetze.

Den Rucksack über der Schulter sprinte ich praktisch die Treppe runter. In der Küche zischt es. Durch den Flur zieht der Geruch von Lauch und Zwiebel.

»Hallo, Laura!« Mama steht am Herd und hat die Kochschürze umgebunden, die ich ihr vor ich weiß nicht wie viel Jahren mal zum Geburtstag mit Textilfarben bemalt habe. »Willst du was mites…«

»Keine Zeit«, rufe ich und bin bei der Tür, bevor Solo auch nur Gelegenheit hat, auf die Beine zu kommen. »Gehe zum Sport!« Und schon sitze ich auf dem Rad.

Kaum bin ich im Fitnessstudio, weiß ich wieder, weshalb ich so selten herkomme. Ich bin hier eindeutig fehl am Platz. Bereits in der Umkleide geht es los: die Art, wie die Schleifen festgezogen werden, der Sitz des Sport-BHs überprüft und das letzte Fältchen aus der nahtlosen Stretch-Leggins gestrichen wird – alles total »performance-orientiert«, wie Ricky sagen würde. Im Trainingsbereich wird dann das Versprechen, das man sich selbst in der Umkleide gegeben hat, eingelöst. Und zwar um jeden Preis. Selbst Menschen mit zwanzig Kilo Übergewicht, die einfach nur eine Viertelstunde auf einem Crosstrainer rumwackeln, verbreiten den Eindruck, es ginge um die Olympiaqualifikation. So jedenfalls kommt es mir vor. Doch wie sagt Mama so gerne: Es gibt nur subjektive Wahrheiten.

Ich suche mir ein Laufband in der dritten Reihe, damit mir nicht alle auf den Hintern glotzen, und stöpsele den Kopfhörer ein, den ich glücklicherweise mitgenommen habe. Dann zappe ich mich durch die Monitore, die vorne an der Wand hängen, bis ich den Kanal mit den Musikvideos gefunden habe. Den stelle ich so laut, dass das Gesurre der anderen hundert Laufbänder, Crosstrainer und Rudergeräte vollständig in der Musik untergeht.

Wie viele Kilometer ich bereits hinter mir habe, bevor mir die beiden Typen mit den Muscle-Shirts auffallen, weiß ich nicht, doch es müssen einige sein, denn ich schnaufe wie ein Pferd und meine Oberschenkel sind müde. Gerade läuft ein Song von Amy Winehouse, »Our time will come«. Die beiden Typen stehen ganz vorne vor der Reihe mit den Ergometern, haben die Köpfe in den Nacken gelegt und blicken zu einem der Monitore auf. Einer von ihnen ist so behaart, dass es auf die Entfernung aussieht, als hätte er sich ein Fell umgelegt.

Ich weiß nicht genau, was an den Männern meine Aufmerksamkeit erregt, jedenfalls folge ich dem Blick der beiden und lande auf Monitor 2, wo jemand, umringt von Reportern, aus einem Gebäude geführt wird. Ich verfolge die Szene, ohne sie wirklich zu sehen. Doch dann bemerke ich, wie dieser Jemand versucht, sich nicht vor den Kameras wegzuducken, sondern ganz natürlich auszusehen, und da begreife ich, dass es Sunny ist. Vor Schreck stolpere ich und japse nach Luft, doch es bemerkt keiner, denn um mich herum tragen alle Kopfhörer und blicken stur nach vorne.

Plötzlich erscheinen dieselben Bilder auf Monitor 4 und Sunny ist, ein paar Sekunden zeitversetzt, auf zwei Kanälen gleichzeitig zu sehen. Und während Amy Winehouse weiter »Our time will come« trällert, beginne ich, ganz ehrlich, an meinem Verstand zu zweifeln. Es kommt mir wie ein Spuk vor, als würde ich von Geistern verfolgt werden. Sehen das die anderen auch oder sehe nur *ich* das? Hektisch fingere ich an der Bedienung herum und drücke mich zu Monitor 2 durch, auf dem Sunny gerade in einen olivgrünen Bus mit vergitterten Seitenfenstern steigt und die Schiebetür hinter ihm zugezogen wird. Fünf Sekunden später dasselbe auf dem anderen Monitor: Ein

Beamter zieht die Tür zu und Sunny sitzt in der Falle. Das *kann* nicht sein, denke ich. Um mich herum laufen alle weiter, als wäre nichts.

Auf dem linken Monitor werden zwei Bilder nebeneinander eingeblendet: Die Aufnahme aus der U-Bahn und ein Standbild von Sunny, wie er aus dem Gerichtsgebäude kommt. Damit der Zuschauer die Ähnlichkeit abgleichen kann. Ich höre, wie die Sprecherin sagt:

»… inzwischen bekannt geworden ist, soll es sich bei dem Verdächtigen um einen Hamburger Gymnasiasten handeln«, dann sehe ich meinen Kopfhörer durch die Luft fliegen, falle vom Band, lande auf dem Hintern und ein stechender Schmerz fährt mir durch das linke Bein, schnürt mir die Brust zusammen und sagt mir, dass ich mir gerade den Fuß verstaucht habe.

Der Kopfhörer hängt noch an der Schnur und zappelt auf dem Laufband herum, das munter weiterläuft, als ein Trainer mit einem Oberkörper wie Hulk plötzlich neben mir in die Hocke geht und fragt, ob ich mich verletzt habe.

»Weiß nicht«, sage ich.

Sofort springen zwei Männer von ihren Laufbändern und ich bin von besorgten Blicken und verschwitzten T-Shirts umringt. Der Trainer hilft mir auf, wobei er mir beinahe die Schulter auskugelt. Wahrscheinlich könnte er mir die Arme mit derselben Leichtigkeit ausreißen, mit der andere einen Stöpsel aus der Wanne ziehen.

»Kannst du auftreten?«

Ich versuche es. Nein, kann ich nicht. »Wird schon gehen«, sage ich. Was gelogen ist. Gar nichts geht.

»Ich helf dir mal besser zur Umkleide.«

Er legt sich meinen Arm um die Schulter, umfasst meine Taille – meine Füße schweben praktisch über dem Boden – und trägt mich zur Umkleide wie eine Schaufensterpuppe.

Als wir am Tresen vorbeikommen, ruft der Trainer quer durch das Studio: »Wiebke, bringst du mal ein Coolpack, bitte? Wir haben eine Verletzung!« Dann setzt er mich vor der Frauenumkleide ab, Wiebke ist da und drückt mir ein Coolpack in die Hand und Hulk sagt: »Mindestens zehn bis fünfzehn Minuten kühlen, jetzt gleich. Ist wichtig. Wenn die Schwellung erst mal da ist, ist es zu spät.« Er spricht mit mir, als hätte ich mir den Kopf und nicht den Knöchel verstaucht. Wer zu dämlich ist, auf einem Laufband zu laufen ... »Wenn die Schwellung über Nacht zunimmt, unbedingt zum Arzt gehen. Alles klar?«

»Ja, danke«, sage ich, »geht schon«, presse die Kiefer aufeinander und humpele in die Umkleide.

Folgsam drücke ich mir eine Viertelstunde lang das Coolpack auf den Knöchel, dusche, ziehe mich an, betaste vorsichtig mein Fußgelenk und beschließe, dass ich im Moment andere Sorgen habe als einen verstauchten Knöchel. Das interessiert zwar den Knöchel nicht, der immer noch höllisch wehtut, aber wenigstens habe ich für mich die Prioritäten geklärt.

Ich habe mein Fahrrad aufgeschlossen und halte den Bügel in der Hand, als mir klar wird, dass ich keine Ahnung habe, was ich jetzt machen soll. Die Sonne scheint, es ist warm. Es riecht nach dicken, klebrigen Blüten. Kinder mit Eiswaffeln laufen an mir vorbei. Doch irgendwie geht mich das heute nichts an. Das Wetter ist für die anderen. Und das Eis ebenfalls.

Ich ziehe mein Handy aus dem Rucksack. Eine SMS. Allerdings nicht von Sunny, sondern von Ricky: *Was geht?* Ihre Standardnachricht. Ich wähle die Option »Absender anrufen.« und halte mir das Handy ans Ohr.

Nach drei Freizeichen ist sie dran: »Schnuppe! Gibt's was Neues von deinem Freund?«

Allerdings, denke ich. Der war gerade im Fernsehen. »Können wir uns treffen?«, frage ich.

»So schlimm?«

»Können wir?«

»Ich – warte mal …« Offenbar ist sie auf dem Fahrrad unterwegs. Es rauscht und raschelt, dann hat sie wieder ihr Smartphone am Ohr. »Jep, können wir.«

»Jetzt gleich?«

»Jep.«

»Cool. Wo steckst du denn?«

»Warte«, sagt sie wieder.

Im nächsten Moment drückt sich etwas in meine Kniekehle – ein Fahrradreifen –, ich drehe mich um und da steht sie, Ricky, die Haare zu einem Pferdeschwanz gebunden, das Fahrrad zwischen die Oberschenkel geklemmt, und grinst.

»Buh!«, ruft sie in ihr Smartphone, und ich höre es zugleich auf meinem Handy und direkt aus ihrem Mund.

Weil mich die Vielzahl der »Erscheinungen«, die ich heute habe, überfordert, fällt mir nichts anderes ein, als zu fragen: »Was machst *du* denn hier?«

Die Frage ist überflüssig. Rickys Sporttasche hängt ihr auf dem Rücken. Demonstrativ dreht sie ihren Kopf und blickt zu dem riesigen *FUN FITNESS*-Schriftzug an der

Fassade empor. »Die Frage ist wohl eher: Was machst *du* hier? Und was ist mit deinem Fuß passiert?«

Sie hat bemerkt, dass ich humpele. »War beim Sport«, sage ich.

»Und hast dir den Fuß verdreht?«

Ich verziehe einen Mundwinkel. »Bin vom Laufband gefallen.«

Ricky prustet los: »Nicht dein Ernst.«

»Einer von den Trainern hat mich praktisch bis unter die Dusche getragen und mir ein Coolpack gegeben.«

»Der große mit den schwarzen Locken?«

»Glaube schon.«

»Daniel.« Sie schiebt den Namen im Mund hin und her wie ein Sahnebonbon. »Von dem würde ich mich auch gerne mal unter die Dusche tragen lassen.« Sie bohrt sich einen Eckzahn in die Unterlippe. »Fuß verstaucht … wär's mir wert, glaube ich.«

Ist nicht auszuschließen, dass sich Ricky tatsächlich absichtlich den Fuß verstauchen würde. Gelegentlich sammelt sie Knutschflecken. Ich finde das ja voll eklig. Ist wie einen Baum anpinkeln, finde ich. Machen Hunde, um ihr Revier zu markieren. Hab ich Ricky auch gesagt. Ihre Antwort: Dann lasse ich mich wohl gerne anpinkeln, schätze ich.

»Willst du gar nicht wissen, warum ich vom Laufband gefallen bin?«

»Zu blöd zum Geradeauslaufen?«

»Sunny war im Fernsehen. In den Nachrichten.«

Ich berichte, was passiert ist: Dass Sunny dachte, beim Haftprüfungstermin würde sich alles aufklären, aber dass der Richter ihn offenbar für den Täter hält und entschie-

den hat, ihn bis auf Weiteres in Untersuchungshaft zu belassen.
Wieder bohrt sich Rickys Eckzahn in die Unterlippe. »Rosi?«, fragt sie. »Ich lad dich ein.«
Erleichtert atme ich auf. Wenn Ricky bei mir ist, habe ich immer das Gefühl, so richtig schlimm kann es nicht kommen. Egal, ob es um eine Mathearbeit geht oder darum, dass mein Freund im Knast sitzt. Sie muss gar nichts Besonderes tun. Einfach nur da sein. Es gibt solche Menschen.
Rosi, um das kurz zu klären, war die Frau unseres Schulhausmeisters. War, weil sie sich hat scheiden lassen. Vor drei Jahren ungefähr. Seitdem betreibt sie ein kleines Café ein paar Straßen weiter, ist immer gut gelaunt, backt den leckersten Kuchen, färbt sich die Haare kastanienbraun und sieht fünfzehn Jahre jünger aus.

Es ist warm genug, um im Freien zu sitzen, und als wir unsere Räder zusammenschließen, wird tatsächlich gerade ein Tisch frei. Das gesamte Mobiliar auf der Terrasse ist aus vergilbtem Plastik und auch die Sonnenschirme sind verwaschen und ausgefranst, aber irgendwie stört das keinen, weil es nach frischem Kaffee und Kuchen riecht und Rosis Freundlichkeit jeden Makel nebensächlich erscheinen lässt.
In Rosis Café ist Selbstbedienung, beziehungsweise SELBSBEDIENUNG, wie auf dem Schild über der Tür zu lesen ist. Als Ricky ihr einmal gesagt hat, dass auf dem Schild das »t« fehlt, hat Rosi nur mit den Schultern gezuckt und entgegnet: »Hauptsache, der Kuchen schmeckt.« Seither ist das der Standardspruch bei verhauenen Klausuren: Hauptsache, der Kuchen schmeckt.

Ich halte unseren Tisch frei und meinen Fuß ruhig, während Ricky das Geschirr unserer Vorgänger zum Teewagen trägt und im Café verschwindet, um kurz darauf mit einem abgeschabten Tablett zurückzukehren, auf dem sie zwei Cappuccino, zwei Gläser Wasser und zwei Stücke Küchen balanciert. Eins von den Kuchenstücken ist so groß wie Bergmanns Geländesportwagen und sieht genauso gefährlich aus. Das stellt Ricky vor mir ab.

»Was ist das denn?«, will ich wissen.

»Rosi hat mir gesagt, wie es heißt, aber ich hab's schon wieder vergessen. Ich wollte was Stimmungsaufhellendes, und da meinte sie, dieses Ding hier sei gut gegen Kummer. Viel Ei, viel Zucker und noch mehr Butter. Und schau mal hier«, sie stößt dem Tortenstück praktisch ihren Zeigefinger in die Leiste, »ein paar Blaubeeren hat sie auch noch reingekriegt.«

Eine Zeit lang schweigen wir. Ricky hat ihre Sonnenbrille auf – ein weißes Plastikgestell mit schwarzen Gläsern von der Größe meiner Untertasse – und knabbert an ihrer Zitronentarte herum, während ich mich durch meine Blaubeertorte grabe. Irgendwann blitzt er wieder auf: der Eckzahn. Bohrt sich in ihre Lippe. Klares Zeichen von erhöhter Gehirnaktivität.

»Ich muss dich mal was fragen.« Ricky klingt ungewohnt ernst. Ich habe das Gefühl, dass sie ganz froh ist, ihre Augen hinter der Brille verstecken zu können. »Aber nicht falsch verstehen, Schnuppe.« Sie legt ihre Gabel so ab, dass die Zinken sich auf den Tellerrand aufstützen. »Ich hab mir die Bilder noch mal angeschaut – du weißt schon: das aus den Nachrichten und das aus der U-Bahn ... Und, na ja ... Ich meine: Die sehen sich schon ver*dammt* ähnlich.«

Ich versuche, das Stück Blaubeertorte hinunterzuschlucken, auf dem ich seit einer Minute herumkaue. Doch kaum habe ich es in die Speiseröhre gezwängt, bläht es sich auf wie ein Schwimmreifen. »Was meinst'n *da*mit?«, frage ich. Die nächste überflüssige Frage. Ich weiß, was Ricky damit meint.

»Ich meine damit …« Sie nimmt die Gabel und schubst einen Krümel im Kreis um den Rest ihrer Tarte herum. »Könnte es vielleicht sein, dass es gar keine Verwechslung ist?«

Nach diesem Satz wird es verdammt ruhig am Tisch. Sogar der Krümel bekommt eine Verschnaufpause. Im dritten Anlauf würge ich meinen Kuchen hinunter. Eine verschlafene Frühlingsbiene kommt angeflogen, landet in der Sahnehaube meines Kuchens wie in einer Schneewehe, gräbt sich frei und trudelt weiter. Ich spüre, wie mein Fuß anschwillt.

»Scheiße«, denke ich laut.

»Was?«

»Denselben Gedanken hatte ich letzte Nacht auch.«

Mein Handy unterbricht unser Schweigen. Noch bevor ich es aus dem Rucksack gefummelt und »unbekannt« auf dem Display gelesen habe, weiß ich, dass Sunny dran ist.

»Hey«, sagt er, »ich bin's.«

»Hey.« Ich signalisiere Ricky, wer dran ist, stehe auf und humpele unter einen Kirschbaum, dessen Blütenblätter den Boden bedecken wie Puderzucker. »Wie geht's dir?«

»Geht so. Die Anhörung beim Richter war … Eigentlich war es keine ›Anhörung‹. Eine Möglichkeit, etwas zu erklären, hatte ich gar nicht. Ich bin ins Büro des Richters geführt worden, er hat mir gesagt, dass ich bis auf Weiteres in Untersuchungshaft bleibe, und dann bin ich wieder rausgeführt worden.«

»Ich weiß«, antworte ich. »Kam bereits im Fernsehen ...«

Sunny versucht, sich nichts anmerken zu lassen. Tapfer hält er seine Ich-hab-alles-im-Griff-Fahne hoch. Doch ich habe sein Gesicht gesehen, als sie ihn in den Mannschaftswagen geschoben haben, die Angst in seinen Augen.

»Kannst du versuchen, meine Eltern zu erreichen?«, fragt er. »Ich glaube, Samstag legen sie immer in Vitte an, auf Hiddensee. Du musst bei der Hafenmeisterei anrufen, die Nummer kannst du googeln. Sag dem Hafenmeister einfach, es sei ein Notfall und er soll Nazan oder Uwe sagen, dass sie dich anrufen sollen, sobald sie eintreffen. Das Boot heißt ›Seestern‹.«

»Ist gut, mach ich.« Erst jetzt bemerke ich, dass ich im Kreis laufe und inzwischen einen Ring aus zermatschten Blütenblättern in den Puderzucker getreten habe. »Und was soll ich ihnen erzählen, wenn sie sich melden?«

»Erklär ihnen einfach, was passiert ist – dass es offenbar eine Verwechslung gab und man mich festgenommen hat. Uwe wird wissen, was zu tun ist. Das kann den nicht mehr als zwei Anrufe kosten. Morgen zum Spiel muss ich unbedingt wieder draußen sein. Die brauchen mich.«

Ich halte inne und werfe Ricky, die mit ihrer Tarte fertig ist und sich jetzt an meiner Blaubeertorte versucht, einen konsternierten Blick zu. Da gibt es einen Richter, der glaubt, Sunny habe einen unbescholtenen Mann ins Koma geprügelt, und seine einzige Sorge ist, dass er morgen sein Hockeyspiel versäumen könnte. Ricky hört auf zu essen und legt den Kopf schief.

»Du warst es nicht, oder?«, flüstere ich und füge überflüssigerweise hinzu: »Das in der U-Bahn …«

Sunnys Schweigen ist wie eine plötzliche Windstille. Dann sagt er: »Es fällt mir schwer zu glauben, dass du das gerade gesagt hast.«

»Tut mir leid. Es ist nur, weil …«

»Weil *was*?«

»Heute Mittag, im Fernsehen, da haben sie zwei Bilder von dir nebeneinandergestellt: das aus der U-Bahn und eins, wie du aus dem Gericht kom…«

»Laura!«, schneidet Sunny mir das Wort ab.

»Ja?«

»Das waren nicht zwei Bilder von mir, okay? Denn auf dem einen, das bin nicht ich!«

»Entschuldige«, murmele ich.

Seine Erregung lässt die Luft in meinem Ohr vibrieren, selbst wenn er gar nichts sagt. »Ich dachte, du vertraust mir.«

»Entschuldige«, wiederhole ich und würde mir meine Worte am liebsten zurück in den Mund stopfen, »es ist nur, weil … Ricky meinte auch, dass …«

»Ist mir scheißegal, was Ricky meint. Ich war's nicht, okay?«

Sunny achtet sehr genau auf seine Wortwahl, immer. Worte wie »scheißegal« gehören sonst nicht zu seinem Repertoire.

»Okay?«, wiederholt er.

»Ja«, sage ich, »okay.«

4

Als es mir beim ungefähr fünfzehnten Versuch gelingt, den Hafenmeister von Vitte zu erreichen, weiß ich sofort, warum er die vierzehn Male davor weder den Hörer abgenommen noch mich zurückgerufen hat. Der Typ redet nur, wenn er dazu gezwungen wird.

»Hafenmeisterei Vitte.«

»Hier ist Laura Schuchardt«, sage ich eilig.

»...«

»Bitte legen Sie nicht auf.«

»...«

»Sind Sie noch dran?«

»Ja«, antwortet er gedehnt. Sein A kann sich nicht entscheiden, ob es ein A oder lieber ein O sein will.

»Ich hab heute schon ganz oft bei Ihnen angerufen und auf Band gesprochen.«

»...«

»Haben Sie die Nachrichten nicht bekommen?«

»Doch.«

»Aber Sie haben nicht zurückgerufen.«

»Nö.«

Ein leises Schmatzen ist zu hören. Ich weiß nicht, warum, aber ich könnte schwören, dass er gerade einen Popel isst.

»Entschuldigen Sie bitte, aber es ist wirklich sehr dringend«, sage ich, »ein Notfall. Hat bei Ihnen heute eine Yacht namens ›Seestern‹ festgemacht?«

Schmatz, schmatz. »Möglich.«

Ich frage mich, was der Typ wohl macht, wenn in Vitte ein Tsunami anrollt. Sich am Ohr kratzen wahrscheinlich.

»Können Sie das irgendwie herausfinden?«

»Ja.«

Im Hintergrund raschelt etwas.

»Jetzt gleich?«, frage ich.

»Ja.«

»Und?«

»Is da – Seestern.«

»Sind Sie sicher?«

»Steht hier. Und wenn das hier steht, dann is das auch so.«

Ich gebe alles, was ich an Überzeugungskraft aufbieten kann, um dem Hafenmeister klarzumachen, wie wirklich verdammt wichtig es ist, dass er zum Boot geht, Nazan und Herrn Bergmann ausfindig macht, ihnen meine Nummer gibt und ihnen ausrichtet, dass sie mich anrufen sollen. Ob er das machen könne, bitte, weil wichtig, sehr wichtig, am besten gleich, noch besser sofort, Sir, bitte?

»Kann ich machen.«

Es ist 22:47 Uhr, ich sitze in meinem Bett und habe aufgehört, irgendetwas von Brechts »Furcht und Elend« verstehen zu wollen, als endlich mein Handy klingelt und mir eine Nummer mit der Vorwahl 038 300 anzeigt.

»Laura?« Es ist Nazan.

»Frau Bergmann!« Vor lauter Schreck sieze ich sie wieder.

»Was um alles in der Welt ist passiert? Ist das wirklich Soner, den sie da ins Gefängnis gesteckt haben? Das ist doch nicht möglich!«

Ich überlege noch, wo ich anfangen soll, als mir etwas einfällt: »Du weißt, dass er im Gefängnis ist?«

»Weshalb sollte ich sonst anrufen?«

»Aber davon hab ich dem Hafenmeister gar nichts gesagt.«

Nazan zögert. »Dem Hafenmeister?«

Hat ihnen natürlich nichts gesagt, der Hafenmeister, war nicht einmal am Boot. Hat aufgelegt und mich, meine Bitten und meine fünfzehn Anrufe in den Wind geschickt, aufs Meer hinaus, tschö. Stattdessen hat Nazan ihren Sohn im Fernsehen gesehen, zufällig, in den Tagesthemen. Informationen reisen auf vielerlei Weise. Sie waren an Land, in einem Restaurant, abendessen. Hinter der Theke lief ein Fernseher ohne Ton. Beim Hinausgehen ist ihnen Sunny dann quasi aus dem Gerichtsgebäude heraus entgegengekommen.

Ich berichte Nazan, was passiert ist – dass da erst diese Geschichte in der Tagesschau kam und wie eine Stunde später plötzlich die Polizei auf der Terrasse stand und Sunny verhaftet hat. Offenbar hatten sich gleich mehrere Personen gemeldet, die behaupteten zu wissen, wer die gesuchte Person sei.

»Das Ganze scheint eine Verwechslung zu sein, aber der Richter…«

»Eine Verwechslung?«, unterbricht mich Nazan, die bis dahin geschwiegen hat.

»Ja, also, weil: Der Typ, der auf dem Überwachungsvideo aus der U-Bahn zu sehen ist, sieht halt einfach genauso aus wie Sunny.«

Stille. Ich dachte, wenn ich Nazan erkläre, dass es eine Verwechslung ist, müsste sie das eigentlich erleichtern.

Stattdessen scheint es ihr die Sprache zu verschlagen. Vielleicht liegt es an Vitte, denke ich.

»Wo, sagst du, ist das gewesen?«, fragt sie schließlich.

»Was jetzt?«

»Dieser Überfall.«

»In Berlin.«

»Aber…« Ihr Schweigen ist so abrupt, dass ich für einen Moment glaube, die Leitung sei unterbrochen. Dann fährt sie ebenso abrupt fort: »Hör zu, Laura: Sollte Soner sich bei dir melden, kannst du ihm bitte sagen, dass Uwe noch heute Abend Kontakt zu einem Anwalt aufnehmen wird und dass wir morgen früh die erste Fähre nach Stralsund nehmen und zurückkommen werden. Könntest du das tun?«

»Natürlich.«

»Und sag mal: Dieser Mann in Berlin, der da zusammengeschlagen wurde – weiß man, was mit dem ist?«

»Der liegt im Koma, soweit ich weiß.«

»Oh mein Gott«, flüstert Nazan, dann legt sie auf, ohne sich zu verabschieden.

Ich schlage »Furcht und Elend« zu, das, warum auch immer, ein quietschrosa Cover hat, mache das Licht aus, blicke durch mein Dachfenster in den Sternenhimmel auf und frage mich, was wohl Sunny gerade denkt und ob auch er durch sein Fenster den Mond sieht. Ist er der U-Bahn-Schläger aus Berlin? Und wenn ja: Wer ist der andere? Eigentlich hatte ich nach unserem letzten Telefonat diesen Gedanken von mir geschoben. Offenbar jedoch nicht weit genug. Jetzt nämlich, nach dem Gespräch mit Nazan, ist er wieder da. Seit drei Monaten sind Sunny und ich jetzt fest zusammen. Aber kennen tun wir uns schon länger. Und bis gestern war ich sicher zu wissen, wer er ist.

Bevor Sunny und ich zusammengekommen sind, hab ich mich manchmal gefragt, ob ich nicht vor allem deshalb so scharf auf ihn bin, weil die gesamte weibliche Oberstufe scharf auf ihn ist. Insbesondere Janina und Caroline, die ganz klar die größten Tussen auf unserer Schule sind und so etwas wie ein öffentliches Duell darum ausgefochten haben, welche von ihnen sich am Ende von Sunny in sein Schloss führen lassen darf. Die Antwort ist: Nein, das war nicht der Grund. Stutenschauen sind nichts für mich. Dieses höher, schneller, weiter geht mir auf die Nerven. Bei Männern ist das was anderes. Die müssen das machen, glaube ich: Ritterkämpfe, Formel 1, Hockey. Aber ich – ich hab immer darauf gehofft, dass mich der Richtige »erkennt«. Und so war es dann ja auch.

Manchmal fühlt Sunny sich fremdbestimmt. Seine Eltern haben ihm seinen Weg so klar vorgezeichnet, dass er gar nicht richtig weiß, ob er selbst auch will, was sein Vater will, nämlich BWL studieren, anschließend in Herrn Bergmanns Firma einsteigen und sie irgendwann übernehmen. Es wird nicht offen ausgesprochen, aber irgendwie ist klar, dass Sunny seinem Vater das schuldet. Herr Bergmann ist nämlich nicht Sunnys leiblicher Vater. Der ist in den Libanon zurück, als Sunny noch ein Baby war. Als Nazan und Herr Bergmann dann geheiratet haben, hat der ihn adoptiert. Folglich hat Sunny alles, was er heute ist, seinem Stiefvater zu verdanken. Ein bisschen wenigstens. Und da Herr Bergmann und Nazan keine eigenen

Kinder bekommen haben, ist auch klar, dass Sunny nach dem Studium Juniorchef der SPEDITION BERGMANN wird, einem international tätigen Großunternehmen mit weltweit 1300 Mitarbeitern.

Das leuchtende Rechteck hat sich wieder über den Boden geschlichen und heimlich auf mein Bett geschoben. Ich blicke zum Mond auf, der mich fast vollständig in blasses Licht taucht. Sunny war es nicht. Er mag auf Ritterkämpfe, Formel 1 und Hockey stehen, aber er würde niemals jemanden einfach so zusammenschlagen. Je länger ich darüber nachdenke, umso sicherer bin ich mir. Und umso sicherer bin ich mir auch, dass wir zusammengehören. Ich will jetzt nicht von Schicksal reden oder so. Aber irgendwie haben wir uns gefunden, uns »erkannt«. Und – auch wenn es bescheuert klingt – vielleicht war ich mir meiner Gefühle für ihn noch nie so sicher wie ausgerechnet jetzt, da ich in meinem Bett liege und er in einer Gefängniszelle.

5

Solo hat sich aufgerappelt und erwartet mich schwanzwedelnd am Fuß der Treppe. Früher ist er mir abends immer nach oben gefolgt und hat sich zum Schlafen vor meine Tür auf den Treppenabsatz gelegt – mein Zelt beschützt. Seit er mit seiner kaputten Hüfte die Treppen nicht mehr raufkommt, legt Papa ihm abends, bevor er selbst ins Bett geht, die Hundedecke vor die Stufen. So kann Solo nachts wenigstens die Treppe beschützen.

Wir haben ein morgendliches Begrüßungsritual, Solo und ich: Ich setze mich auf die zweite Stufe, kraule ihm den Hals und er legt dankbar seine Schnauze auf meinen Oberschenkel. Hat er genug Zuwendung bekommen, nimmt er seinen Kopf herunter und ich darf aufstehen. Vorher nicht. Allerdings: Je älter er wird, desto länger dauert dieses Ritual. In letzter Zeit habe ich das Gefühl, er würde am liebsten den ganzen Tag so zubringen, den Kopf auf meinem Oberschenkel, meine Hände an seinem Hals. Also höre ich irgendwann auf, ihn zu kraulen, er blickt zu mir auf und ich sage: »Ich muss in die Schule.« Dann nimmt er widerstrebend seinen Kopf von meinem Bein und lässt mich in die Küche gehen. Ist inzwischen auch schon ein Ritual geworden.

»Wie sieht's aus?«, frage ich.

Solo sieht mich an als wüsste er, dass heute Sonntag ist und ich nicht in die Schule muss: *Noch zwei Minuten, komm schon*. Ich tue ihm den Gefallen. Schließlich hat er recht: Heute ist keine Schule.

Während ich Solo also zwei Extraminuten lang den Hals kraule, geschieht Folgendes: Papa kommt mit einem Becher frischen Kaffee aus der Küche, sieht mich, sagt »Morgen, Laura« und verschwindet im Wohnzimmer, das zugleich unser Esszimmer ist. Nichts Ungewöhnliches eigentlich, Business as usual. Nur dass ich, als er »Morgen, Laura« sagt, eine merkwürdige Schwingung wahrnehme. Wie wenn man auf der Gitarre einen Akkord greift und merkt, dass eine Saite verstimmt ist.

»Schluss jetzt, Solo«, flüstere ich, hebe vorsichtig seine Schnauze an und gehe ins Wohnzimmer.

»Morgen, Laura«, begrüßt mich jetzt auch Mama.

Papa und sie sitzen einander gegenüber am Tisch, die Ellenbogen aufgestützt. Mama sieht mich an, sagt aber nichts. Okay, alles klar, Message angekommen: Hier ist definitiv eine Saite verstimmt. Ist nicht zu überhören.

Ich will gerade fragen, was ich so Schlimmes verbrochen habe, als ich die BILD-Zeitung bemerke. Meine Eltern kaufen die BILD nicht. Nie. Die BILD ist ein »voyeuristisches Drecksblatt«. Das wusste ich bereits, als ich noch keine Ahnung hatte, was voyeuristisch bedeutet. Trotzdem liegt sie jetzt zwischen dem Frischkornbrei und dem Krug mit Gemüsesaft auf dem Tisch. Sunny, schießt es mir durch den Kopf. Er ist in der Zeitung, garantiert. Informationen reisen auf vielerlei Weise. Was soll's, denke ich. Irgendwann hätten sie es ohnehin erfahren.

Ich setze mich, nehme mir ein Brötchen und falte die Zeitung auseinander. Leider verschlägt mir die Titelseite sofort den Appetit. Sunny ist nicht »in« der Zeitung,

Sunny ist »auf« der Zeitung. Das Bild der Überwachungskamera und das von ihm, wie er in den Mannschaftswagen steigt, sind nebeneinander abgebildet und nehmen fast die gesamte untere Hälfte ein. Auf der oberen steht in riesigen schwarzen Lettern:

> **Ist der BERLINER**
> **HASSTRETER**
> **ein HAMBURGER**
> **SCHULSPRECHER**

Ich spüre, wie mein Magen einen gordischen Knoten aus sich macht und lasse die Zeitung sinken, bis sie über meinem Brötchenteller liegt wie ein Leichentuch. Das wird ihn umhauen, denke ich. Das verkraftet Sunny nicht – er, der alles tut, um die Menschen um sich herum nicht zu enttäuschen, alle zufriedenzustellen, gemocht und verehrt zu werden. Das ist das absolut Wichtigste für ihn: Dass die Menschen ihn mögen. Wenn sie ihn jetzt für einen U-Bahn-Schläger halten, das ist, als würde man ihm die Beine brechen.

Als ich aufblicke, werde ich von zwei Augenpaaren betrachtet. Das eine sorgt sich um mich, das andere lässt mich kommen. Nee, Freunde, echt nicht. Nicht die Nummer, nicht jetzt.

»Könnt ihr mal aufhören, mich so anzuglotzen?« Das »dämlich« vor dem »anglotzen« kann ich mir gerade noch verkneifen.

»Laura«, setzt Papa an, aber die mitfühlende Art, wie er meinen Namen ausspricht, macht mich bereits so aggressiv, dass ich ihm direkt ins Wort falle.

»Hör auf, Papa!« Ich nehme die Zeitung, knülle sie zu einer Kugel zusammen, schleudere sie Richtung Altpapierbox und treffe unglaublicherweise. »Er war's nicht!« Ich stoße meinem Brötchen das Messer in die Seite. »Er war's nicht, okay? Es ist eine Ver-wechs-lung.«

Das Brötchen ist total labbrig. Schneiden ist da nicht. Während ich mit meinem Messer im Teig herumstochere, rollt sich Solo in der Ecke zu einem Fellknäuel zusammen.

»Das hat auch niemand behauptet – dass er es war«, erklärt mein Vater.

»Ach Scheiße!« Ich klatsche das zerlöcherte Brötchen samt des darin steckenden Messers auf meinen Teller. »Und was soll dann der ganze Aufriss?«

Mein Vater fängt an, mit seinem Ehering zu spielen. »Weshalb bist du nicht zu uns gekommen? Weshalb hast du uns nichts gesagt?«

Ich ziehe die Schultern hoch. »Offenbar wollte ich nicht.«

»Aber wir hätten …«

»Ihr hättet *was*?«, rufe ich.

Dabei weiß ich es: drüber reden können. Lass uns drüber reden, dass dein Freund im Gefängnis sitzt. Wow, toll, danke.

Und als wüsste er nicht, dass ich es weiß, sagt mein Vater tatsächlich: »Du kannst mit uns über alles reden, das weißt du.«

»Ja, Papa, weiß ich.« Ich versuche, nicht genervt zu klingen. Unmöglich. »Aber nur, weil ich mit euch über alles reden *kann*, heißt das doch nicht, dass ich es auch *muss*, oder?«

Meine Mutter hat offenbar entschieden, dass sie mich lange genug hat kommen lassen. Jedenfalls hält sie die Zeit für gekommen, sich zu Wort zu melden: »Du bist siebzehn, Laura«, fängt sie an. Danke für diese brandheiße Info, Mama. »Wenn es dir besser damit geht, nicht mit uns darüber zu reden, dann akzeptieren wir das. Wir möchten dir nur ein Angebot machen.«

Auf der Suche nach dem, was ich jetzt am besten zur Antwort gebe, streift mein Blick den Teller mit dem zermarterten Brötchen. Schätze, das Frühstück fällt heute aus. »Danke, Mama, aber ich möchte euer Angebot lieber nicht annehmen.« Damit stehe ich auf, wende mich ab und gehe aus der Küche.

»Willst du nicht wenigstens ...«, ruft mir Papa hinterher.

»Keinen Hunger!«, entgegne ich.

Es ist kurz nach vier, als ich mit meinem Fahrrad bei Bergmanns eintreffe. Auf dem Bürgersteig gegenüber der Einfahrt stehen zwei gelangweilte Männer und unterhalten sich, hören aber sofort damit auf, als sie merken, dass ich vom Fahrrad steige und das Tor ansteuere. Dann sehe ich sie: Kameras. Der eine hat sie um den Hals baumeln, der andere hält sie seitlich am Körper wie ein Profikiller seine Pistole. Im Laufschritt überqueren sie die Straße. Die Jackenflügel des Größeren flappen nach außen, der Kleinere bringt seine Kamera vor das Gesicht und stellt sein Ziel scharf: mich.

Ich habe noch nicht einmal den Klingelknopf gedrückt, da höre ich den Langen rufen: »Bist du Laura?«

Das glaube ich nicht, denke ich. Doch zu mehr komme ich nicht, denn sie stehen bereits neben mir.

»Geht ihr zusammen in die Schule – Soner und du?«, fragt der Kleine.

Der Lange hakt nach: »Jetzt sag doch mal: Bist du Soners Freundin?«

Ich habe dreimal den Klingelknopf gedrückt, als ich den Fehler mache, zu ihnen aufzublicken. Ziel erfasst, Feuer: Klack-klack-klack-klack ... Zwei Sekunden reichen ihnen, um mich zehnmal zu fotografieren.

Dann erlöst mich Nazans Stimme aus der Gegensprechanlage: »Laura, ich mach auf.«

Der Summer ertönt, ich stoße mit dem Vorderrad das Tor auf und flüchte mich auf das Grundstück. Als ich mein Fahrrad gegen die Laube lehne, öffnet sich die Haustür und Sunnys Vater erscheint. Er kommt mir größer vor als sonst, beinahe füllt er den gesamten Türrahmen aus. Und er macht ein Gesicht, als sei *ich* an allem schuld, als säße Sunny meinetwegen im Gefängnis.

»Herr Bergmann«, stottere ich.

Er bläht sich auf, kommt die Stufen herab und läuft auf mich zu. Ach du Scheiße, denke ich und ziehe innerlich den Kopf ein. Doch ich bin es gar nicht, den er so zornig anfunkelt. Ohne mich zur Kenntnis zu nehmen, stampft er an mir vorbei, ich drehe mich um, und da steht er: einer der Fotografen. Es ist der Lange mit der Schlabberjacke, der jetzt seine Kamera klacken lässt. Offenbar ist er mir auf das Grundstück gefolgt, ohne dass ich es gemerkt habe. Und lächelt. Kaum zu glauben, aber wahr. Er lächelt von hinter der Kamera Sunnys Vater direkt ins Gesicht.

»Herr Bergmann«, ruft er und geht ein bisschen in die Knie, um einen besseren Winkel für seine Fotos zu bekommen, »was sagen Sie zur Festnahme Ihres Sohnes?«

Sunnys Vater tritt so nahe an ihn heran, dass auf den Fotos unmöglich mehr zu erkennen sein kann als Herrn Bergmanns Brustkorb. Aber dann ist sowieso gar nichts mehr zu erkennen, denn Sunnys Vater hält seine Hand über das Objektiv.

»Sie verlassen jetzt augenblicklich mein Grundstück«, sagt er mit diesem Tonfall, der keinen Widerspruch duldet, »und sollte ich irgendwo in der Presse ein Bild finden, das auf diesem Grundstück entstanden ist, dann werden meine Anwälte Sie so lange durch die Instanzen jagen, bis Ihnen nicht einmal mehr die Kamera gehört, die Sie in der Hand halten.«

»Das werden wir ja sehen«, entgegnet der Fotograf, doch Herrn Bergmanns Worte haben offenbar gewirkt, denn er tastet mit der freien Hand hinter seinem Rücken nach der Gartentür.

Herr Bergmann erspart ihm die Mühe, langt an ihm vorbei und zieht das Tor auf. »Nein«, erwidert er, »das werden *Sie* sehen.« Er lässt das Schloss einrasten, dreht sich um und kommt zu mir. Ich bemerke, dass ich die ganze Zeit über den Fahrradlenker festgehalten habe. »Hallo Laura«, sagt er, »komm rein.«

Sunnys Eltern haben es geschafft, vielmehr: Herr Dierksen hat es geschafft, einer von Herrn Bergmanns Anwälten. Um 17 Uhr 30 wird Sunny aus der Untersuchungshaft entlassen. Zu spät für sein Hockeyspiel, aber was soll's. Deshalb bin ich hergekommen. Nazan hat mich angerufen: Soner würde sich sicher freuen, wenn ich mitkäme, ihn abzuholen.

Ihre Umarmung fällt noch inniger aus als sonst. »Ich bin

so froh, dass du gekommen bist«, sagt sie und lässt mich erst wieder los, als ihr Mann sagt: »Ich glaube, das reicht jetzt, Nazan.«

Dann sitzen wir eine endlos lange halbe Stunde jeder auf einem eigenen Sofa und das lauteste Geräusch ist das Klicken der Untertassen auf dem gläsernen Couchtisch. Auf dem Teppich ist noch der Fleck von Sunnys Clubsandwich zu sehen.

Keiner weiß so richtig, wo er hinschauen soll. Der Garten wäre gut geeignet, aber Nazan hat den Lamellenvorhang geschlossen – aus Angst vor Paparazzi, wie ich vermute. Nachdem er wiederholt auf seine Uhr gesehen hat, verschwindet Herr Bergmann ins Obergeschoss, und Nazan trägt die Tassen zur Spülmaschine. Kurz darauf kehrt er zurück und hat das passende Jackett zu seiner silbergrauen Anzugshose an.

Wieder blickt er auf seine Uhr: »Also dann.«

Verwundert folge ich Herrn Bergmann und Nazan in den Keller und bis ans Ende eines langen Flurs. Hier entriegelt Herr Bergmann eine durch zwei Schlösser gesicherte Brandschutztür, hinter der eine Treppe wieder nach oben und zu einer weiteren Tür führt, und plötzlich stehen wir vor Bergmanns SUV. Ich hatte keine Ahnung, dass es diesen Zugang zur Garage gibt, der umständlicher ist und mehr Zeit in Anspruch nimmt, als ums Haus zu gehen, der aber den Vorteil hat, nicht einsehbar zu sein. Wir steigen ein, Nazan checkt im Spiegel der beleuchteten Sonnenblende ihr Make-up und setzt ihre Gucci-Sonnenbrille auf. Anschließend öffnen sich erst das Garagen- dann das Rolltor, die beiden Fotografen versuchen, durch die getönten Scheiben etwas zu erkennen, und wir sind weg.

Die Scheiben schützen uns vor fremden Blicken, nicht aber vor den Titelblättern der Zeitungen. Die glotzen uns an jeder zweiten Straßenecke in den Wagen.

> Ist der BERLINER
> HASSTRETER
> ein HAMBURGER
> SCHULSPRECHER

Da ist nicht mal ein Fragezeichen am Ende, wie mir auffällt.

Nazan ignoriert die Zeitungen so gut es geht, aber beim fünften oder sechsten Kiosk schnauft sie und macht ein Geräusch wie jemand, der noch nicht aufstehen will. Dann sind wir auf der Autobahn und die Elbe fließt unter uns entlang. Ein unhörbares Aufatmen geht durch den Wagen. Der Hafen zieht an meinem Fenster vorbei: Reihen mit übereinandergestapelten Schiffscontainern, riesige Entladekräne, die Spalier stehen wie für den Besuch von Außerirdischen in einem Science-Fiction. Sunnys Vater nimmt die Ausfahrt Richtung Finkenwerder. Es folgt kilometerlanges Niemandsland, Bahngleise links, Wasser rechts, Brücken mit Versorgungsleitungen, die von gegrätschten Stahlbeinen über der Straße gehalten werden. Eine Tankstelle in Blau, eine in Rot. Eine halbe Stunde sind wir so unterwegs, und als ich wieder zu mir komme, weil Herr Bergmann den Motor abstellt, habe ich von dieser halben Stunde nicht einen einzigen Gedanken behalten.

Wenn man sich die Kameras, den Stacheldraht und die Gitter vor den Fenstern wegdenkt, könnte man meinen, wir würden Sunny von einem Schulausflug abholen. Es riecht nach frischem Gras, die Vögel zwitschern, das rot geziegelte Dach leuchtet in der Sonne. Innen erwarten uns Wände in freundlichen Farben und ein Mann mit schütterem Haar, der lächelnd hinter seinem Schreibtisch hervorkommt, als wir sein Büro betreten. Er streckt Nazan, Herrn Bergmann und mir die Hand entgegen und bittet uns, Platz zu nehmen. Vor seinem Schreibtisch stehen nur zwei Stühle, also holt er für mich schnell einen dritten aus dem Nebenzimmer.

Er wählt eine interne Nummer, bittet darum, ihm den »Soner Bergmann« zu bringen, lässt Nazan und Herrn Bergmann ein Formular unterschreiben und erklärt ihnen, dass der »HB«, also der Haftbefehl, nur außer Vollzug gesetzt und nicht aufgehoben wird, und dass es sich um eine »vorläufige« Haftverschonung handelt. Ansonsten bekomme ich kaum etwas mit, weil ich aus irgendeinem Grund die Grünlilien auf seinem Fensterbrett betrachte, deren Ableger sich die Wand hinabseilen wie Ausbrecher. Schließlich wird die Türklinke gedrückt und ich springe auf, als sei ich bei etwas Verbotenem ertappt worden.

»Sunny!«

Er ist noch nicht richtig im Zimmer, da fliege ich ihm bereits in die Arme und überrasche mich selbst, indem ich ihn auf den Mund küsse wie im Film – mir doch egal, wer hier sonst noch rumsitzt –, und zum ersten Mal kapiere ich *wirklich*, warum sich frisch Verliebte in Hollywoodfilmen immer so abknutschen, wie sie es tun.

Zwei Nächte nur war er hier drin, trotzdem kommt es mir vor, als sei es nicht mehr derselbe Sunny, den ich noch vorgestern umarmt habe. Auch sein Gesicht erscheint mir schmaler, wie abgemagert. Ist natürlich alles Quatsch,

Hormone. Selbstverständlich ist es noch derselbe Sunny, muss es sein. Sein Gesicht hatte gar keine Gelegenheit abzumagern.

»Ist ja gut«, flüstert er und schiebt mich liebevoll von sich weg.

Kaum habe ich mich von ihm gelöst, da hat er Nazan am Hals. »Es tut mir so leid!«, schnüfft sie und ringt die Tränen nieder.

Herr Bergmann ist ebenfalls aufgestanden und rückt seine Gürtelschnalle zurecht. »Na, dann lasst uns mal fahren.«

Sunny und ich sitzen auf der Rückbank. Er hat seinen Arm um mich gelegt, ich meinen Kopf an seine Schulter. Lange Zeit schlingert ein riesiger Lkw vor uns her, dessen Rückseite praktisch unsere gesamte Windschutzscheibe ausfüllt. Immer wieder setzt Herr Bergmann zu einem Überholversuch an, schert aus und muss sich dann doch wieder hinter den Laster ducken, weil uns jemand entgegenkommt. Die Rückwand des Lkw ist leuchtend gelb lackiert, mit einem giftgrünen Schriftzug, der sich quer über die Türen zieht:

FRISCHE
IM GLAS

Eigentlich sollte doch jetzt alles gut sein, denke ich. Sunny ist frei, der Rest wird sich aufklären. Ist es aber nicht. Herr Bergmann steht total unter Strom, Nazan klammert sich an den Türgriff und Sunnys Schulter ist hart wie ein Brett. Ich komme mir vor wie in einem lebenden Suchbild: Wo ist der Fehler? Ziemlich krampfhaft versuche ich, die Situation irgendwie zu entschlüsseln, doch bis wir wieder auf der Autobahn sind, habe ich es aufgegeben. Ich finde den Fehler nicht. Bei Suchbildern war ich noch nie gut.

Sobald wir in die Hölderlinstraße einbiegen, läuft einer der Fotografen – der kleine – auf die Straße und richtet seine Kamera auf unseren Wagen. Doch statt abzubremsen, wie es alle erwarten, lässt Herr Bergmann den Motor aufheulen und jagt die Straße runter direkt auf ihn zu.

»Uwe!« Nazan tritt ein Bremspedal durch, das gar nicht da ist, Sunny drückt sich in den Sitz, ich drehe mein Gesicht in seine Schulter.

Aus dem Augenwinkel sehe ich, wie sich der Fotograf zwischen zwei parkende Autos rettet – die Kamera am ausgestreckten Arm über den Kopf haltend, den Finger auf dem Auslöser –, dann reißt Herr Bergmann das Lenkrad herum und der Wagen kommt mit quietschenden Reifen vor der Einfahrt zum Stehen. Vor Schreck hat sich Nazan mit gespreizten Fingern gegen das Armaturenbrett gestemmt. Ihre rot lackierten Nägel leuchten wie Warnsignale.

»Scheiß Pack!«, zischt Herr Bergmann und presst den Knopf der Fernbedienung, die in der Konsole liegt.

Ich habe Sunnys Vater noch nie etwas Unüberlegtes tun oder sagen hören. Heimlich blicke ich von einem zum anderen: Sunny und seine Mutter ebenfalls nicht. Während das Tor zur Seite rollt, löst Nazan ihre Hände vom Handschuhfach, wo für einen Augenblick ihre Finger als feuchte Abdrücke zu sehen sind. Anschließend wuschelt sie sich durch die Haare, streckt eine Hand nach Herrn Bergmann aus und findet dessen Oberschenkel. Ich weiß nicht, warum, aber ihre Geste hat etwas Flehendes. Als wolle sie ihren Mann um Verzeihung bitten. Aber wofür? Ich will es nicht, aber ich kann nicht anders, als zu denken: Die drei wissen etwas, das ich nicht weiß. Und auch nicht wissen soll.

Eigentlich sollte ich nach Hause. Morgen ist Schule und ich muss dringend noch für Englisch lernen – einen meiner Leistungskurse –, doch Sunnys Mutter bittet mich so eindringlich, zum Essen zu bleiben, dass alles andere eine Beleidigung wäre. Ich stehe also mit Nazan in der Küche und helfe ihr beim Kochen. Heute ist Sonntag, da hat Frau Schütz frei. Sunny und sein Vater haben sich am anderen Ende des abgedunkelten Raumes in eine Couch sinken lassen, auf dieselbe Weise die Beine übereinandergeschlagen und blicken zu dem Flatscreen auf. Fußball. Therapeutisches Fernsehen nennt Mama das. Vorletzter Spieltag. Hat Sunny gesagt. Als erkläre sich alles andere von selbst. Wer Meister wird, steht bereits fest, wer absteigt, noch nicht. Natürlich weiß ich weder, wer Meister wird, noch, wer absteigt. Wenn ich raten müsste, wo in der Tabelle der HSV zu finden ist, würde ich tippen ziemlich weit unten.

Ich weiß, dass Nazan das sonst genießt – Kochen. Wie ein Luxus, den man sich gönnt. Aber nicht heute. Sie ist schön, wie immer. Das durch die Lamellen einfallende Abendlicht lässt ihre Haut noch seidiger glänzen als ohnehin, und jede ihrer Bewegungen ist irgendwie ... vollendet. Trotzdem ist sie fahrig. Zweimal zieht sie den Schrank mit den Gewürzen auf und sucht zwischen Essigflaschen und Sojasauce nach dem Olivenöl, das längst neben dem Herd steht. Einmal glaubt sie sogar, das Messer verlegt zu haben. Dabei hält sie es in der Hand. Ich schneide Möhren, Kartoffeln und Zucchini, und weil es danach nichts mehr für mich zu tun gibt, decke ich den Tisch. Ich habe das Gefühl, wenn ich Nazan beim Kochen auf die Finger sehe, mache ich sie nur noch nervöser.

Während ich versuche, auf dem Tisch alles so anzuordnen, dass es wie in einem teuren Restaurant aussieht, blicke ich zu Sunny und seinem Vater hinüber. Wenn das therapeutisches Fernsehen ist, geht es mir durch den Kopf, dann macht Nazan wahrscheinlich gerade therapeutisches Kochen.

Es gibt Lammeintopf mit Couscous. Nazan hat das schon einmal gekocht, als ich da war. Es schmeckt sagenhaft gut und gleichzeitig total exotisch, weil sie lauter Gewürze hineintut, die meine Eltern praktisch nie verwenden: Kardamom zum Beispiel. Als alles auf dem Herd steht und vor sich hin gart, wischt Nazan die Arbeitsfläche sauber und legt vorsichtig das Messer in die Spüle. Trotz der surrenden Abzugshaube macht sich der Geruch von Paprika, Zimt und Koriander breit.

»Dieses Gericht hat meine Großmutter immer für mich gekocht«, erinnert sie sich. Für einen Moment ist sie weit, weit weg. Mir fällt auf, dass sie in meiner Gegenwart noch nie ein Wort über ihre Vergangenheit verloren hat. Entschuldigend lässt sie ihre gebleechten Zähne aufblitzen. »Ist das Einzige, was mich mit dem Libanon noch verbindet.«

Ich überlege, wie das bei mir wäre: wenn ich von hier weg in ein anderes Land ginge, in eine andere Sprache, für immer. »Was ist mit deinen Eltern?«, frage ich vorsichtig.

Nazan dreht mir den Rücken zu und räumt die Gewürze ein. »Was kann ich sagen? Meine Eltern haben mich nach Deutschland verheiratet, da war ich noch ein halbes Kind. Ich glaube, es war Geld im Spiel. Wir hatten nicht viel, weißt du. Der Mann, mit dem ich verheiratet wurde, stammte aus einer befreundeten Familie und lebte damals schon in Deutschland. Wir kannten uns, von früher, hatten uns aber seit Jahren nicht gesehen. Also schickten sie ihm ein Foto von mir, in das er sich sofort verliebte. So kam ich nach Deutschland, mit sechzehn. Ein Jahr später habe ich dann«, Nazan hält inne, die Pfeffermühle schwebt über dem Gewürzregal wie ein Raumschiff, »Soner bekommen.«

»Und dann?«, frage ich.

»Habe ich mich von meinem Mann getrennt.« Sie lässt das Gewürzregal in der Schrankwand verschwinden. »Anderthalb war Soner damals. Und ich neunzehn.« Sie überlegt. »Zu jung, viel zu jung …«

»Und Sunny hat seinen leiblichen Vater nie gesehen?«

Seit gefühlten fünf Minuten macht Nazan nichts anderes, als sich künstlich zu beschäftigen. Jetzt gibt sie es auf, lehnt sich gegen die Spüle und blickt mir offen ins Gesicht: »Nicht, seit er anderthalb ist.« Kurz lenkt sie ihren Blick zum anderen Ende des Raumes hinüber.

Ich habe das Gefühl, besser nichts zu sagen. Lass sie kommen und sie führen dich automatisch dahin, wo es wehtut.

»Soner hat nie nach ihm gefragt«, fährt Nazan schließlich fort, »und wenn, hätte ich ihm nicht viel erzählen können. Nach der Scheidung ist mein Exmann in den Libanon zurückgegangen. Da haben seine und meine Familie schon nicht mehr miteinander geredet, soweit ich weiß. Ich nehme an, sie wollten ihr Geld zurück – weil ich nicht gehalten habe, was man sich von meinem Foto versprochen hatte. Danach habe ich weder von meinem Exmann noch von meinen Eltern je wieder etwas gehört.«

Nazans Worte lösen eine Art Erdrutsch bei mir aus. Ich meine, man sieht es ihr einfach nicht an. Sie wirkt so erhaben – als könne sie nichts erschüttern. Aber als sie Sunny bekam, war sie gerade einmal so alt wie ich jetzt. Und als ihre Eltern sie verheirateten, da war sie sogar noch jünger.

Ich würde sie gerne noch mehr fragen: wie sie Herrn Bergmann kennengelernt hat zum Beispiel, ob sie nicht gerne wüsste, wie es ihren Eltern geht, was aus ihrem Exmann geworden ist, warum sie sich von ihm getrennt hat ... Doch dazu komme ich nicht, denn das Flatscreensegel im Wohnzimmer hört auf zu leuchten und Sunny ruft: »Wie sieht's mit Essen aus?«

Er steht auf, kommt zu uns herüber, lächelt, legt mir einen Arm um die Hüfte und küsst mich. Alles wird gut, will er mir signalisieren. Therapeutisches Fernsehen. Scheint zu funktionieren.

Nazan lächelt ebenfalls und lupft den Deckel an: »Praktisch fertig.«

6

Sunny bremst, setzt einen Fuß auf den Boden und schiebt sich die Sonnenbrille in die Stirn. Ich krache nur deshalb nicht in sein Hinterrad, weil mein Fahrrad praktisch von alleine bremst, sobald ich aufhöre zu treten. Sunny sagt gerne, mein Fahrrad sei ein Rollstuhl – nur nicht so schnell. Über uns spreizt eine Kastanie in der Morgensonne ihre tief hängenden Äste. Auf der anderen Seite, ein Stück die Straße runter, ist unser Schultor.

Wie immer vor Unterrichtsbeginn haben sich diverse Grüppchen zusammengefunden. Von einigen steigt Qualm auf. Rauchen nur außerhalb des Schulgeländes. Auf den ersten Blick sieht alles aus wie immer. Doch dann bemerke auch ich, was Sunny praktisch gerochen haben muss, als wir um die Ecke gebogen sind: zwei Männer. Der eine hat eine Kamera um den Hals und blickt sich unauffällig um, der andere redet mit Janina und Caroline – ausgerechnet den beiden Vorzeige-Blödglucken.

Mache ich sonst nicht: Sunny morgens abholen. Aber heute – ich weiß auch nicht –, heute hatte ich das Bedürfnis, mit ihm zusammen in die Schule zu fahren, ihm Beistand zu leisten. Inzwischen komme ich mir vor wie eine Politikergattin, deren Mann in einen Skandal verwickelt ist.

»Lass uns hintenrum gehen und über den Zaun klettern«, schlage ich vor. Noch hat uns keiner bemerkt.

Sunny presst die Kiefer aufeinander. Seine Kaumuskeln

zeichnen wandernde Schatten auf seine Wange. »Ich habe nicht vor, mich zu verstecken.«

Er hat recht, überlege ich. Wenn wir uns von hinten in die Schule schlichen – das würde aussehen, als wäre er schuldig.

Er klappt seine Brille herunter wie ein Visier. »Okay?«, fragt er.

»Okay.«

»Yo, Alter!« Jonas löst sich als Erster aus seiner Gruppe und schlendert demonstrativ zu uns herüber. »Hast *du* die Typen von der Presse eingeladen?«, fragt er Sunny und deutet mit dem Kinn Richtung Schultor.

Der Reporter jenseits des Zauns hat ein Objektiv auf seine Kamera montiert, mit dem man mühelos Staubflusen auf dem Mond zählen könnte. Sunny unterdrückt den Impuls hinzusehen. Er würde gerne etwas Lustiges erwidern, etwas, das zeigt, wie sehr er über der Situation steht. Wie wenig ihm das alles ausmacht. Doch mehr als ein verzerrtes Grinsen bekommt er nicht zustande.

War natürlich klar, dass der Gang zur Schule nicht einfach werden würde. In der Zeitung, die heute bei uns auf dem Frühstückstisch lag, stand ein »Diskussionsbeitrag«. Es müsse erlaubt sein zu fragen, ob Soner B. wohl ebenso »unbürokratisch« aus der Untersuchungshaft entlassen worden wäre, wenn es sich bei seinem Vater nicht um einen Großindustriellen handelte. Und diesmal war es nicht die BILD. Da kann man sich an einem Finger abzählen, worüber die Janinas und Carolines unserer Schule sich vor Unterrichtsbeginn so ihre zarten Köpfchen zerbrechen.

Der Teil der Videoaufzeichnung, der in den Nachrichten zu sehen war, ist seit Samstagabend bei You Tube eingestellt. 38 Sekunden, unterlegt mit irgendeinem Rap-Song, bei dem in 38 Sekunden ungefähr fünfmal das Wort »ficken« vorkommt. Ist wie Latein lernen: ficken. Ich ficke, du fickst, er sie es fickt, wir ficken euch, ihr fickt uns... Und am Ende das Standbild des Typen, der aussieht wie Sunny, aus der U-Bahn-Station flüchtet und merkt, dass ihn gerade die Kamera erwischt hat.

In den ersten 24 Stunden ist das Video 13.963-mal angeklickt worden. Auf meiner Facebook-Seite waren so viele Einträge gepostet, dass Janina und Caroline mich demnächst anflehen werden, ihre Freundschaftsanfrage anzunehmen. Türkenfickerschlampe stand da irgendwo. Seitdem habe ich nicht mehr draufgeschaut.

Jonas ist ein Lauch von über zwei Metern, sieht aus, als würde er bei Windstärke vier auseinanderbrechen und hat immer einen coolen Spruch auf Lager. Genau wie Ricky. Wenn die beiden aufeinandertreffen, ist es das reinste Wortgemetzel. Er lässt seinem »Yo, Alter« einen Schulterrempler folgen, dessen Message unmissverständlich ist: Sunny ist mein Mann. Und in dem Moment ist klar, dass heute ein Schicksalstag ist. Tag der Bekenntnis. Entweder du stellst dich hinter unseren Schulsprecher oder du stellst dich gegen ihn. Ich kann praktisch spüren, wie der Groll in Sunny aufsteigt. Er will nicht spalten, er will verbinden, die Menschen zusammenschweißen, sie für die richtige Sache begeistern. Und jetzt ist ausgerechnet er derjenige, der die Schülerschaft spaltet. Eins weiß ich: Auf Dauer wäre Politikergattin kein Job für mich.

Als Nächstes gesellen sich Paul und Max zu uns –

Handshake, Schulterrempler, unser Mann. Alle versuchen angestrengt, unangestrengt zu wirken.

»Tut mir echt leid«, begrüßt Sunny sie.

Gemeint ist das Hockeyspiel. Paul und Max sind nicht nur Sunnys engste Freunde, sie spielen mit ihm im selben Team. Und gestern, ohne ihn, haben sie drei zu vier verloren.

»Vergiss es, Mann.« Paul hat die Hände schon wieder in den Taschen. »Im Rückspiel ziehen wir ihnen die Hosen aus.«

Plötzlich schieben sich von hinten zwei Hände um meine Taille – Ricky. Alles wird gut. Tamy und Anna sind ebenfalls da. Und dann kommen Lucas und Tizian und Tobi und ziehen den Rest der Hockeymannschaft praktisch hinter sich her.

Bis wir reingehen, ist unsere Gruppe auf bestimmt zwanzig Leute angewachsen, was irgendwie gut ist. Auf der anderen Seite gibt es mindestens zweihundert, die so tun, als ginge sie das alles nichts an, die tuscheln und uns komische Blicke zuwerfen. »So was kommt von so was«, höre ich jemanden hinter mir rufen. Ich könnte nicht genau sagen, warum, aber ich weiß, die Worte sind an mich gerichtet. Nur die Message dahinter verstehe ich nicht.

Als ich in der Pause auf den Hof trete, blendet mich die Sonne so sehr, dass ich unwillkürlich den Kopf abwende. Es dauert, bis ich Soner ausgemacht habe. Er wartet auf mich, im Schatten, Kamera-safe. Die Ecke, die er gewählt hat, ist vom Schultor aus nicht einzusehen.

Ich versuche, Normalität zu simulieren: »Wie war's?«

Sunny ist mit den Gedanken wer weiß wo. »Was?«
»Deutsch LK.«

»Wie war Deutsch LK ...« Er scheint sich kaum erinnern zu können. »Wenn ich ganz ehrlich sein soll: Beschissen war's.«

»Was ist passiert?«

»Herr Brevier hat uns«, Sunny macht Hasenöhrchen mit den Fingern, um Anführungszeichen anzudeuten, »aus ›aktuellem Anlass‹ einen Vortrag über das deutsche Rechtssystem gehalten: Dass die Unschuldsvermutung ein integraler Bestandteil unserer Rechtsauffassung ist und niemand als schuldig gelten darf, solange seine Schuld nicht erwiesen ist.«

Sunny ist eigentlich Herrn Breviers Lieblingsschüler. Auf ihm ruhen seine Hoffnungen, wie er Sunny unter vier Augen anvertraut hat. Eine blöde Formulierung, finde ich. Man sagt, auf dir ruhen meine Hoffnungen, aber man meint: Auf dir lasten meine Erwartungen. Egal. Ich bin sicher, Herr Brevier wollte Sunny mit seiner Rede etwas Gutes tun, aber ich kann mir vorstellen, wie es sich angefühlt haben muss.

»Als wäre es nur eine Frage der Zeit«, sage ich.

Sunny scannt den Schulhof, der sich inzwischen gefüllt hat. Er hat eine Narbe am rechten Daumen, weil er als Kind mal bei einem Gabelstapler seine Hand in die Hydraulik gehalten hat. An dieser Narbe kratzt er jetzt abwesend mit dem Zeigefinger herum. Macht er vor einem Spiel auch immer. Den Tapeverband am anderen Daumen hat er abgemacht, allerdings sieht man noch die Ränder.

»Ich muss dir was erzählen«, sagt er plötzlich.

Ich blicke ihn an. Sag mir jetzt nicht, dass du es doch

warst, denke ich. Dann falle ich auf der Stelle in Ohnmacht.

»Meine Eltern haben sich gestritten. Gestern Abend.« Sunnys Zeigefinger kratzt am Daumen wie an einem Rubellos. »Uwe hat richtig geschrien. Und Nazan auch. Hab ich noch nie erlebt.«

»Und worum ging es?«

Sunny löst sich vom Baum und zieht sich in die äußerste Ecke zurück, wo die Büsche ihre Äste durch die Zaunstreben stecken. Er flüstert. »Um mich. Aber viel habe ich nicht mitbekommen. Mein Vater hat irgendwas gerufen, von wegen sie würde sich strafbar machen und Nazan hat ihn angefaucht, ich sei schließlich ihr Sohn.«

»Dein Vater hat gesagt, Nazan würde sich strafbar machen?«

»So hab ich es verstanden.«

»Verstehe ich nicht«, gebe ich zu.

»Da geht's dir wie mir. Ich hab nichts gemacht. Womit sollte sich Nazan also strafbar machen?«

»Bist du sicher, dass du dich nicht verhört hast?«

»Nein, bin ich nicht. Aber mit den Ohren hab ich normalerweise keine Probleme.«

Während ich kaum ergrünte Blätter von einem Strauch zupfe, denke ich daran, wie wir Sunny aus der Untersuchungshaft abgeholt haben. An die merkwürdige Stimmung, und dass ich das Gefühl hatte, die drei würden etwas vor mir verheimlichen. Vielleicht war das eine Fehlinterpretation. Frau Schimmer-Beck, meine Kunst-LK-Lehrerin, sagt, dass man ein Bild oft erst dann versteht, wenn man weiß, was sich außerhalb davon befindet. Jetzt also, nachdem ich von dem Streit zwischen Sunnys Eltern erfahren habe, sieht das gestrige Bild etwas anders aus: Könnte es sein, dass nicht die drei ein Geheimnis vor *mir*, sondern dass Sunnys Eltern ein Geheimnis vor *uns* haben?

Als ich mich gestern von Sunny verabschiedet habe, da sagte ich ihm, dass mir seine Eltern irgendwie sonderbar vorgekommen seien, verändert. Aber ich konnte nicht begründen warum. Er hat erwidert, das sei ja wohl normal, schließlich hätten sie gerade ihren Sohn aus dem Gefängnis abholen müssen. Doch das meinte ich nicht. Ich meinte etwas anderes. Und jetzt weiß ich auch, was.

»Sunny«, beeile ich mich zu sagen, denn aus dem Augenwinkel sehe ich Paul und Max herüberkommen: »Ich weiß jetzt, was mir gestern so komisch vorkam – an deiner Mutter, meine ich. Weißt du noch, wie sie dir um den Hals gefallen ist, als wir dich abgeholt haben?«

Sunny sieht mich an. »Und?«

»Weißt du noch, was sie gesagt hat?«

Er deutet ein Kopfschütteln an. Nein, weiß er nicht mehr.

»Dass es ihr leidtun würde. Das hat sie gesagt: ›Es tut mir so leid‹.«

»Und?«

»Wieso? Ich meine, das klang doch wie eine Entschuldigung. Weshalb sollte sich Nazan bei *dir* dafür entschuldigen, dass *du* verhaftet worden bist?«

Sunny wirft mir einen irritierten Blick zu, hat aber keine Gelegenheit mehr, aus seiner Verwirrung noch einen Gedanken herauszuziehen, denn Paul und Max sind da, und Paul, wie immer die Hände in den Taschen, sagt: »Sieht nicht gut aus – wenn ihr euch hier in der Ecke rumdrückt.«

Vielleicht ist der Vergleich mit der Politikergattin gar nicht so unpassend. Vorletztes Jahr, als der der Bundespräsident zurückgetreten ist, da hat man ihn immer öfter an der Seite seiner Frau gesehen. Je enger sich die Schlinge um seinen Hals zog, umso häufiger war seine Frau mit im Bild.

Ähnlich geht es Sunny und mir jetzt: Seit man ihn für einen U-Bahn-Schläger hält und die Medien über ihn herfallen, will ich ihn am liebsten keine Minute mehr allein lassen. Beschützerinstinkt. Seltsam irgendwie. Mit Sunny scheint übrigens dasselbe zu passieren. Seit es eine Bedrohung von außen gibt, sucht er meine Nähe. Ich weiß noch nicht genau, wie ich das finden soll, aber irgendwo in meinem Bauch fühlt es sich gut an. Und ein bisschen aufregend. Und tierisch anstrengend.

Nach Schulschluss stehen wir nicht wie sonst bei unseren Rädern und überlegen, ob und wann wir uns vielleicht treffen, sondern wir küssen uns. Sunny nimmt seinem Fahrrad die Kette ab und sieht mich an: »Können wir?«

Gemeint ist, ob wir zu ihm fahren. Ist irgendwie klar. Warum auch immer. Ich nicke ihm zu. Und lächle. Gemeinsam schaffen wir das.

Zwei Stunden später – Frau Schütz beseitigt in der Küche die letzten Kochspuren – sitzen Nazan, Sunny und ich unter der cremeweißen Markise auf der Terrasse und schauen dem Poolreiniger dabei zu, wie er den Pool für die anstehende Saison fit macht. Den Vormittag über hat er sich mit einem Hochdruckreiniger an den Fliesen ausgetobt und die Fugen ausgebessert, jetzt steht er am Rand und beobachtet, wie das Wasser einläuft, misst den pH-Wert und dreht an den Rädchen eines Reglers herum, der automatisch die Chlormenge dosiert. In einem Hollywoodfilm wäre er ein perfekt gebräunter Collegestudent mit blauen Augen, einem strahlend weißen Poloshirt und ächzendem Liebeskummer. Bei Bergmanns ist es ein ergrauter Mann mit hängenden Wangen und einem Blaumann, der über dem Bauch spannt. Immer wieder zieht er ein kariertes Stofftaschentuch aus der Tasche und wischt sich damit über die Stirn.

Das gleichmäßige Schlürfen des Pools schläfert mich ein. Die letzten Tage waren so stressig, dass ich das Gefühl habe, der Pool ziehe mir sämtliche Energie aus den Fersen und spüle sie gurgelnd in die Kanalisation. Wahrscheinlich wären mir längst die Augen zugefallen – wenn Nazan nicht so unruhig wäre. Es ist wie gestern, als sie gekocht hat. Nee, noch schlimmer. Gestern hatte sie etwas zu tun. Heute nicht.

Zwischen Nazan und mir steht ein Glastisch, auf dem alle möglichen Magazine herumliegen. Innerhalb von zehn Minuten blättert sie erst die VOGUE, dann die ELLE und anschließend das AD-Magazin durch. Danach fängt sie wieder von vorne an. Als sie merkt, dass sie die VOGUE bereits zum zweiten Mal in der Hand hält, steht sie auf und verschwindet im Haus.

Ich blicke Sunny an. Der hält die Augen geschlossen und tut so, als sei nichts. Vorhin hat er kurz sein iPad im Schoß gehabt, es aber schnell wieder ausgeschaltet, als er gesehen hat, was auf seiner Facebook-Seite für ein Chaos herrscht. Mein Vater meint, der nächste Krieg werde im Internet ausgetragen. Bei Sunny scheint dieser Zeitpunkt bereits eingetreten zu sein. Nachdem er sein Facebook-Schlachtfeld gescannt hat, hat er seine Liege direkt neben meine rangiert, sich auf die Seite gedreht und mir die Hand auf den Oberschenkel gelegt. Seitdem hat er sich nicht mehr bewegt.

Angekündigt vom scharfen Klicken ihrer Absätze kommt Nazan aus der Küche. Sie hält ein rundes Tablett in der Hand, das sie auf dem Glastisch abstellt. Eine Karaffe, Eiswürfel, Zitronenscheiben, ein langstieliger Löffel, der oben herausragt.

»Eistee«, verkündet sie, will uns einschenken und stellt fest, dass die Gläser fehlen.

Sie macht ein schnalzendes Geräusch mit der Zunge – eine Mischung aus Unglauben und Verärgerung – und verschwindet mit erhöhter Klickfrequenz wieder im Haus. Der Poolreiniger hat sich inzwischen ein grünes Hütchen aufgesetzt, hält eine Teleskopstange mit einem Kescher dicht über das Wasser und schleicht um das Becken, als wolle er Forellen fangen.

Der einzige Grund, weshalb Nazan die Gläser nicht fallen lässt, als es klingelt, ist, dass sie sie vorher auf dem Tablett verteilt hat. Ihre Hand zuckt zurück und sie stößt tatsächlich einen Schreckenslaut aus. Wir sehen uns an. Der Poolreiniger hält inne. Es klingelt erneut, länger diesmal. Der Garten ist wie ein Standbild.

Ein gelber Latexhandschuh umschließt den Rahmen der aufgezogenen Panoramatür und der Kopf von Frau Schütz erscheint: »Es hat geklingelt. Soll ich ...«

»*Ich* gehe!«, ruft Nazan und jagt sich selbst einen Schrecken ein.

Nazan, Sunny und ich gehen gemeinsam zur Eingangstür und starren auf den Monitor: zwei Männer ohne jeden Wiedererkennungswert. Journalisten, ist mein erster Gedanke, allerdings hat keiner der beiden eine Kamera. Nazan zögert, die Taste mit dem Lautsprechersymbol zu drücken, also macht Sunny es.

»Ja bitte?«, fragt er.

Der eine hält sein Gesicht so nah an die Kamera, dass es aussieht wie ein Kugelfisch mit Glupschaugen. »Herr Bergmann?«

Sunny überlegt kurz. Er könnte verneinen. Bergmanns Villa gehört zu den Häusern, die nirgends ein Namensschild haben. »Ja?«

Der Mann hält eine grünliche Plastikkarte in die Kamera. »Kripo Hamburg. Wir würden gerne kurz mit Ihnen sprechen.«

Ich habe keine Ahnung, wie ein Kripoausweis aussieht, auf jeden Fall steht oben »Freie und Hansestadt Hamburg« drauf und unten ist ein Foto mit einem Namen daneben: Nils Hartmann. Könnte echt sein. Oder auch nicht. Aber wer sollte so tun, als sei er von der Kripo, nur damit Sunny den Türsummer drückt?

Er drückt ihn. Der Mann umfasst den Knauf des Gartentors und verschwindet mit seinem Kollegen aus dem Sichtfeld. Sunny, Nazan und ich tauschen einen letzten Blick, dann zieht Sunny die Tür auf, und wir beobachten, wie die beiden Männer den Weg zum Haus und die Stufen zur Tür hinaufkommen. Einer hat eine Tüte dabei.

»Tach«, grüßt der mit der Tüte.

Der andere nickt und lehnt sich mit der Schulter gegen eine der Säulen, die rechts und links der Haustür aufragen.

Sunny und seine Mutter sind so unter Strom, dass ihnen nicht einfällt, etwas zu erwidern.

Der Beamte fragt, was er bereits weiß: »Soner Bergmann?«

Sein Kollege fixiert Nazan und kann offenbar den Blick nicht wieder abwenden.

»Ja«, antwortet Sunny.

»Wir sind vorbeigekommen, um Ihnen mitzuteilen, dass die Kollegen in Berlin einen anderen Verdächtigen festgenommen haben.«

Es ist erstaunlich, wie lange man braucht, um den Sinn eines Satzes zu verstehen, den man absolut nicht erwartet hat.

Glücklicherweise lässt sich der Beamte nicht beirren. Er erklärt, dass den anonymen Hinweisen auf Soner als Täter offenbar eine Verwechslung zugrunde gelegen habe. Man entschuldige sich für das missliche Missgeschick. Das sagt er wirklich: missliches Missgeschick. Dumm gelaufen. Wie dem auch sei: Die Kollegen in Berlin sind zuversichtlich, diesmal den Richtigen verhaftet zu haben, ach ja, und hier sind der beschlagnahmte Laptop und das Smartphone, bitte den Empfang hier bestätigen, schönen Tach noch.

Sein Kollege löst den Blick von Nazan und macht zum ersten Mal den Mund auf: »Gibt so 'ne Art von Ausländern – die sehen sich halt alle ganz schön ähnlich.«

Nazan neigt ungläubig den Kopf zur Seite. Der Polizist, der bis dahin gesprochen hat, verdreht die Augen.

»Is halt so«, rechtfertigt sich sein Kollege.

Wir sehen ihnen nach, wie sie die Stufen hinabsteigen, aus dem Schatten ins Licht treten und das Gartentor hinter sich zuziehen. Dann erst schließt Sunny die Haustür und blickt zwischen uns hin und her.

»Das war's jetzt, oder?«

Ich schlinge meine Arme um seinen Hals und drücke ihm einen Kuss auf. Was für ein krasser Film war *das* denn? Irgendein Typ wird dabei gefilmt, wie er aus der U-Bahn flüchtet, irgendwer ruft irgendwo an, Sunny wird verhaftet, ganz Deutschland sitzt über ihn zu Gericht, und drei Tage später schlurfen zwei Typen die Treppe runter und *puff* – der Spuk ist vorbei.

Ich kann fühlen, wie sich Sunnys Anspannung löst. Ist wirklich so. Seine Schultern: pfff ... Als ob man irgendwo eine Nadel reingepikt hätte. Jetzt riecht er auch wieder nach Sunny. Salzige Vanille. Gestern, auf der Rückbank – nachdem wir ihn aus dem Gefängnis abgeholt hatten –, da war sein Geruch noch wie verklebt. Ich drücke meine Nase in seine Halsbeuge und atme seinen Duft ein. Nah dran – salzige Vanille. Da ist noch mehr, aber salzige Vanille ist schon mal nicht schlecht.

»Mama?«

Im Zwielicht der Eingangshalle wirkt Nazans Gesicht seltsam zerfurcht. Und als sie sich jetzt ein Lächeln abringt, ist es, als müsse sie es in Stein meißeln. »Schon gut«, erwidert sie und streicht ihrem Sohn über den Oberarm. »Ich freue mich für dich.«

»So siehst du aber nicht aus«, beharrt er.

Sie meißelt ihr Lächeln noch etwas breiter. »Mein Kopf ... Ich fürchte, meine Migräne ist mal wieder im Anzug. Das Beste wird sein, ich leg mich hin.«

Sie streckt ihre Arme vor wie ein Roboter und streicht Sunny und mir zugleich über die Arme. Dann wendet sie sich ab und schwebt die Treppe hinauf ins Obergeschoss. Als Letztes ist das gedämpfte »Klick« der Schlafzimmertür zu hören.

Sunny und ich stehen im Vorraum und sehen uns an. Er runzelt die Stirn, verzieht den linken Mundwinkel und macht dasselbe, was der eine Kripobeamte eben gemacht hat – die Schultern hochziehen: *Is halt so.*

»Wenn sie ihre Kopfschmerzen bekommt«, erklärt er, »dann ist sie immer so.«

»Wie denn?«, will ich wissen.

»Indisponiert.« Er blickt auf seine Uhr. Ich schätze, das heißt, er will nicht drüber reden. »Ich muss zum Training.«

Sag ich's?

Ich lege ihm wieder meine Arme um den Hals. »Das ist gut. Denn ich muss endlich mal für Englisch lernen.«

Er küsst mich.

Lange.

Und intensiv.

Wow!

»Entschuldige«, sage ich.

Sunny ist schlau. Er weiß, wofür: dass ich an ihm gezweifelt habe. Auch wenn es nur ein kurzer, schwacher Moment war.

»Danke«, erwidert er.

Ich weiß ebenfalls, wofür. Bin schließlich auch nicht auf den Kopf gefallen. Dass ich mich nicht habe verleiten lassen von meinem Zweifel. Dass ich da war, als es drauf ankam.

Trotzdem möchte ich niemals Politikergattin werden.

7

5 Uhr 36.

Ich bin wach.

Eine Stunde zu früh.

Da ist ein dumpfes Ziehen in meinem linken Knöchel. Ich schlage die Decke zur Seite und halte die Füße nebeneinander. Der linke Knöchel ist geschwollen, aber nicht so, dass einem schlecht wird, wenn man hinguckt. Ich könnte versuchen, noch mal einzuschlafen, doch es wäre aussichtslos. Habe ich oft genug versucht. Da schiebe ich am Ende nur noch mehr Frust.

Es ist nicht die Sorge um Sunny, die mich geweckt hat, sondern die Sorge um die vierstündige Englischklausur, die ich nachher schreiben muss. Da wache ich immer zu früh auf, kann nicht wieder einschlafen und bin während der Klausur so müde, dass meine Gedanken wie auf Krücken laufen. Was auch immer ich irgendwann mal mache – es muss etwas sein, wo keine Klausuren geschrieben werden. Lieber stapele ich auf dem Großmarkt Fischkisten übereinander.

Ich bin aus einem Traum aufgeschreckt. Ein Boxkampf, mit Ring und Seilen und einem grünen Boden wie bei einem Billardtisch. In der einen Ecke: WAS GOING – ein Typ, der eine sonderbare Ähnlichkeit mit King Louie aus dem Dschungelbuch hat. Sein Gegner in der gegenüberliegenden Ecke sieht genauso aus, heißt allerdings: DID GO. WAS GOING versus DID GO. Ein Kampf über zehn

Runden oder wie lange so ein Profikampf geht. Zwölf, glaube ich. Zwei gleich starke Gegner. Die Ringrichterin: ich, Laura Schuchardt aus Hamburg-Othmarschen. Ich habe den Traum nicht zu Ende geträumt, schätze aber, dass die Gegner am Schluss beide zu Boden gegangen wären.

Ich kapier es einfach nicht. Wann benutze ich die eine Form, wann die andere? Herr Baldini, mein Englisch-LK-Lehrer, weiß es. Oder tut so, als wüsste er es. Und ich liege hier, um 5 Uhr 42, die Vögel zwitschern und egal, was ich in den nächsten zweieinhalb Stunden anstelle: Um 8 Uhr 15 werde ich über der Klausur sitzen und nicht wissen, ob *was going* richtig ist oder *did go*.

Bis um 6 Uhr 14 wende ich mich wie ein Grillwürstchen, dann erst bemerke ich die eingegangene SMS. Von Sunny.

Können wir uns treffen? 7.30 bh.

Gesendet um 4 Uhr 23. Und ich dachte, ich hätte eine schlechte Nacht gehabt. *bh* steht für Bushaltestelle. Gemeint ist die in der Ebertallee. 7 Uhr 30 – eine halbe Stunde vor Schulbeginn. Muss dringend sein, wenn es nicht bis zur Schule warten kann. *Können wir uns treffen?* Klingt ein bisschen nach *wir müssen reden*, finde ich. Und das wiederum klingt nach *sorry, tut mir leid*.

Will Sunny etwa Schluss machen? Nicht im Ernst. Dann hätte ich die letzten Tage komplett falsch abgespeichert. Ich lese noch einmal die SMS, aber der Text ist derselbe. Inzwischen ist es 6 Uhr 19.

Ich fange an zu grübeln. Bin ich ihm womöglich doch nicht standesgemäß genug? Als wir zusammengekommen sind, war das einer der Punkte, von denen ich dachte, es könnte schwierig werden: Dass ich nicht posh genug sein könnte, nicht genug Bürgerstochter. Sunny hat immer darauf bestanden, dass es ihm egal sei, aus welchem »Stall« ich käme. Dass *ich* damit ein viel größeres Problem hätte als er. Kann natürlich sein. Kann aber auch sein, dass er sich nur gewünscht hat, *ich* wäre die mit dem Problem.

Oder findet er mich jetzt, nachdem er im Knast war, doch zu prüde? Eigentlich wollte ich gar keine große Sache daraus machen, dass ich noch Jungfrau bin. Also hab ich es ihm gesagt, gleich am Anfang – dass ich das schon alles irgendwie will und auch mit ihm will, aber dass es nicht ist wie mal eben den Tampon wechseln. Sunny meinte, das sei kein Problem für ihn. Logisch nicht. Sunny hat keine Probleme. Er würde warten, bis ich so weit sei. Das sei es ihm wert. Willkommen Erwartungsdruck. Er klang, als müsste ich mich geadelt fühlen. Tatsächlich hab ich mich ganz schön geärgert. Was sollte das denn heißen: Das ist es mir wert. Als würde er krass das Opfer bringen, mal ein paar Wochen nicht mit jemandem zu schlafen. Als hätte ich von ihm verlangt, so lange nichts zu essen.

Ich glaube, das war ein Fehler. Indem ich Sunny meine Jungfräulichkeit quasi gestanden habe, habe ich nämlich genau das Gegenteil von dem erreicht, was ich eigentlich erreichen wollte. Plötzlich konnten wir nicht einmal mehr mit den anderen nach der Schule bei Rosi chillen, ohne dass die große, dunkle Frage über uns geschwebt hätte: Wann wird es endlich passieren?

Um 6 Uhr 36 habe ich endlich die Antwort-SMS formuliert: *Ja*. Eine Viertelstunde für zwei Buchstaben. Die Englischklausur wird unter Garantie ein Knaller. Ich höre, wie

Papa die Treppe runterschlurft und mit Solo rausgeht. Gerade noch rechtzeitig. Wenn den nicht jemand bis um 6 Uhr 45 vor die Tür bringt, pinkelt er seine Decke voll. Auf die Minute. Neulich hab ich mal überlegt, wie Papa morgens aus dem Bett kommen soll, wenn Solo mal stirbt – was, realistisch betrachtet, nicht mehr lange dauern kann. Ob er dann, bis er alt und grau ist, weiter um halb sieben aufstehen und ohne Hund seine Runde drehen wird. Oder ob sie sich einen neuen Hund zulegen werden. Was ich nicht glaube, denn dafür steckt zu viel Geschichte in Solo. Ich stehe auf, teste meinen Knöchel – eine gute Vier minus, würde ich sagen – und nutze die Zeit, in der Papa mit dem Hund draußen ist, um ins Bad und unter die Dusche zu humpeln. *WAS GOING* und *DID GO* warten auf mich – und Sunny, um 7 Uhr 30, an der Bushaltestelle.

Ich bin zehn Minuten zu früh, trotzdem ist Sunny bereits da. Sein Fahrrad lehnt abseits des Wartehäuschens an einem Zaun, er steht davor – Finger in den Taschen, Daumen im Gürtel, über seiner Sonnenbrille eine Furche wie ein Canyon. An der Haltestelle tummelt sich ein halbes Dutzend Menschen auf dem Bürgersteig, sie reden über das Wetter, fragen sich, ob es später Gewitter geben wird. Ist schwül heute Morgen. Die Abgase der Autos vermischen sich mit dem Duft der Linden und stehen in der Luft wie festgeklebt. Sunny trägt als Einziger eine Sonnenbrille, was so aussieht, als wolle er nicht erkannt werden. Zusammen mit der Furche auf der Stirn gewinnt man den Eindruck, er komme gerade vom Arzt und die Diagnose sei schlimmer als erwartet.

Ich stelle mein Fahrrad neben seins: »Du bist ja schon da.«

Statt zu antworten verzieht er seinen linken Mundwinkel zu etwas, das alles oder auch nichts bedeuten kann. Dann stehen wir einander gegenüber und irgendetwas hält mich davon ab, ihn zu küssen.

Sunnys Zeigefinger reibt an seiner Narbe. »Ich muss dir was erzählen.«

Wenn das der Beginn einer Geschichte ist, die damit endet, dass du Schluss machen willst, mach es lieber kurz.

»Gestern, beim Training, da hab ich den anderen gesagt, dass die Kripo da war und dass sie inzwischen einen anderen festgenommen haben, von dem sie glauben, dass er es war.«

Und dabei ist dir aufgegangen, dass du die falsche Freundin hast?

Seine Kiefer mahlen. Er kaut auf seiner Diagnose: »Max meinte noch mal, dass, na ja, die Ähnlichkeit zwischen dem Typen in dem Überwachungsvideo und mir schon frappierend gewesen sei ...«

Wieso erzählst du mir nicht etwas, das ich noch nicht weiß?

»Als ich dann zu Hause war«, fährt Sunny fort, »da musste ich wieder an das denken, was du gesagt hast – dass dir Nazan in den letzten Tagen verändert vorkam. Also ...«

»Also?«

»Also hab ich mir auf You Tube noch mal das Video angeschaut – das hatte ich ja bis dahin noch gar nicht richtig gesehen.« Er blickt die Straße runter und spricht leise von mir weg. Als wäre ich nicht da. »Dabei ist was Komisches passiert.«

Ich halte es nicht länger aus: »Was willst du mir eigentlich erzählen?«

Er hebt die Hand, ohne mich anzusehen: »Ich schau mir also das Video an und denke: Krass, der sieht ja tatsächlich aus wie ich, und dann sehe ich diesen Typen, wie er in die Kamera blickt, wir sehen uns also praktisch an, und in dem Moment wusste ich plötzlich, wie sich das für ihn angefühlt hat.«

Will hier jemand doch nicht mit mir Schluss machen? »Wie meinst'n das?«, frage ich.

»Ich meine: Ich habe diesem Typen nicht in die Augen geschaut und gedacht – oh, jetzt merkt er gerade, dass er gefilmt wird. Sondern ich hab's *gefühlt*. Als wäre ich es gewesen.«

»Klassischer Fall von Schizophrenie?«, schlage ich vor. »Multiple Persönlichkeitsstörung?«

Endlich sieht Sunny wieder mich an: »Hab ich auch erst gedacht, ehrlich.« Er nimmt die Brille ab. Was darunter zum Vorschein kommt, sieht auf jeden Fall so aus, als könnte er eine multiple Persönlichkeitsstörung haben. »Aber dann hab ich das hier gefunden.« Er schiebt die Messengertasche, die er auf dem Rücken trägt, nach vorne, schlägt den Deckel zurück und zieht eine Klarsichthülle heraus. »Hier.«

Vorsichtig nehme ich die Hülle, in der ein unscheinbarer DIN-A5-Zettel steckt. Es ist Sunnys Geburtsurkunde: Soner Aziz, Geburtsdatum 14.11.1996, Mutter Nazan Aziz, Vater Mohamed Aziz, Standesamt Berlin-Tiergarten, ein paar leere Zeilen, zwei Stempel. Vorsichtshalber lese ich die wenigen Worte auf dem Zettel ein zweites Mal.

»Du bist Skorpion«, sage ich schließlich, »aber das wusste ich schon.«

»Nimm sie raus.«

Die Luft ist so feucht heute Morgen, dass die Folienränder verklebt sind. Ich muss sie gegeneinanderreiben, bevor ich hineingreifen und den Zettel rausnehmen kann. Dabei stelle ich fest, dass es nicht ein Dokument ist, sondern dass es zwei sind, besser gesagt zweimal dasselbe. Ich sehe mir die Vorder- und die Rückseiten an, finde aber nichts, das Sunnys versteinerten Gesichtsausdruck erklären würde. Am Ende stehe ich einfach nur da und halte in jeder Hand einen Zettel.

»Noch mal«, sagt Sunny.

Ist mir jetzt eigentlich zu blöd, aber Sunny klingt wie Herr Bergmann, wenn der keinen Widerspruch duldet. Also halte ich demonstrativ die Blätter in die Höhe, die tatsächlich ein Wasserzeichen haben, und vergleiche Zeile mit Zeile und sehe, dass auf der einen Urkunde Soner Aziz als Name eingetragen ist und auf der anderen Yasir Aziz.

Kein Witz.

Soner und Yasir. Der Rest ist derselbe: Geburtsdatum, Eltern, Standesamt, Stempel.

Der Bus kommt, Türen öffnen und schließen sich, der Motor grollt und stößt eine bläulich schimmernde Rauchwolke aus. Dann ist das Wartehäuschen menschenleer, für einen Moment herrscht Stille und die Rauchwolke wird langsam unsichtbar.

»So hab ich letzte Nacht auch geguckt«, bemerkt Sunny.

Ich lasse die Arme sinken. Es kommt mir vor, als decke

jemand eine Hälfte meines Gehirns ab, als sei ich auf einem Auge blind oder so. Und weil mein Kopf die Information einfach nicht verschaltet bekommt, frage ich: »Was heißt denn das?«

»Ganz einfach: Es gibt mich zweimal.«

Und weil ich heute einfach mal gar nichts zu kapieren scheine, wiederhole ich: »Es gibt dich zweimal?«

Endlich erlöst mich Sunny: »Wie es aussieht, habe ich einen Zwillingsbruder.«

Was Sunny anhand der Dokumente, die er bei seiner nächtlichen Hausdurchsuchung gefunden hat, rekonstruieren konnte, ergibt folgendes Bild: Anderthalb Jahre, nachdem Nazan und ihr Mann Mohamed geheiratet hatten, brachte sie in Berlin Zwillinge zur Welt: Soner und Yasir. Noch einmal anderthalb Jahre später ließen sich Nazan und Mohamed in »beiderseitigem Einvernehmen« scheiden. Das Sorgerecht wurde geteilt, Soner blieb bei Nazan, Yasir bei Mohamed. Sechs Monate später heirateten Nazan und Herr Bergmann – da wohnte sie offenbar schon in Hamburg. Mit der Heirat adoptierte Herr Bergmann Soner als seinen Sohn und nagelte einen Deckel auf Nazans vorheriges Leben.

»Und ich hab mich immer gefragt, weshalb es von mir praktisch kein einziges Babyfoto gibt«, denkt Sunny laut.

»Nazan hat dir nie etwas gesagt?«

Sein Blick wendet sich nach innen. »Ich nehme an, das war der Deal: Mohamed willigt in die Scheidung ein, gibt mich zur Adoption frei, jeder bekommt ein Kind, die Vergangenheit wird totgeschwiegen …«

»Und du glaubst, dass dein Zwillingsbruder in Berlin

jemanden zusammengeschlagen hat und jetzt deswegen im Knast sitzt?«

»Ich weiß nicht, was ich glauben soll. Aber es sieht ganz so aus, oder?«

Nachdem mein Kopf die letzten Stunden im Stand-by-Modus verbracht hat, kommen meine Gedanken plötzlich ganz schön auf Trab. »Aber Nazan hat mir erzählt, dass dein Vater nach der Scheidung wieder in den Libanon zurückgegangen ist und sie seitdem nie wieder etwas von ihm gehört hat.«

Für einen Moment ist Sunny bei mir, dann taucht sein Blick wieder ab. »Hat sie mir auch erzählt ...«

Seine Antwort versetzt mir einen Stich. Ist kein Spruch, ist wirklich so: wie mit einer Nadel, da wo das Herz sitzt. Was für ein Abgrund sich da auftut. »Du glaubst, sie hat dich belogen?«

»Wie gesagt: Ich weiß nicht, was ich glauben soll. Aber ein Vater, der auf Nimmerwiedersehen im Libanon verschwunden ist, hält dir eine Menge unangenehme Fragen vom Hals. Sehr praktisch ...«

Sunny weiß nicht, was er glauben soll, ich weiß nicht, was ich sagen soll. Eine entwichene Lebenslüge ist irgendwie zu groß, um sie mit Worten einzufangen. Die Sonnenstrahlen suchen sich einen Weg durch die Blätter und brennen sich in Sunnys Gesicht. Seine Lider ziehen sich zusammen – wie eine Schnecke, die man anstupst. Er hat unter Garantie die ganze Nacht kein Auge zugemacht.

Ich stecke die Geburtsurkunden in die Hülle zurück. »Wo hast du die gefunden?«, frage ich.

»In Uwes Tresor.«

Ich reiche ihm die Hülle. »Du bist an den Tresor deines Vaters gegangen?«

»Meines Stiefvaters. Was hättest du an meiner Stelle gemacht?«

Gute Frage. Würden meine Eltern mein Leben auf einer Lüge aufbauen? Nein, würden sie nicht. »Mein Vater hat keinen Tresor«, sage ich, »aber wenn, dann würde ich nicht rangehen. Ich kann mir nicht vorstellen, dass meine Eltern ...«

»Die Frage war: Was hättest du an *meiner* Stelle getan?«

Ich halte inne. Und dann weiß ich es: »Ich wäre an den Tresor gegangen.«

Der nächste Bus hält, schnauft, öffnet seine Türen, saugt ein paar Wartende ein und macht sich davon. Sobald er außer Sichtweite ist, lässt sich Sunny auf die alte Schmodderbank neben dem Wartehäuschen fallen. Sein Oberkörper sinkt in sich zusammen wie ein Soufflé. Ich setze mich neben ihn.

»Kannst du mir mal verraten, was ich jetzt machen soll?«, fragt er. Sunny Bergmann. Weiß nicht, was er tun soll.

Ich versuche, mir vorzustellen, was für ein Gefühl das sein muss – nach siebzehn Jahren zu erfahren, dass man einen Zwillingsbruder hat. Ist wie mit geschlossenen Augen vom Felsen springen und nicht wissen, wann das Wasser kommt. Klar ist nur eins: Zurück geht nicht mehr. Wie beim Sprung vom Felsen. Bist du einmal im freien Fall, kommst du nicht mehr an den Punkt zurück, von dem du gesprungen bist.

Unsere Suche nach einer Antwort wird von meinem Handy unterbrochen. Ricky, eine SMS: *sag mir jetzt nicht, dass du die klausur schwänzt!* 8 Uhr 4. Tja, das war's dann wohl mit meiner Englischklausur. Wird Ärger geben. Aber, wie Mama nicht müde wird zu betonen: Es gibt Wichtigeres als Schule. Nie waren ihre Worte so wahr wie heute. Ist komisch, was ein Gehirn so produziert. Meins jedenfalls. Gerade jetzt produziert es einen Satz, den ich so nicht erwartet hätte und der vielleicht sogar richtig ist, weshalb ich ihn Ricky als Antwort schicke: *I WAS GOING to write the test, but I DID not GO to school.* Anschließend schalte ich mein Handy aus.

»Du musst deine Eltern zur Rede stellen«, sage ich.

Sunny braucht so lange für seine Antwort, dass ich schon glaube, er hat mich gar nicht gehört. »Ja«, erwidert er in Gedanken, »aber was mache ich mit meinem Bruder?«

»Willst du denn überhaupt etwas mit ihm machen? Der weiß doch wahrscheinlich gar nicht, dass es dich gibt.«

»Aber *ich* weiß, dass es *ihn* gibt.«

»Schon. Aber ist er nicht trotzdem ein Fremder für dich?«

»Als er in die Kamera geblickt hat, da war er mir überhaupt nicht fremd. Da war er mir verdammt nah – als wüsste er, dass ich ihn sehen kann.«

Ein Rentnerehepaar schlurft den Gehweg entlang. Der Mann stützt sich auf einen Rollator, die Frau führt einen kleinen und unglaublich hässlichen Hund an der Leine. Direkt vor uns bleiben sie stehen und sehen ihrem Hund dabei zu, wie er in die Hocke geht und die Bank anpinkelt. Die Frau zupft an der Leine: »Salome, komm«, fistelt sie. Der Hund setzt sich in Bewegung, will aber unter der Bank durch, weshalb sich die Leine um meine Füße wickelt. Als die Frau den Widerstand bemerkt, sagt sie wieder »Komm,

Salome« und zupft ein bisschen. Doch als auch das nichts hilft, bleibt sie stehen und dreht sich um. Überrascht blickt sie mich an, als dürfte ich hier nicht sein: »Was machen Sie denn hier?«

Als sie weitergezogen sind, bleibt ein Gedanke zurück: »Hast du das Gefühl, ihm etwas zu schulden?«

Sunnys Mittelfinger kratzt wieder am Daumen. »Schulde ich ihm etwas?«, überlegt er. »Ich weiß nicht. Was meinst du?«

Was ich meine? Keine Ahnung. Mama würde mir wahrscheinlich bescheinigen, dass ich mich in einem Zustand emotionaler und rationaler Überforderung befinde, und von mir eine körperliche Stressreaktion erwarten. Zum Beispiel, dass ich Schluckauf kriege oder mir den Dreck unter den Daumennägeln rauskratze oder gegen die Bank trete. Kann sie haben. Hier: Dreck unter den Nägeln. Und hier: Ich kratze ihn raus. Wo ich gerade bei meiner Mutter bin: Lass ihn kommen, überlege ich, dann führt er dich automatisch dahin, wo es wehtut.

Ich schweige also.

Passiert aber nix.

Tja. Nicht einmal Mütter haben immer recht. Kann man mal sehen.

Ich gebe Sunny noch eine Minute, dann sage ich: »Du willst zu ihm – nach Berlin.«

Er presst die Lippen aufeinander. »Glaube schon.«

»Und deine Eltern?«

»Um die kann ich mich später kümmern.«

Wann, will ich Sunny fragen, wann sollen wir fahren? Doch ich weiß die Antwort, bevor die Frage raus ist. »Jetzt gleich?«

»Gibt keinen Grund zu warten, oder?«

Als ich von der klebrigen Bank aufstehe, macht meine Hose ein Geräusch, als würde ich ein Pflaster abziehen.

»Also los«, sage ich.

Sunny sieht überrascht zu mir auf. Was hat er gedacht – dass ich ihn alleine fahren lasse?

»Für die Klausur bin ich jetzt sowieso zu spät«, sage ich.

»Und deine Eltern?«

Ich lächle Sunny an. Vor einer Stunde dachte ich noch, er könnte mit mir Schluss machen. Jetzt denke ich, egal, was heute noch passiert – gemeinsam schaffen wir das. »Um die kann ich mich später kümmern.«

8

»Machen wir das gerade wirklich?«, frage ich.

Ich bin zu Hause vorbei, hab schnell ein paar Sachen in meinen Rucksack gestopft, mich von Solo verabschiedet und aus dem Haus geschlichen. Sunny hat das Gleiche gemacht: hat die Schulsachen in seiner Tasche gegen ein paar Klamotten getauscht und sich davongestohlen. Jetzt stehen wir vor der Eingangshalle des Hauptbahnhofs, inmitten eines Stroms von Menschen, der sich auf den Vorplatz ergießt, um sich über die Stadt zu verteilen. Es fühlt sich an, als würden wir von zu Hause abhauen und ein neues Leben beginnen. Im Gegenlicht kneift Sunny die Augen zusammen und blickt zur Spitze des Turms empor, der neben uns aufragt. Viertel nach neun.

»Glaube schon«, antwortet er.

Ich muss an meinen Vater denken. Glaube, sagt der, setzt Unwissenheit voraus. Wenn ich etwas *weiß*, muss ich nicht daran *glauben*. Scheint so, als sei Sunnys Wissen in den letzten Tagen ganz schön erschüttert worden.

Gerade als ich diesen Gedanken habe, kommt eine Frau auf klickenden Absätzen an mir vorbei und rammt mir ihren Hartschalen-Rollkoffer gegen das Knie. »Oh«, sagt sie und ihr Absatzklicken und das Surren der Rollen entfernen sich Richtung Taxistand, während mir vor Schmerz die Tränen in die Augen steigen. Na prima, jetzt *weiß* ich wenigstens, dass wir das wirklich machen. An den Schmerz in meinem Knie muss ich nicht *glauben*, um ihn zu spüren.

Sunny legt mir einen Arm um die Hüfte. »Schlimm?«

Ich lehne mich gegen ihn, warte, dass der Schmerz nachlässt, und atme durch: »Wird schon gehen«, sage ich. Dasselbe habe ich – wann, vorgestern? – dem Trainer im Fitnessclub gesagt, der mich zur Umkleide getragen hat. Ich weiß, das passt jetzt mal wieder überhaupt nicht, aber: Auch Sunny ist stark. Und ich stelle fest, dass es sich auf eine altertümliche Weise echt gut anfühlt, einen starken Typen an seiner Seite zu haben.

»Probier mal«, sagt Sunny.

Vorsichtig setze ich mein Bein auf. Tut weh, ist aber okay. Links ein dicker Knöchel, rechts ein dickes Knie – ideale Voraussetzungen, um von zu Hause abzuhauen. Aber wir laufen ja nicht wirklich weg.

Ist eine Weile her, dass ich das letzte Mal im Bahnhof war. Ich weiß nicht, warum, aber in meiner Erinnerung war er längst nicht so groß und kathedralenartig. Unter der gewölbten Hallendecke mischen sich die Lautsprecherdurchsagen, das Quietschen der Zugbremsen und die Stimmen zahlloser Menschen mit dem Geruch von Frittierfett, Fisch und Aufbackbrötchen. Die Luft vibriert und schmeckt nach Metall.

Wir stehen auf der Galerie und blicken auf die Gleise und Bahnsteige hinunter. Kommen und Gehen im Minutentakt. Unsere Tickets haben wir. Eine halbe Stunde noch und wir sitzen im Zug nach Berlin.

»Ich hol mir einen Kaffee«, sagt Sunny. »Wartest du hier?«

Ich nicke.

»Soll ich dir was mitbringen?«

»Ein Kakao wär cool.« Kaffee ist mir zu bitter. Sunny

eigentlich auch, glaube ich, ist aber nun einmal das Erwachsenengetränk.

»Kakao – alles klar.«

Sunny steuert die Lücke zwischen zwei Läden an, kurz darauf ist er in der Wandelhalle verschwunden. Mein Blick wandert über die Bahnsteige, heftet sich an einen Reisenden, begleitet ihn ein Stück, springt auf den nächsten über. Die gläserne Rückseite des Bahnhofs erstrahlt als gleißend weiße Scheibe.

Etwas berührt mich am Arm: ein Becher mit Deckel. »Danke«, sage ich, und dann stehen Sunny und ich nebeneinander, Schulter an Schulter, trinken und blicken in das gleißende Leuchten am Ende der Halle. Eine Verheißung. Vielleicht. Oder einfach nur Licht, das sich in einer Scheibe bricht.

»Alles in Ordnung?«, frage ich.

Fragt Sunny sich offenbar auch. Schließlich antwortet er: »Weiß noch nicht.«

»Aufgeregt?«

Er trinkt. »Weiß noch nicht.«

»Also ich an deiner Stelle hätte die Hosen gestrichen voll.«

Wir nippen an unseren Bechern und warten darauf, dass die Minuten verstreichen.

»Ist er das?«, frage ich. Auf Gleis sechs kriecht ein ICE in die Halle.

»Sieht so aus.«

Sunny lässt seinen Becher in den Mülleimer fallen, legt mir den Arm um die Hüfte und zieht mich zu sich heran. Unsere Lippen berühren sich. Wow! Doppel-Wow! Ich schmecke Cappuccino mit Zucker, meine Augen schließen

97

sich, ich schwebe über den Gleisen und die gesamte Bahnhofshalle mit all ihren Shops, Schienen und Zügen beginnt, sich um mich zu drehen. Glücklicherweise ist alles wieder an seinem Platz, als sich unsere Lippen voneinander lösen und ich meine Augen öffne. Das war kein normaler Kuss, denke ich, als uns die Rolltreppe zu Gleis sechs hinunterträgt und ich wieder festen Boden unter den Füßen habe. Mit diesem Kuss haben wir einen Pakt besiegelt.

Sobald es etwas zu checkern gibt, ist Sunny in seinem Element. Sie haben ein Problem zu lösen, ein Turnier zu organisieren oder eine Entscheidung zu treffen? Sunny Bergmann hat die Antwort. Deshalb kratzt er auch für die Zeit, die der Zug benötigt, um die Stadt hinter sich zu lassen, nicht an seinem Daumen. So lange braucht er nämlich, um herauszufinden, wo in Berlin jugendliche Untersuchungshäftlinge untergebracht werden, und dass Yasir Aziz im Untersuchungshaftbereich Kieferngrund einsitzt. Besuche müssen eigentlich vorher beantragt und genehmigt werden, doch nach zwei Telefonaten deutet sich auch für dieses Problem eine Lösung an: Um fünfzehn Uhr haben wir einen Termin mit der Vollzugsleiterin Frau Schüttauf, um ihr die besonderen Umstände unseres Besuchs darzulegen. Als es nichts mehr zu checkern gibt, kratzt Sunny sich wieder am Daumen.

Wir haben benachbarte Plätze in einer Viererguppe mit Tisch, den Rücken zur Fahrtrichtung. Uns gegenüber haben zwei Damen Platz genommen, die eine gefühlte Viertelstunde gebraucht haben, um sich darauf zu einigen, welche von ihnen den Fensterplatz bekommt, weil beide darauf bestanden haben, der jeweils anderen den Vortritt zu lassen.

Sunny ist zum Telefonieren immer aus dem Abteil gegangen, die Damen wissen also nicht wirklich, worum es geht. Dennoch glauben sie, genug mitbekommen zu haben, um uns permanent Apfel- und Möhrenschnitze aus Tupperdosen anbieten zu müssen. Beim ersten Mal lehnt Sunny höflich ab, beim zweiten Mal holt er eine Dose Sprite und ein Twix aus seiner Tasche, stellt die Dose vor sich und legt oben quer das Twix auf ihr ab. Ist seine Standardmahlzeit nach dem Training: eine Sprite, ein Twix. Beim dritten Mal blickt er nur noch angestrengt aus dem Fenster, wo unverschämt grüne Weiden mit gelangweilten Kühen vorbeiziehen.

Nach einer Weile werden die Weiden von blühenden Rapsfeldern abgelöst. Ein Gelb wie direkt aus der Tube gedrückt. Tut beinahe weh, hinzusehen. *Weiß ich noch nicht.* Hat Sunny vorhin gesagt. In ein paar Stunden, denke ich, weiß er es.

Ich selbst weiß übrigens auch nicht, wie es ist, Geschwister zu haben. Dabei hatte ich mal eine Schwester. Sandra. Ist früh gestorben. Ich glaube, ich komme darauf, weil es vorhin so lange gedauert hat, mich von Solo zu verabschieden – länger, als meine Sachen zu packen. Er hat sich schlicht geweigert, seinen Kopf von meinem Oberschenkel zu nehmen. Als hätte ich tatsächlich von zu Hause abhauen wollen. Und da hatte ich plötzlich den Gedanken, er könnte sterben, während ich weg bin. Einfach so – aufhören zu atmen. Alt genug ist er inzwischen, fünfzehn Jahre. So viele, wie meine Schwester jetzt tot ist.

Deshalb haben meine Eltern sich Solo damals zugelegt: als Therapiehund. Für mich. Meinten sie. Solo ist ein Labradoodle. Ist kein Witz, die heißen wirklich so. Papa hat mir mal erklärt, dass Labradoodles zwar als Rasse gezüchtet werden, streng genommen aber keine eigene Rasse darstellen, sondern Hybridhunde sind. Biolehrer halt. Erzähl das mal Solo, dachte ich nur, dass er ein Hybridhund ist. Findet der bestimmt krass spannend.

Meine Eltern haben damals ganz gezielt nach einem Labradoodle-Welpen gesucht. Die sollen nämlich besonders gute Therapiehunde sein. Meine Vermutung ist ja, dass Mama und Papa für sich selbst viel eher einen Therapiehund brauchten als für mich und dass sie Solo insgeheim auch für sich gekauft haben. Ich selbst habe ja nicht einmal eine Erinnerung an meine Schwester.

Ob Labradoodles besonders gute Therapiehunde sind, weiß ich nicht. Bei meinen Eltern hat es jedenfalls nicht wirklich funktioniert. Seit damals liegt ein Schatten auf ihrer Seele. Sag ich jetzt mal so. Ist schwer zu greifen, aber auf alten Fotos kann man es sehen. Nicht, dass sie da fröhlicher wären oder mehr lachen würden – aber irgendwie erkennt man, dass die Wiesen damals auch für meine Eltern noch unverschämt grün waren und der Raps wie aus der Tube gedrückt aussah. Und seitdem nicht mehr.

Papa hat die wahre Bedeutung von Solo bis heute nicht wirklich erkannt. Noch immer meint er, mich schonend darauf vorbereiten zu müssen, dass unser Hund irgendwann nicht mehr sein wird. Dabei wird ihn der Verlust viel härter treffen als mich. Ich meine: Klar wird das für uns alle hart – Solo ist Teil der Familie. Aber manchmal denke ich, dass es auch eine Erleichterung sein wird, weil er am

Ende doch nur jeden von uns ständig daran erinnert, wie lange meine Schwester jetzt schon tot ist. Für mich auf jeden Fall. Ich bin nicht mal sicher, ob ich Hunde überhaupt mag – so generell. Solo musste ich natürlich immer mögen, weil er ja irgendwie für meine Schwester steht, und ihn nicht zu mögen hätte bedeutet, mich zu versündigen oder so. War also nie wirklich eine Option.

Die Landschaft jenseits des Fensters hat sich mal wieder verändert. Es sind vereinzelte Häuser zu sehen, Menschen, Autos. Ein verlassenes Fabrikgelände zieht vorbei, die Hallen liegen wie ausgetrocknete Skelette in der Landschaft. Von den Damen gegenüber löst eine ein Kreuzworträtsel, während die andere einen Roman liest, der mindestens tausend Seiten hat. Ich glaube, die am Gang ist ein bisschen sauer, weil die andere sich irgendwann tatsächlich auf den Fensterplatz gesetzt hat, den sie ihr die ganze Zeit aufgedrängt hat. Vor Sunny steht die unangetastete Spritedose mit dem Twix, daneben die geöffneten Tupperdosen.

Der Grund, weshalb meine Eltern ihre Schatten nie wieder losgeworden sind, ist übrigens, weil sie sich für Sandras Tod verantwortlich fühlen – auch wenn sie gar nichts dafür können. Ist meine Interpretation, klar. Meine Schwester ist an einer ungeklärten Infektion gestorben. Noch heute merkt man jedes Mal, wenn Papa davon erzählt, dass er es nicht fassen kann.

Mama und er waren mit uns übers Wochenende an der See, und als wir Sonntag wiederkamen, hatte Sandra plötzlich Fieber. Am nächsten Morgen ist Mama mit ihr zum Arzt, am Nachmittag ins Krankenhaus, am nächsten Morgen war sie tot. Was genau für eine Infektion es war, konnte nicht geklärt werden. Sandras Tod hat nie einen Namen bekommen, ist immer unsichtbar geblieben. Ein beschissener Schicksalsblitz. Es gab nichts, was Mama und Papa hätten tun können. Eigentlich also hätten sie sich nichts vorzuwerfen. Ich schätze, am Ende ist es egal, wie es passiert: Wenn du als Eltern erleben musst, wie dein Kind stirbt, fühlst du dich unter Garantie immer schuldig.

Sunnys und meine Hand haben sich ineinanderverschränkt, ohne dass ich wüsste, wer da nach wem gegriffen hat. Vielleicht haben sie sich auf halber Strecke getroffen. Bis Berlin ist es noch ein Stück, doch mit jeder Minute kommt Sunnys Bruder ihm ein Stück näher. Und mit jedem Stück, das er ihm näher kommt, wächst Sunnys Anspannung.

Früher habe ich mir oft gewünscht, meine Schwester wäre nicht gestorben. Ich lag abends im Bett und habe gebetet: Bitte, lieber Gott, mach meine Schwester wieder lebendig. Mach, dass sie wieder da ist, wenn ich morgen aufwache. Aber, wenn ich ganz ehrlich bin: Das war nicht, weil ich so gerne eine Schwester gehabt hätte, sondern weil ich dachte, wir würden dann alle von ihrem Tod erlöst werden.

Auf eine unterschwellige Art haben meine Eltern Sandra immer mehr geliebt als mich. Noch heute erzählt Papa, wie schön sie mit mir gespielt hätte und wie glücklich Sandra gewesen sei, eine kleine Schwester zu haben. Und ich hör mir das an und fühle mich irgendwie blöd, weil ich, seit ich denken kann, nichts davon weiß, wie toll es mit meiner Schwester gewesen ist und was für ein Glück ich doch hatte, eine solche Schwester zu haben.

Am schlimmsten ist das Bild. Es hängt an der Stirnseite im Flur. Wenn man zur Haustür hereinkommt, ist es das Erste, worauf der Blick fällt. Geht nicht anders. Das letzte Foto meiner Schwester, in einem vergoldeten Holzrahmen, den meine Uroma benutzt haben soll, um das in Öl gemalte Porträt irgendeines Preußenkönigs angemessen zu würdigen. Und genauso sieht der Rahmen aus: nach Preußenkönig. Stattdessen aber ziert er das Foto einer lächelnden Fünfjährigen auf einer Blumenwiese, die dem Fotografen drei ausgerissene Löwenzahnblumen entgegenstreckt. Absolut unschlagbar. Da kommst du nicht gegen an. X-mal bin ich inzwischen gefragt worden, ob dieses süße Mädchen auf dem Foto ich sei. Ich darf dann jedes Mal antworten: Nee, ist meine Schwester, aber die ist schon tot. Maximale Betroffenheit. Wenn ich am Wochenende mit Ricky ausgehe und spät nach Hause komme, mache ich extra kein Licht im Flur an, um nicht dieses von einem einzelnen Spot erleuchtete Foto zu sehen.

Mama weiß natürlich, dass das Bild etwas Pathologisches hat. Ist schließlich nicht umsonst Psychotante. Sie selbst hat mir mal gestanden, dass sie die Art, wie sie Sandras Andenken in diesem blattgoldenen Rahmen zur Schau stellen, »unverhältnismäßig« findet. Andererseits sei es ihrer Trauer eben auch angemessen. Das würde ich sicher verstehen. Da frage ich mich doch: Wie lange muss ich um eine Schwester trauern, an die ich nicht einmal eine Erinnerung habe? Und wie lange müssen Eltern trauern, bevor sie sich von ihren Schuldgefühlen reingewaschen haben? Die Antwort auf Frage eins weiß ich noch nicht, aber die auf Frage zwei ist einfach: Das Bild wird da hängen, so lange meine Eltern in diesem Haus leben. Da nehme ich jede Wette an.

Ich hab es ihnen nie gesagt, aber ich habe auch so noch nie darüber nachgedacht: Ich glaube, wenn es etwas gibt, das ich meinen Eltern übel nehme, dann dass ich nie wirklich eine Chance hatte, gegen meine Schwester zu bestehen. Und dass Sandra nie eine Chance hatte, aus ihrem scheiß Rahmen herabzusteigen.

Ich kaue auf etwas. Einem Apfel. Offenbar habe ich mich aus einer der Tupperdosen bedient – und damit die beiden Damen glücklich gemacht, die mir aufmunternd zulächeln. Die mit dem Roman schubst eine Dose in meine Richtung. Ich erwidere dankbar ihr Lächeln, nehme mir einen Möhrenstift und halte ihn extra in die Höhe, bevor ich hineinbeiße und es richtig knacken lasse. Die beiden sind kurz davor, mir zu applaudieren.

Sehr geehrte Fahrgäste, in wenigen
Minuten erreichen wir Berlin-Spandau.

Sunny ist wie versteinert. Die bevorstehende Begegnung mit seinem Bruder hat vollständig Besitz von ihm ergriffen. Das Wort Angststarre kommt mir in den Sinn.

Hat Sunny Angst davor, seinem Bruder zu begegnen? Sitzen wir in diesem Zug, weil er sich seinen Dämonen stellen will? In gewisser Weise, überlege ich, hat er immer ein sehr privilegiertes Leben geführt. Er hatte alles für sich alleine und das war eine Menge: die Aufmerksamkeit, den Erfolg, die Zuwendung. Nie musste er mit jemandem teilen – nicht einmal den Tennislehrer, der jede Woche zu ihnen nach Hause kommt. Klar gab es auch eine Menge Erwartungsdruck, schließlich ist Sunny Herrn Bergmanns Vorzeigeprojekt. Aber diesem Druck hat er immer standgehalten, hat stets alle Erwartungen erfüllt. Doch jetzt gibt es plötzlich diesen Bruder – und Eltern, die Sunnys Leben auf einer Lüge aufgebaut haben.

Konflikten muss man sich stellen. Das hat Herr Bergmann seinem Sohn morgens aufs Brötchen geschmiert, da konnte Sunny noch nicht einmal lesen: *Probleme sind da, um gelöst zu werden.* Yasir hat Sunnys Leben komplett auf den Kopf gestellt. Kein Wunder also, wenn Sunny in seinem Bruder weniger eine Chance als vielmehr eine Bedrohung sieht – ein Problem. Und die sind da, um gelöst zu werden. Er nimmt das Twix und die Sprite und verstaut beides in seiner Tasche.

Sehr geehrte Fahrgäste, in Kürze erreichen wir Berlin Hauptbahnhof. Dieser Zug endet hier.

9

Das Eingangsgebäude der Jugendarrestanstalt Lichtenrade ist ein geduckter grauer Betonquader mit zwei weißen Metalltüren, die jeweils ein Bullauge haben. In Verbindung mit den Kameras und dem Doppelzaun kommt man sich vor wie in einem schlechten Science-Fiction – als würden hier Viren gezüchtet, die eine tödliche Bedrohung für die Welt bedeuten, sobald ein paar von ihnen entweichen. Und natürlich entweichen sie irgendwann, ist ja klar. Statt Klinken oder etwas Ähnlichem gibt es Metallbügel, die sich quer über die Türen ziehen. Auf dem linken steht in fetten schwarzen Buchstaben BESUCHEREINGANG, auf dem rechten nichts. Als würde man automatisch die Viren freilassen, sobald man den rechten Bügel drückt.

Sunny steht vor dem Gebäude, als müsse er überlegen, welche Tür die richtige ist.

»Ich würde es links versuchen«, sage ich.

»Hm?«

Ich deute auf den Schriftzug: »Be-su-cher-ein-gang.«

»Ja«, sagt er. Dann drückt er die Tür auf.

Der Pförtner, oder wie immer man den in einem Gefängnis nennt – Concierge, Portier? –, weiß schon Bescheid. Er kontrolliert unsere Ausweise, legt sie zurück ins Fach und schiebt sie unter dem Sicherheitsglas durch.

»Tür B«, krächzt der Lautsprecher hinter der gelochten Metallplatte. »Ich mach auf. Seht ihr dann schon. Ich sag

Bescheid, dass ihr da seid.« So viel, denke ich, hat der wahrscheinlich seit Wochen nicht am Stück geredet.

Die Tür ist nicht schwer zu finden. Das »B« hat die Größe von zwei übereinandergestellten Schwimmreifen. Ein elektrischer Summer ertönt, Sunny drückt den Bügel und wir stehen wieder im Freien. Ein schmaler Plattenstreifen führt uns zu einem weiß gestrichenen Häuschen, das aussieht, als wohne hier der Gärtner. Da es keine Klingel gibt, gehen wir einfach hinein und finden uns in einem kühlen Flur mit abgewetztem Linoleum wieder, von dem drei Türen abgehen. Neben der linken hängt ein kleiner Plastikkasten mit eingestecktem Schild:

Vollzugsleitung
Dr. A. Schüttauf

»Mmm!«, begrüßt uns Frau Dr. A. Schüttauf, als wir ihr Büro betreten.

Sie ist gerade dabei, sich einen Eisstil in den Mund zu schieben, an dem noch ungefähr ein halbes Magnum klebt. Als sie ihn wieder herauszieht, ist der Stil blank geputzt und ihr Mund so voller Eis, dass sie zur Decke sprechen muss, um es nicht über den Tisch zu verteilen.

»'tschuldigung«, gurgelt sie, lacht und leckt sich zwei Schokoladenstriemen vom Daumen, bevor sie auf die Stühle vor ihrem Tisch weist. »Bin süchtig nach dem Zeug. Bitte …«

Frau Schüttauf hat ihre blonden Haare zu einem Pferdeschwanz gebunden, trägt ein blaues Kleid mit weißen Punkten und hat, soweit ich das aus meiner Perspektive erkennen kann, eine für ihr Alter ganz schön gute Figur.

Als wir uns setzen, fällt mir auf, dass die Metallbeine ihres Schreibtischs im Boden verschraubt sind.

Sie schluckt noch eine Weile an ihrem Eis, studiert unterdessen eindringlich Sunnys Gesicht und sagt schließlich: »Verstehe.« Offenbar ist ihr die Berichterstattung in den Medien nicht entgangen.

Anschließend zählt sie die Gründe auf, weshalb sie uns eigentlich keine Besuchserlaubnis erteilen darf. Erstens: In U-Haft befindliche Arrestanten dürfen nur alle zwei Wochen für jeweils zwei Stunden Besuch empfangen. Da Yasir bereits gestern Besuch von seinem Vater hatte, bedeutet das: erst wieder in dreizehn Tagen. Zweitens: Im Regelfall werden die Besucher durch einen versendeten Sprechschein über ihren Besuchstermin in Kenntnis gesetzt. Außerdem müssen sie vorher vom Inhaftierten benannt werden, zur Überprüfung. Drittens: Besucher unter achtzehn brauchen eine schriftliche Einverständniserklärung der Erziehungsberechtigten.

»So sind die Vorschriften«, beendet Frau Schüttauf ihre Ausführungen, und, ganz ehrlich, wenn ihr Hals und ihre Hände nicht verraten würden, dass sie mindestens fünfzig sein muss, könnte man denken, sie sei … frisch verliebt!, schießt es mir durch den Kopf. Die Frau ist frisch verliebt! Und in dem Moment weiß ich, dass sie uns diese komische Genehmigung in die Hand drücken wird, wenn Sunny ihr seine Geschichte erzählt hat.

Sunnys Taktik ist einfach: Er versucht gar nicht erst, sich eine Ausrede einfallen zu lassen, sondern packt gleich die Wahrheit auf den Tisch, die ganze Wahrheit und nichts als die Wahrheit – angefangen von seiner Festnahme bis zu seiner Entdeckung von letzter Nacht. Frau Schüttaufs Gesichtsausdruck wechselt derweil von freundlichem Interesse über professionelle Anteilnahme zu persönlicher Betroffenheit.

Schließlich lässt Sunny seine Erzählung in folgenden Satz münden: »Ich hoffe, Sie haben Verständnis dafür, dass wir unter den gegebenen Umständen keine Einverständniserklärung unserer Eltern dabeihaben. Trotzdem«, er muss trocken schlucken, »trotzdem würde ich gerne meinen Bruder sehen.«

Frau Schüttauf blickt aus dem geöffneten Fenster. Im Hof zwitschert ein einzelner Vogel. Vor ihrem Häuschen gibt es ein kleines Rasenrechteck, das von einem Sicherheitszaun eingegrenzt wird. Der ist so hoch, dass ich von meinem Platz aus die Oberkante nicht sehen kann. Hinter dem Zaun befindet sich ein schmaler Weg und dahinter ragt die Gefängnismauer auf.

»An Verständnis mangelt es nicht …« Wie bei einem Zaubertrick zieht sie einen Bleistift aus einem Aktenstapel und fängt an, mit dem Radiergummiende auf die Tischplatte zu klopfen. Dann sagt sie: »Folgendes: Gemäß Paragraf siebenundvierzig des Jugendstrafvollzugsgesetzes sollen Besuche dann zugelassen werden, wenn sie der Erziehung oder der Eingliederung des Inhaftierten förderlich sind.«

Sie sieht Sunny an, sie sieht mich an, Sunny sieht mich an, ich sehe Sunny an.

»Glaubst du«, fährt sie, an Sunny gewandt, fort, »dass dein Besuch Yasirs Erziehung oder Eingliederung förderlich sein könnte?«

Sunny merkt gar nicht, dass Frau Schüttauf ihm gerade den Ball zuspielt: »Ich fürchte, das kann ich nicht beurteilen.«

Sie verzieht den Mund – falsche Antwort. Dann blickt sie mich an. »Und: Wie siehst du das?«

»Auf jeden Fall«, sage ich sofort, »bestimmt. Also förderlich.«

»Das«, sie dreht ihren Bleistift um und beginnt, ein DIN-A5-Formular auszufüllen, »nehme ich auch an. Und deshalb scheint es mir in diesem Fall nicht nur verantwortbar, sondern geradezu geboten, die bestehenden Vorschriften etwas ... weiter zu fassen.« Sie kommt hinter ihrem Schreibtisch vor und begleitet uns persönlich zum Hauptgebäude, in dem die Gefangenen untergebracht sind.

Vor dem Tor hält sie kurz inne und lässt ihren Blick von einem Zellenfenster zum nächsten wandern, die ganze lange Reihe hinunter. »Wisst ihr«, sagt sie zum Abschied, »die meisten sind im Grunde ganz liebe Jungs. Hätten eben irgendwann mal ein bisschen Zuwendung erfahren müssen.« Sie hält eine Art schwarzen Plastikschlüssel gegen einen in der Mauer eingelassenen Kasten, woraufhin sich die Tür entriegelt. »Was soll man machen ...«

Ich weiß nicht genau, was ich erwartet habe, auf jeden Fall habe ich mir den Besuchsraum kleiner vorgestellt und mehr so CSI-mäßig. Dieser erinnert eher an eine Kantine: zwei Reihen heller, runder Tische mit jeweils vier Stühlen, weiße Töpfe mit Hydrokulturen und an der Wand gegenüber dem Fenster drei Automaten wie auf einem S-Bahnsteig: Zigaretten, Snacks, Getränke. Ein leises Brummen ist zu hören. Außer uns ist niemand im Raum. Über der Tür, durch die wir hereingekommen sind, hängt eine Uhr: zwanzig nach drei. Frau Schüttauf hat uns erklärt, dass zwischen drei und halb vier das Mittagessen ausgegeben wird. Yasir sollte gleich fertig sein.

Wir warten.

Es gibt keine richtigen Farben, wie mir auffällt. Der Boden ist irgendwie grünlich, die Wände sind irgendwie gelblich, die Tische und Stühle irgendwie holzartig. Da wir uns nicht entscheiden können, wohin wir uns setzen sollen, stehen wir verloren im Raum herum. Sunny hält die zusammengerollte Hülle mit den Geburtsurkunden in der Hand – unsere Taschen haben wir im Stationszimmer abgegeben –, ich sehe mir an, was es im Automaten für Süßigkeiten gibt.

Um vier Minuten vor halb öffnet sich die Tür und ein Jugendlicher in Anstaltskleidung – dunkelblaue Hose, hellblaues Hemd, beides zu weit – kommt in den Raum geschlurft. Ihm folgt ein Mann in Uniform, der sich auf den Stuhl neben der Tür setzt. Als der Typ in der Anstaltskleidung uns bemerkt, hält er einen Moment inne, um dann zögerlich zwischen den Säulen hindurch auf uns zuzukommen. Und dann setzt mir tatsächlich kurz das Herz aus: Sunny hat einen Zwillingsbruder. Der Typ, den ich liebe, steht zweimal vor mir. Wie krass ist das denn?

Sie stehen einander gegenüber wie Boxer, bevor der Gong ertönt. Der Getränkeautomat brummt wie ein Wespennest.

Endlich sagt einer etwas. Yasir. Und seine ersten Worte sind: »Was soll'n die Scheiße, Mann?« Als hätte Sunny sich eine Gesichtsmaske übergezogen. Als sei das ein blöder Witz.

Offensichtlich hatte Yasir keine Ahnung, wer ihn erwartete. Und noch offensichtlicher hat auch er nie erfahren, dass er einen Zwillingsbruder hat.

Sunny steckt irgendwie fest. Erst kommt ziemlich lange nichts, dann antwortet er: »Ich bin dein Bruder.«

»Am Arsch, Alter. Hab ich kein Bruder.«

Tja, denke ich, schön, dass wir uns alle mal kennengelernt haben. Und weil die beiden morgen noch da stehen und ihre Zähne nicht auseinanderkriegen würden, schalte ich mich ein: »Wollt ihr euch nicht erst mal setzen?«

»Auf keinen«, antwortet Yasir, ohne mich anzusehen.

»Immerhin seid ihr Brüder«, gebe ich zu bedenken.

»Hab ich gesagt, Mann – hab ich eine Menge Brüder. Aber nicht den da.« Yasir spricht jedes »ch« als »sch« aus: Hab isch gesagt, hab isch eine Menge Brüder. Unser Deutschlehrer hat uns mal erklärt, dass es dafür eine Bezeichnung gibt. Habe ich aber vergessen.

»Wer iss'n die Schlampe?« Es ist das erste Mal, dass Yasir mir tatsächlich ins Gesicht sieht.

»Die Freundin deines Bruders«, antworte ich.

Sein Oberkörper spannt sich. Ist selbst durch das drei Nummern zu große Hemd zu sehen. »Hab ich keinen Bruder!«

Schweigen.

Sunny bricht es als Erster: »Bis gestern dachte ich das auch.«

In Yasirs Schale zeigt sich ein erster Riss. Ist nur ein kleiner, feiner Haarriss – man muss wirklich schon sehr genau hinsehen, um ihn zu erkennen. Er blickt zwischen uns hin und her, als könnte langsam mal einer sagen, was die ganze Scheiße hier soll. »Is 'ne Verarsche, oder was?«

Sunny zeigt die Hülle mit den Geburtsurkunden vor. »Hab ich letzte Nacht im Tresor meiner Eltern gefunden.« Vom langen Halten der Hülle ist seine Handfläche verschwitzt. Unauffällig wischt er sie am Hosenbein ab.

Yasir zieht die Geburtsurkunden aus der Hülle und beginnt zu lesen. Dabei kneift er die Augen zusammen. Der braucht eine Brille, denke ich, doch dann sehe ich, wie sich beim Lesen seine Lippen bewegen, und mir wird klar: Lesen ist Schwerstarbeit für ihn.

»Kapier ich nich.«

Isch, nisch. Jetzt fällt es mir wieder ein: Koronalisierung. So hat Herr Naujoks das genannt – wenn aus dem »ch« ein »sch« wird. Interessiert Yasir sicher wie verrückt.

»Vielleicht doch erst mal setzen?«, schlage ich vor.

Missmutig rückt Yasir einen Stuhl von einem Tisch ab und lässt sich breitbeinig hineinfallen. »Ich höre, Mann.«

Wir setzen uns zu ihm und Sunny erzählt zum zweiten Mal an diesem Nachmittag seine Geschichte und dass er keine Ahnung hatte von … allem eben. Bis letzte Nacht. Je länger Sunny für seine Erzählung braucht, umso verkrampfter wird Yasir, zuckt mit den Fingern, wippt mit dem Bein und beginnt zu begreifen, dass auch sein Leben auf einer großen Lüge fußt. Als Sunny fertig ist, steht sein Bruder so unter Strom, dass er selbst anfangen müsste zu summen. Die drei Automaten an der Wand jedenfalls können unmöglich mehr Energie freisetzen. Die haben das beide, diese Energie. Nur dass Sunny sie durch jahrelanges Training domestiziert hat, während sie sich bei seinem Bruder einfach den kürzesten Weg ins Freie sucht.

Yasir sieht sich um. Da klar ist, dass es in diesem Raum nichts gibt, was eine Betrachtung wert wäre, landet sein

Blick am Ende bei Sunny. Ein Blick, der mir die Haare im Nacken aufstellt.

»Und«, spuckt er seine Worte aus, »was willst du hier – Soner?«

»Ich bin dein Bruder. Dein Zwillingsbruder. Ich …« Sunny spricht abgehackt, wie aus einem Funkloch. »Ich wollte wissen, ob es dich wirklich gibt – wer du bist. Ob du Hilfe brauchst.«

»Jetzt weißt du, so. Kannst du gehen.«

Nach diesen Worten schweigen die beiden um die Wette.

»Interessiert dich das überhaupt nicht«, wende ich mich an Yasir, »dass du einen Bruder hast?«

Er lässt seinen Oberkörper gegen die Lehne sinken, legt seinen Kopf auf die Seite und taxiert mich. Ziemlich dreist, wie ich finde. Schließlich kehrt sein Blick zu Sunny zurück: »Du willst mir helfen – *Bruder*? Cool. Hast du Kohle bei?«

Zugegeben: Da würde auch ich anfangen, am Daumen zu kratzen – wenn du gerade deinen Zwillingsbruder kennenlernst und der dich als Erstes anschnorrt.

»Wir mussten unsere Taschen vorne abgeben«, erklärt Sunny, »aber ich hab …« Er durchstöbert seine Shorts, zieht aus einer der aufgesetzten Seitentaschen zwei Eurostücke hervor und legt sie mit einem Schulterzucken auf den Tisch: »Mehr hab ich nicht dabei.«

Yasir wartet, als könne das unmöglich alles gewesen sein. Schließlich beugt er sich vor, nimmt die beiden Eurostücke, steht auf und schlendert zu den Automaten hinüber. Es surrt und rumpelt, dann kommt er zurück, setzt sich, stellt eine Sprite vor sich ab und legt ein Twix obendrauf.

Sunny und ich wechseln einen Blick: *Siehst du, was ich sehe?*

»Was's los?«, fragt Yasir, »noch nie 'ne Sprite gesehen?«

Da Sunny nicht antwortet, sage ich: »Doch. Es ist nur, weil – genau das holt Sunny sich immer nach dem Training: eine Sprite und ein Twix.«

»Schön für dich.« Wieder legt Yasir den Kopf auf die Seite. »Was trainierst du?«

»Hockey.«

»Hockey? So mit Schläger und Rasen und allem?«

»Mit Schläger und Rasen«, bestätigt Sunny.

»Bestimmt schön grün, dein Rasen. Machen die immer schön Wasser drauf morgens und abends und fahren mit so ein Rasenmäher hin und her, wo du draufsitzt wie ein Cowboy.«

»Um ehrlich zu sein«, entgegnet Sunny, »genauso ist es.«

Yasir lacht kurz auf. »Siehst du, Mann – weiß ich, wie das läuft bei euch.«

Sunny presst seine Kiefer aufeinander. Ist ein wunder Punkt bei ihm – wenn ihm jemand das Gefühl gibt, er müsse sich für seine Privilegien rechtfertigen. »Und trotzdem hätten sie beinahe *mich* ins Gefängnis gesteckt«, bemerkt er.

Yasir zieht die Schultern hoch. »Hast du fett Glück gehabt: schicke Uhr, teure Klamotten, geile Braut, grüne Rasen … Kann man ruhig 'n bisschen für in 'n Knast gehen, so.«

»Aber dann hätten sie den Falschen eingesperrt.«

»Und ich bin der Richtige, ja?«

»Jedenfalls war nicht ich es, der auf einen wehrlosen Mann eingetreten hat.«

Yasirs Rücken löst sich von der Lehne. Er ist kurz davor, über den Tisch zu springen. »Ja Mann – kannst du dich freuen, dass deine Mutter damals *dich* mitgenommen hat und nicht *mich*.«

Unwillkürlich fährt Sunny über die Narbe an seinem Daumen. Yasirs Bemerkung kann er unmöglich auf sich sitzen lassen. »Was soll das heißen? Wenn Nazan dich mit nach Hamburg genommen hätte und nicht mich, würde *ich* dann jetzt hier drinsitzen und nicht *du*?«

Yasir antwortet nicht. Ist ihm scheißegal, was Sunny denkt. Es ist komisch: Sunny tut alles, um gemocht zu werden. Bei Yasir ist es umgekehrt: Dem scheint es am liebsten zu sein, wenn er nicht gemocht wird – als wäre die gesamte Welt sein Feind. Vielleicht, denke ich, ist das für *sein* Selbstbild genauso wichtig.

»Warum hast du das überhaupt gemacht?«, will ich von ihm wissen.

»Was hab ich denn gemacht?«, fährt er mich an.

Er ist wie ein Hund, der sich angegriffen fühlt: Wenn du ihm zu nahe kommst, beißt er. »Na, den Mann auf dem Bahnsteig« – mir fehlt das passende Wort – »verletzt.«

»Hast du gesehen, ja? Warst du dabei?« Beinahe schreit er. »Du hast keine Ahnung, Mann!«

Aus irgendeinem Grund fühle ich mich von Yasir herausgefordert. Seine Energie umgibt ihn wie ein Magnetfeld. Einmal hineingeraten, kommt man da nur schwer wieder heraus. Wahrscheinlich ist das der Grund, weshalb ich als Nächstes etwas total Bescheuertes sage: »Meine Mutter hat mir mal erklärt, dass man mit Gewalt Probleme niemals löst, sondern höchstens verlagert.«

»Hat sie Scheiße erzählt, Mann.« Yasir sieht Sunny an,

als würde er ihm am liebsten dessen Hockeyschläger über den Kopf ziehen.

Ich glaube dir nicht, denke ich. Du willst nicht gehasst und verachtet werden.

Als würde er meinen Gedanken kommentieren, lässt Yasir ein »Pfff …« hören, greift sich die Sprite und das Twix und steht auf. »Und ich hab gedacht, die Psychotante stresst ab …«

Damit geht er, wie er gekommen ist – zwischen den Säulen hindurch –, zur Tür hinüber. Die Uhr zeigt Viertel vor vier. »Ich will zurück in meine Wohngruppe«, sagt er. Der Beamte, der die ganze Zeit unbeweglich neben der Tür gesessen hat, erhebt sich träge von seinem Stuhl. Einen Moment später fällt die Tür ins Schloss, die beiden sind verschwunden und nur ein feuchter, kreisförmiger Abdruck beweist, dass auf dem Tisch tatsächlich eben noch eine Dose gestanden hat.

10

Lichtenrade klingt nicht gerade nach Großstadt und so fühlt es sich auch nicht an. Der Bezirk gehört zwar noch zu Berlin, könnte aber auch ein Dorf auf dem Land sein. Die Jugendarrestanstalt liegt am Kirchhainer Damm – einer Durchfahrtsstraße, die keinerlei Markierungen hat und eigentlich zu schmal ist für die vielen Laster, die an uns vorbeischeppern.

Ich nehme an, Sunny weiß, in welche Richtung wir laufen. Wenn nicht, auch nicht schlimm. Im Moment scheint es vor allem darum zu gehen, sich möglichst weit von Yasir zu entfernen. Wir kommen an einem provisorisch umzäunten Kiesstreifen mit staubüberzogenen Gebrauchtwagen vorbei, aufgereihten Glascontainern, einer übergewichtigen Frau hinter einem Tapeziertisch, auf dem sich Spargelstangen stapeln. An einer Kreuzung erkenne ich die Bushaltestelle wieder, an der wir vorhin ausgestiegen sind. Interessiert Sunny aber nicht. Der marschiert weiter wie ferngesteuert. Ich würde ihm gerne sagen, dass mein Knöchel vom vielen Laufen nicht schlanker wird, ebenso wenig wie mein Knie. Mache ich aber nicht.

Alles, wozu ich mich durchringen kann, ist das: »Sunny?«

Er dreht sich um und wundert sich, mich drei Schritte hinter sich zu sehen.

»Ich kann nicht so schnell«, sage ich.

»Entschuldige.« Er tritt auf der Stelle wie ein Jogger, der

an der Ampel auf Grün wartet. »Soll ich uns ein Taxi rufen?«

»Geht schon«, sage ich, »mach einfach ein bisschen langsamer.«

Von jetzt an habe ich das Gefühl, Sunny an einer unsichtbaren Leine zu führen, die er ununterbrochen gespannt hält. So laufen wir an einer Reihenhaussiedlung und der nächsten Bushaltestelle vorbei und kommen schließlich an eine Kreuzung mit gleich zwei Autocentern. Hier setzt auch die Fahrbahnmarkierung wieder ein – was völlig uninteressant wäre, wenn nicht gleichzeitig Sunny wieder anfangen würde zu sprechen. Als könne er ohne Mittelstreifen nicht klar denken.

»Was machen wir denn jetzt?«, fragt er.

Gefällt mir – dass er »wir« sagt und nicht »ich«. Meine Antwort kommt spontan, von irgendwo aus dem Bauch: »Ich will nicht gleich wieder zurückfahren.«

»Nein«, überlegt er, »ich auch nicht.«

Die Straße verbreitert sich, teilt sich und führt uns an eine Kreuzung, an der sechs Straßen aufeinandertreffen. Schräg gegenüber, als wäre es extra für uns und diesen Moment eingeflogen worden, ist ein Café mit cremefarbenen Rattanstühlen unter einer orange-gelb gestreiften Markise und einer einmaligen Aussicht auf den Nachmittagsverkehr.

In der Kuchenvitrine der Konditorei Obergfell sind mehr Kalorien versammelt als Bruno Mars Freunde bei Facebook hat. Das Publikum ist entsprechend: Entweder man hat seinen ersten Herzinfarkt in Kürze vor sich oder man steuert zielsicher auf den zweiten zu. Da ich meinen noch vor mir habe, entscheide ich mich für ein Stück Windbeuteltorte. Sunny isst nichts, bestellt sich lediglich einen Cappuccino. Das Treffen mit Yasir ist ihm auf den Magen geschlagen.

»Der hasst mich«, murmelt er.

Wir sitzen unter der Markise, die meiner Haut einen hübschen Bronzeteint verleiht. Ich grabe mich durch meine Torte, während sich auf der Kreuzung in der prallen Sonne die Autos aneinander vorbeizwängen.

»Glaube ich nicht«, entgegne ich.

»So wie der reagiert hat …«

»Wie hättest du denn an seiner Stelle reagiert?«

Sunny beginnt, laut zu denken: »Der wusste genauso wenig, dass es mich gibt, wie ich wusste, dass es ihn gibt.«

»Krass, oder? Ich meine: Wie musst du drauf sein, so etwas deinem Kind fünfzehn Jahre lang zu verheimlichen?«

»So wie Nazan«, überlegt Sunny, »und Uwe.«

Die Situation wäre einfacher für ihn, wenn es einen Schuldigen gäbe. Und wenn der Yasir hieße. Ist aber nicht. Und das weiß Sunny.

»Hätte ich bloß diese Geburtsurkunden nicht gefunden …«

»Könnte gut sein, dass Yasir gerade dasselbe denkt.«

Mich den Namen seines Bruders aussprechen zu hören, schmeckt Sunny gar nicht.

»Der sitzt jetzt in seiner Zelle«, fahre ich fort, »kocht im eigenen Saft und fragt sich, wie er das nächste Mal seinem Vater gegenübertreten soll.«

»Da sitzt er nicht ohne Grund – in seiner Zelle.«

»Vor drei Tagen hast du auch noch in einer Zelle gesessen«, wende ich ein.

»Das ist ja wohl etwas vollkommen anderes!«

»Ach ja?«

An Sunnys Schläfe tritt eine Ader hervor: »Immerhin war *ich* unschuldig.«

»Und Yasir ist schuldig?«, entgegne ich.

Geht ihm wirklich gegen den Strich – mich Yasirs Namen aussprechen zu hören. »Machst du Witze?«, blafft er mich an. »Du hast doch das Video gesehen, und außerdem weiß man doch, wie das in solchen Milieus läuft.«

Ich spüre den Widerstand in mir wachsen. Physisch. Als würde ich Beulen auf der Stirn bekommen. »Was soll denn das heißen: in solchen Milieus?«

Sunny ballt seine Hand zur Faust und streckt den Zeige- und den kleinen Finger ab. Soll ghettomäßig aussehen. »Isch mach disch Messer, Alter«, schnalzt er. »Aus was für einem Milieu kommt so einer wohl?«

So einer? »Du klingst schon wie dein Vater«, stelle ich fest.

»Und?«

»Und – kann schon sein, dass Yasir aus *so einem* Milieu kommt. Aber du weißt es nicht. Weder, aus was für einem Milieu er kommt, noch, was das über ihn aussagt. Und ob er wirklich schuldig ist, weißt du auch nicht.«

»Glaubst *du* etwa, er ist unschuldig?«

Ich stochere mit der Gabel in einem Cocktail aus Sahne, Zucker und Beeren. Das große Windbeutelmassaker. Dabei sehe ich Yasir vor mir – wie er vorhin reagiert hat, als ich ihn nach seinem Motiv gefragt habe: *Du hast keine Ahnung, Mann!* Er hat nicht abgestritten, dass er es war, aber zugegeben hat er es auch nicht.

»Erinnerst du dich an gestern?«, antworte ich. »Wie du

mir erzählt hast, dass Brevier euch diesen Vortrag über die Unschuldsvermutung gehalten hat – dass sie ein integraler Bestandteil unserer Rechtsauffassung sei und so weiter?«

Sunny nickt: »Solange die Schuld nicht erwiesen ist, hat der Verdächtige als unschuldig zu gelten.«

Ich rühre mit der Kuchengabel in der Luft: Na bitte.

Sunny sieht mich forschend an: »Du glaubst, er ist unschuldig.« Er formuliert es nicht einmal als Frage.

»Auf jeden Fall hat er erst einmal als unschuldig zu gelten.«

Er verzieht den Mund: »Frauen…«

»Männer…«

Ich stelle mir vor, wie man von der anderen Straßenseite aus sehen kann, dass sich über unserem Tisch eine dunkle Wolke bildet, die unter der Markise klebt. Wie in einem Comic. Mache ich oft – dass ich mir vorstelle, wie ich Dinge zeichnen würde, die eigentlich nicht zu sehen sind. Bis vor zwei Jahren oder so hab ich das auch immer als Berufswunsch angegeben, wenn mich jemand gefragt hat, was ich später mal machen will: Comiczeichnerin. Hat sich dann leider als Illusion entpuppt. Ich kann zwar ganz gut Häuser zeichnen und mir Gebäude ausdenken, was mir im Kunst-LK den Hintern rettet, aber Figuren kann ich überhaupt nicht. Selbst wenn die Proportionen stimmen – irgendwie bekomme ich da kein Leben rein.

Als das iPhone in seiner Hosentasche vibriert, springt Sunny vor Schreck praktisch von seinem Stuhl auf. Er starrt das Display an und sagt etwas, das ich ihn, glaube ich, noch nie habe sagen hören: »Fuck.« Anschließend drückt er sich das iPhone aufs Ohr. »Hallo, Mama.« Er tritt aus dem Schatten der Markise, hält sich das linke Ohr zu und stupst mit dem Fuß einen rosa Plastikbecher an. »Ich hab noch Training«, höre ich ihn sagen. »Nein … ich gehe noch zu Laura. Wir wollen lernen … nein … wird bestimmt spät …«

Er verstaut das iPhone in seiner Hosentasche, blickt sich auf dem Bürgersteig um, als sei er an den falschen Ort gebeamt worden, und kickt den rosa Becher auf die Kreuzung.

»Willst du zurückfahren?«, frage ich, nachdem er sich wieder an den Tisch gesetzt hat.

»Von wollen kann keine Rede sein.«

Ich betrachte meinen Teller mit dem Windbeutelmassaker. »Früher oder später musst du es ihnen sagen.«

»Danke für den Hinweis«, knurrt Sunny.

Yasir kommt mir in den Sinn. »Wir könnten versuchen, deinen Vater ausfindig zu machen«, schlage ich vor, »deinen leiblichen, meine ich.«

Auf den Gedanken ist Sunny offenbar noch nicht gekommen. »Dann redet der nie wieder ein Wort mit mir«, überlegt er. Mit »der« ist Yasir gemeint, logisch.

Stimmt wahrscheinlich. Abgesehen davon hat Sunny im Moment genug Baustellen.

In der Wärme schmilzt die Torte vor sich hin, die Farben laufen ineinander. Schöner wird es dadurch nicht. Wir haben beide keinen Plan, was wir als Nächstes machen sollen. Klar ist nur, was wir nicht wollen: zurück nach Hamburg.

»Drüber schlafen?«, frage ich.

»Du meinst, wir sollen über Nacht in Berlin bleiben?«

»Wär doch cool. Und morgen … Wer weiß?«

Sunny braucht einen Moment, um die Idee zu beschnuppern. Riecht nicht schlecht. »Und was ist mit deinen Eltern?«, wendet er ein.

»Was ist mit deinen?«, entgegne ich.

Er nippt an seinem Cappuccino, der bis jetzt unberührt vor ihm gestanden hat. »Überlege ich mir noch.«

Ich krame mein Handy aus dem Rucksack, überlege kurz und schreibe folgende SMS: *Schlafe heute bei Sunny. Bitte keine peinlichen Fragen. Kuss L.*

Absenden.

Pling!

»Geklärt«, sage ich.

Sunny sieht mich an. Zum ersten Mal seit gefühlt drei Tagen huscht ein Lächeln über sein Gesicht. »Ganz schön coole Freundin, die ich da habe.«

»Schön, dass dir das nach drei Monaten auch mal auffällt«, entgegne ich mit gespielter Arroganz.

»Oh«, er lehnt sich zu mir herüber, »aufgefallen ist mir das natürlich schon vorher.«

»Natürlich.«

Sein Lächeln weitet sich zu dem siegessicheren Grinsen, das ich manchmal liebe und manchmal nicht ausstehen kann. Heute ist ganz klar ein Ich-liebe-es-Tag. Und das merkt Sunny natürlich. Gleich, denke ich, küsst er m... Ups! Das ging schnell.

Irgendeine App in Sunnys iPhone empfiehlt uns das East-Seven-Hostel. Wie sie dazu kommt, weiß ich nicht, aber der Tipp erweist sich als Treffer. Wir müssen zwar einmal quer durch die ganze Stadt, aber dann werden wir von warmen Farben und einem Typen empfangen, der sich selbst so cool findet, dass er nicht einmal hinter der Rezeption seine Sonnenbrille abnimmt.

»Hey, Guys!«, begrüßt er uns und feuert ein breites Grinsen sowie eine Zeigefingerpistole auf uns ab.

Bei jedem anderen würde ich die Augen verdrehen, aber bei ihm stimmt es irgendwie.

»Got a reservation?«, fragt er. Offenbar wird hier ausschließlich Englisch gesprochen.

»No«, antwortet Sunny.

»Uuugh!« Er greift sich an die Hüfte, als habe die Kugel aus seiner Zeigefingerpistole ihn selbst erwischt. »That's bad news.« Dann lacht er wieder und zeigt seine Hände vor: kein Blut, war nur gespielt. So ein Glück. »Let's see what I can do for you.« Er räumt einen Stapel Papier zur Seite, fördert eine Tastatur zutage und beginnt, mit der Maus herumzuklicken. Ist mir schleierhaft, wie er durch seine Brille irgendetwas sehen kann, doch es scheint zu gehen, denn er neigt seinen Kopf, wirft uns über den Rand seiner Brille hinweg einen vielsagenden Blick zu und sagt: »Got something for you.« Halb erwarte ich, dass er uns Drogen über den Tresen schiebt, stattdessen hält er einen Schlüssel in die Höhe. »Four beds – just for you.«

Das Zimmer ist hell, sauber und … geschmackvoll. Und das ist kein Wort, das mir sonst in Verbindung mit Jugendherbergen oder Hostels in den Sinn kommt. Auf die linke Wand hat jemand riesige Blumen gemalt, die irgendwie kitschig, aber irgendwie auch cool aussehen. Auf der gegenüberliegenden ziehen sich in einer schrägen Linie leuchtende, von der Sonne gemalte Rechtecke von links oben nach rechts unten. Es riecht nach frischer Wäsche.

»Okay«, fasst Sunny die Eindrücke zusammen, der mit

seinen Eltern noch nie irgendwo übernachtet hat, wo nicht mindestens vier Sterne dran waren.

Ich lasse mich auf eines der vier Betten fallen. Mein Knöchel ist dick und tut weh, meine Haut ist mit einer klebrigen Mischung aus Schweiß und Staub überzogen, ich bin müde. Und aufgekratzt. Zu aufgekratzt, um länger als drei Minuten die Blumen auf der Wand gegenüber zu betrachten. Bei Sunny ist es noch schlimmer: Der bringt es nicht einmal fertig, sich auf das Bett zu setzen.

»Sollen wir ... Ich weiß nicht – raus?«, schlage ich vor.

Sunny blickt durch eines der Fenster auf die Straße hinunter. »Okay.«

Der Typ mit der Sonnenbrille hat seinen Platz mit einer jungen Frau getauscht, steht jetzt vor statt hinter der Theke, trägt eine enge Röhrenjeans und schwarze Boots und verabschiedet sich gerade in fließendem Deutsch von seiner Kollegin.

Als er uns sieht, grinst er: »Like the room?«

»Ja«, erwidert Sunny, »alles bestens.«

»Knew you would like it – it's what we call our lovenest.«

Ich bin kurz davor, ihn zu fragen, weshalb er mit uns englisch redet – wo er doch fließend Deutsch spricht.

Sunny wendet sich an die Frau, die jetzt an der Rezeption steht und die ein wild gemustertes T-Shirt und riesige goldene Ohrringe trägt: »Wir würden gerne ein bisschen herumlaufen«, sagt er. »Irgendeine Idee, welche Richtung wir am besten einschlagen sollten?«

Sie taxiert uns und überlegt, welche Richtung wohl die beste für uns sein könnte.

Bevor sie sich entschieden hat, hat ihr Kollege bereits

wieder seine Zeigefingerpistole hervorgeholt: »Mauerpark«, sagt er.

Seine Kollegin macht ein Gesicht, als wolle sie sagen: Kann man machen. Sie zieht einen Ministadtplan aus einer Box und kreist ein, wo wir sind und wo der Mauerpark ist.

»Six o'clock«, sagt der Typ mit der Brille und wendet sich zum Gehen. »Be there or be square!«

Wir sehen ihm nach, bis er vorne aus der Tür ist und auf die Straße tritt, wo er vom Licht verschluckt wird. Seine Kollegin zieht ihre Augenbrauen in die Höhe: *Der ist halt so.*

Ich nehme den Plan und falte ihn auf Taschengröße zusammen: »Danke.«

Aus einem Grund, den wahrscheinlich niemand kennt, scheint der Mauerpark der angesagteste Ort auf diesem Planeten zu sein. Dabei ist er eigentlich nicht mehr als ein vertrockneter Grasstreifen, an dem entlang eine Pflasterstraße von einer Seite des Geländes zur anderen führt. Selbst der Hof der Strafanstalt in Lichtenrade ist deutlich grüner.

Auf halber Strecke treffen wir auf eine Art Amphitheater aus Steinquadern. Die ungefähr zwanzig Ränge sind bis auf den letzten Platz gefüllt. Gegenüber, auf einem Asphaltquadrat mit Basketballkorb, steht eine kleine, provisorische Bühne, daneben zwei Stative mit Boxen und ein koffergroßer Kasten. Die Minibühne scheint der einzige Ort im gesamten Park zu sein, der nicht überfüllt ist.

Sunny und ich steigen den Abhang neben dem Theater hinauf und zwängen uns in die vorletzte Reihe, wo überraschend zwei Plätze frei werden. Sind nur wenige Höhenmeter, doch die Aussicht ist wirklich beeindruckend: Plötzlich kann man über halb Berlin hinweggucken. Es riecht nach Joints und warmem Bier, gemischt mit Douglas-Filiale. Ein paar Jungs mit schweißglänzenden Oberkörpern spielen zwei gegen zwei auf den Basketballkorb, ein weiß geschminkter Mann mit Zylinder tut so, als würde er die Passanten nicht sehen, weil er mit vier Bällen jongliert. Irgendwo übt jemand Saxophon, doch bevor die Töne bei uns ankommen, werden sie vom Wind zerpflückt. Eigentlich, denke ich, hat dieser Ort nichts Besonderes. Trotzdem ist er etwas Besonderes. Und als ich darüber nachdenke, weshalb das so ist, fällt mir nur eine Antwort ein: Es ist das, was hier passiert, das ihn besonders macht.

Die meisten hier sind mehr oder weniger in unserem Alter. Die haben alle noch ihr ganzes Leben vor sich. Wie wir. Ein Amphitheater voller Träume und Wünsche und Möglichkeiten. Und Hormonen, okay. Jedenfalls spürt man das irgendwie. Als seien die Ränge nicht auf die Bühne, sondern auf die Zukunft ausgerichtet. Nur so ein Gedanke.

Ein Typ in Basketballshorts und Schlabber-T-Shirt springt auf die Bühne und greift sich das Mikrofon, das auf der Kiste liegt. »Jo, jo, jo!«, ruft er, die freie Hand über dem Kopf, als schwinge er ein Lasso.

Die Zuschauer antworten mit verhaltenem Gröhlen, der ein oder andere pfeift auf den Fingern. Der Typ vor mir ruft: »Selber jo, Mann!« Was einen anderen auf die Idee bringt, »Jo-del dir einen!« zu rufen.

»Alles klar, es geht los«, verkündet jetzt der Mann auf der Bühne. Das rote T-Shirt schlackert um seine Hüfte. »Der erste Kandidat ist«, er kramt einen kleinen Zettel aus seinen Shorts hervor, »eine Lady! MC Alabasta! Jo, Jo, joooo!!«

Die Menge johlt. Da weder Sunny noch ich die geringste Ahnung haben, was das hier soll, wende ich mich an meinen Sitznachbarn, der gerade dabei ist, *vier* Blättchen aneinanderzukleben. Sein Kumpel hält derweil einen mitgebrachten Nike-Schuhkarton auf den Knien und zerbröselt getrocknete Marihuana-Blätter.

»Was passiert denn hier?«, frage ich.

Mein Sitznachbar leckt das letzte Blättchen an und blinzelt aus geröteten Augen: »Hier schwebt gleich der fliegende Teppich ein.« Er riecht, als schliefe er zu Hause auf einer Matratze mit Cannabisfüllung.

»Ich meine da unten«, entgegne ich und deute sicherheitshalber zur Bühne.

Er entdeckt den Platz, die Bühne, versucht, sie scharf zu stellen. »Ach da«, sagt er. Ich bekomme den sehr deutlichen Eindruck, dass sich für ihn möglicherweise das ganze Leben in Zeitlupe abspielt. Er grinst: »Ka-ra-oke.«

Im nächsten Moment hätte ich mir die Antwort auch selbst geben können, denn aus den Lautsprechern dringen die ersten Takte von »Rolling in the Deep« von Adele und MC Alabasta, die auch MC Kalkweiß heißen könnte, beginnt zaghaft, mit der Hüfte zu kreisen. Krass, denke ich, hier sitzen ungefähr tausend Menschen, um ein Mädchen Karaoke singen zu hören, das nicht älter ist als ich.

Zu meiner Überraschung stellt sich heraus, dass MC Alabasta ziemlich gut ist. Zwar ist sie klein und unscheinbar – insgesamt nur ungefähr die Hälfte von Adele –, aber singen kann sie.

Nach dem zweiten Song hab ich plötzlich einen Joint

von der Größe einer Eiswaffel vor dem Gesicht. Kurz überlege ich tatsächlich, ob ich ziehen sollte. Was ich noch nie gemacht habe. Aber ich bin auch noch nie mit Sunny nach Berlin gefahren, um seinen im Gefängnis sitzenden Bruder zu besuchen.

»Bsssssssss«, macht der Typ neben mir und lässt seine Hand in den Himmel aufsteigen. Soll wohl der fliegende Teppich sein.

»Nein danke«, sage ich. Ungefähr zehn Sekunden später verschwindet der Joint.

MC Alabasta folgt ein Typ mit vor dem Gesicht hängenden Haaren, der sich an Pearl Jam versucht und würdevoll scheitert, anschließend besteigt ein Mann mit Hoodie und Basecap die Bühne, der auf Deutsch zu Eminem rappt. Die Lautsprecher sind hoffnungslos überfordert, aber das ist egal, denn hier geht's ums Spaß haben, nicht darum, möglichst perfekt zu klingen. Es ist erstaunlich, was das mit uns macht. Mit allen, die hier sitzen. Die Anspannung fällt von uns ab, wir lehnen uns gegen die Steinquader. Über den Dächern kreisen Vögel, lassen sich in der warmen Luft treiben, begleitet von den Klängen und dem Licht.

Irgendwann lässt mich Sunny eine Weile alleine im Dunst des Joints sitzen, um etwas zu trinken zu besorgen. Die Sonne sinkt auf die Dächer nieder und verfärbt sich orange. War Quatsch, wie mir klar wird: Das Theater ist nicht auf die Zukunft ausgerichtet, sondern auf den Sonnenuntergang. Die Wärme sickert in mich ein, kriecht mir unter die Haut, weicht mich auf. Jetzt noch eine Pizza und ein Bier, denke ich, und die Welt ist perfekt. Dabei mag ich Bier sonst eigentlich nicht besonders. Aber ich fahre ja, wie bereits erwähnt, auch sonst nicht mit Sunny nach Berlin. Meine Gedanken kommen und gehen. Auf der Bühne steht ein Typ, der offenbar kein Wort Deutsch spricht, aber trotzdem »Was soll das« von Grönemeyer singt. So viel Spaß hatten die Anwesenden bei Grönemeyer noch nie.

Sunny kehrt zurück – mit zwei Pizzaschachteln und einem Sixpack. Ich glaube es nicht. Als ich den Deckel anhebe, erblicke ich Artischocken und Schafskäse – mein Lieblingsbelag. Da kann man ja richtig Angst bekommen, denke ich, und als Nächstes: Los, heirate mich. Auf der Stelle. Ich sauge noch den Geruch meiner Pizza ein und bereite mich im Geiste auf den ersten Bissen vor, als unten der nächste Sänger angekündigt wird.

»Diesen Act brauche ich euch nicht vorzustellen«, ruft der Typ im Schlabbershirt. »Ihr kennt ihn alle – zumindest die Frauen: Hieeer koooommt Patrick!«

Und dann steigt – erst halte ich es für eine optische Täuschung – der Typ aus dem Hostel auf die Bühne, der uns vorhin noch mit seiner Zeigefingerpistole abgeschossen und uns das »Lovenest« gegeben hat. Er grüßt in die Menge, zieht seinen Haarknoten nach, greift nach dem Mikro und konzentriert sich. Genau wie die Zuschauer – sie konzentrieren sich, flüstern nur noch.

Dann setzt die Musik ein. Ich erkenne den Song sofort: »I'm Yours«, von Jason Mraz. Einer meiner Lieblingssongs. Jedes Mal, wenn ich den höre, denke ich an mein fehlendes Talent und die Jahre frustrierender Gitarrenstunden. Der Typ tritt vor an den Bühnenrand, macht seine Zeigefingerpistole, lächelt und fängt an zu singen. Und, ganz ehrlich: Der hat es mal aber so was von drauf! Bereits nach ein paar Takten klatschen die ersten Reihen mit, und bis er in den Refrain einsteigt, ist das halbe Rund aufgestanden und ich habe überall Gänsehaut, sogar auf den Schienbeinen – als hätte ich eine Droge genommen, die macht, dass man eins wird mit dem Universum, love and peace.

Wie von Ferne bemerke ich, dass Sunny meine Hand nimmt und sich unsere Finger ineinanderverschränken. Hat etwas von Besitzerstolz, wie er nach meiner Hand greift: Du gehörst zu mir. Komm ja nicht auf die Idee, einen anderen anzuhimmeln, die Zeigefingerpistole zum Beispiel. Gefällt mir, wie ich feststelle. Macht Sunny in der Schule nie. Da ist er sich seiner zu sicher.

Bis wir aufstehen und den Rückweg antreten, hängt die tiefrote Sonne einen Fingerbreit über den Dächern und der gesamte Horizont scheint in Flammen zu stehen. Ich frage mich, was ich nach dem Abi machen soll. Meine Oma meint ja, dass die Frauen von heute totales Glück hätten, weil sie ihr Leben selbst bestimmen könnten und ihnen alle Möglichkeiten offen stünden. Hat sie natürlich recht. Einerseits. Auf der anderen Seite kann einem das ganz schön Angst machen. Völlige Freiheit heißt eben auch völlige Verantwortung. Bisschen wie der Vogel, der aus dem Nest geschubst wird, bevor er weiß, ob er auch wirklich fliegen kann.

Das Gute ist, dass die Euphorie überwiegt. Zumindest jetzt und hier. Sobald ich mit der blöden Schule fertig bin, kann ich machen, was ich will: Meine Tante in Panama besuchen (die lebt tatsächlich da), in einem Café jobben, ausschlafen, ein soziales Jahr machen, mit Ricky an die

Atlantikküste fahren und im VW-Bus ihrer Eltern pennen. Alles Sachen, von denen Yasir nur träumen kann. Der sitzt gerade in seiner Zelle und wartet darauf, dass das Licht ausgeht. Und das wird sich so bald kaum ändern. Sitzen und warten, dass das Licht ausgeht – während Sunny BWL studieren wird und ich bei meiner Tante in Panama ein Praktikum oder so etwas mache.

Wir haben der Bühne und dem Theater bereits den Rücken zugewandt, als ich mich noch einmal umdrehe und sehe, wie ein Basketball in den Himmel aufsteigt, am höchsten Punkt für einen schwerelosen Moment mit der Sonne verschmilzt, um anschließend mit Kettenrasseln im Korb zu landen. Der Werfer stößt einen Jubelschrei aus. So ein Wurf gelingt nicht alle Tage.

»Hast du gesehen?«, frage ich.

»Hab ich«, antwortet Sunny.

Und dann flüstere ich: »Ich wünschte, Yasir hätte das auch sehen können.«

Sunny dreht sich um und geht.

Wir bewegen uns Richtung Ausgang. Und während ich gegen den Strom der Besucher hinter Sunny herschwimme, beginnen meine Gedanken zu kreisen: Wie kommt jemand dazu, einen unschuldigen, wehrlosen Mann ins Koma zu prügeln – vorausgesetzt, dass Yasir das wirklich getan hat?

Neid?

Glaube ich nicht.

Hass?

Möglich. Aber warum? Woher kommt so ein Hass?

Wisst ihr, die meisten sind im Grunde ganz liebe Jungs. Hätten eben irgendwann mal ein bisschen Zuwendung er-

fahren müssen. Ich überlege, ob Frau Schüttauf recht hat, und muss daran denken, wie Sunny heute Nachmittag Yasir gegenübersaß und ihm sein Kommen erklärte: Dass er herausfinden wollte, ob es seinen Zwillingsbruder wirklich gibt. »Jetzt weißt du, so«, hat Yasir geknurrt. »Kannst du gehen.«

Ja, da war Hass. Und Verachtung. Aber eigentlich hat sich Yasir nur dahinter verschanzt. Damit ja keiner seine Angst spürt. Und seine Sehnsucht. Eigentlich würde auch er gerne geliebt werden. Sag ich jetzt mal so. Genau wie Sunny. Wie jeder am Ende. Geht aber nicht. Kann er nicht zulassen. Hätte eben irgendwann mal Zuwendung erfahren müssen.

Unser Lovenest liegt zwar einigermaßen abgeschieden, aber wirklich zur Ruhe kommt im EastSeven niemand. Auch jetzt noch, um halb drei morgens, brummt das Hostel wie ein Bienenstock. Macht aber nichts. Wer nämlich ebenfalls brummt wie ein Bienenstock, ist Sunny. Als wir vorhin zurückkamen, da war ich so erfüllt von diesem Tag, dass ich am liebsten sofort mit ihm geschlafen hätte. Lass es uns tun, hab ich gedacht, lass es uns endlich tun, hier und jetzt – mitten in diesem ganzen Chaos – und diesem verrückten Tag den Stempel der Unvergesslichkeit aufdrücken.

Na ja, kam bei Sunny nicht so gut an. Der war viel zu sehr… in Anspruch genommen. Und ist es immer noch. Steht vor dem Fenster, wie er heute Nachmittag davorstand, blickt auf die Straße runter, brummt und kommt nicht zur Ruhe. Mir fallen in regelmäßigen Abständen die Augen zu, aber jedes Mal, wenn ich aufschrecke, steht Sunny unverändert vor dem Fenster.

Plötzlich beginnt er zu sprechen – eine sprechende Statue: »Glaubst du, er hat recht?«

»Er«, das ist Yasir, verstehe ich. Aber recht womit? »Was meinst du?«

»Glaubst du, wenn unsere Eltern uns damals vertauscht hätten – dass ich dann jetzt im Gefängnis sitzen und er hier vor dem Fenster stehen würde?«

Der Mensch, sagt mein Vater, ist mehr als die Summe seiner Gene. Aber man darf sie auch nicht unterschätzen. »Keine Ahnung«, antworte ich, »vielleicht.«

»Und glaubst du wirklich, dass er unschuldig ist?«

»Weiß ich nicht«, gestehe ich, »aber möglich wär's.«

Endlich bewegt sich die Statue, dreht sich zu mir und kneift die Augen zusammen, um im Halbdunkel mein Gesicht zu erkennen. »Wenn du recht hast und er ist nicht schuldig ...«

Hab ich zwar nicht gesagt, aber rede ruhig weiter.

»Dann«, fährt Sunny fort, »müssen wir etwas unternehmen.«

Ich stütze mich auf die Ellenbogen: »Und was?«

Er dreht sich wieder zum Fenster und zur Straße. »Zuerst einmal müssen wir herausfinden, *ob* du recht hast.«

»Sunny?«, flüstere ich.

»Hm?«

»Ich schlaf jetzt ein.«

»Okay.«

11

Ein Handy klingelt. Ist aber nicht meins. Das hat einen anderen Rufton. Es ist Sunnys iPhone. Weshalb höre ich Sunnys ...? Ich bin nicht zu Hause! Das ist nicht mein Bett. Wir sind in Berlin in diesem Hostel – im Lovenest mit den Blumen an der Wand. Und jetzt habe ich meinen Traum vergessen.

Das Klingeln verstummt. Noch halte ich die Augen geschlossen. »Hallo Mama«, höre ich Sunnys Stimme. Sie kommt von der anderen Seite des Raumes. »Ja, bin bei Laura, entschuldige ... Ich bin siebzehn, Mama ... Weiß ich noch nicht ... Können wir da später drüber reden ... Das war keine Bitte, Mama ... Ja, tschüss.«

Ich schlage die Augen auf und da steht sie – die Statue von letzter Nacht. Im Morgenlicht zwar, ansonsten jedoch unverändert: Blick auf die Straße, konstantes Brummen. Der hat sich eine Markierung auf den Boden geklebt, denke ich, wie im Film.

Ich setze mich auf. »Hast du die ganze Nacht da gestanden?«

Er sieht mich an: »Nein.«

»Dachte schon, ich muss bei der Spedition deines Vaters anrufen und dich abholen lassen.«

Keine Reaktion. Wird sicher ein lustiger Tag. Ich blicke mich im Zimmer um: Keins der anderen drei Betten ist benutzt. »Du hast nicht geschlafen«, stelle ich fest.

Sunny schüttelt entschuldigend den Kopf. »Bin ein bisschen rumgelaufen.«

»Frühstück?«, schlage ich vor.
Sunny lächelt. Oder so ähnlich. »Okay.«

Wir gehen in dieselbe Richtung wie gestern, als wir in den Mauerpark wollten. Nach zwei Querstraßen klärt uns das Straßenschild darüber auf, dass wir uns in der Kastanienallee befinden. Von der habe sogar ich schon gehört. Castingallee hieß die eine Zeit lang, weil jeder, der gesehen werden wollte, dahin ging. Soweit ich das beurteilen kann, gibt es hier nur zwei Arten von Geschäften: Cafés und Boutiquen. Wirkt trotzdem ganz angenehm – nicht so angeberisch, wie man sich das vorstellt, wenn man das Wort Allee hört, und längst nicht so hysterisch, wie ich dachte. Jedenfalls nicht mittwochvormittags. Die Läden haben noch geschlossen, die Cafés sind nur spärlich gefüllt, die Tram rumpelt gemächlich die Schienen rauf und runter.

Es gibt so viele Cafés, dass man gar nicht weiß, in welches man sich setzen soll. Manche sind total stylisch und wirken wie eine Kreuzung aus Club-Lounge und Designer-Arztpraxis, andere haben es ganz offensichtlich auf die Touristen abgesehen und bieten fünfundzwanzig unterschiedliche Kaffeevarianten an, wieder andere machen stur auf rustikal. Da Sunny keine Meinung zu dem Thema hat und auf absehbare Zeit auch keine entwickeln wird, entscheide ich mich für eins von der rustikalen Variante, einfach weil es am billigsten aussieht. »Schwarzsauer« heißt es. Ich werfe Sunny einen Seitenblick zu und denke: Der Name passt schon mal.

»Hier?«, frage ich.

»In *den* Schuppen?«, entgegnet Sunny, die Hände in den Hosentaschen.

Ich blicke durch das Schaufenster. Tatsächlich gefällt mir der Laden. Irgendwie ist er... würdevoll in die Jahre gekommen. Wie Solo. »Sei nicht so spießig.«

»Nur weil ich keine Maden in meinem Brötchen will, heißt das nicht, dass ich spießig bin.«

»Du steckst voller Vorurteile, weißt du das?« Ich rücke mir einen Stuhl vom äußersten Tisch ab und setze mich. »Wenn du in deinem Brötchen eine Made findest, dann esse ich sie vor deinen Augen – versprochen.«

Das Café liegt im Schatten, allerdings arbeitet sich die Sonne bereits um den Häuserblock an der nächsten Kreuzung. Noch zehn Minuten oder so, dann ist mein Stuhl der erste in der Sonne. Sunny verzieht einen Mundwinkel und setzt sich neben mich. Kurz darauf erscheint eine Frau mit Sixties-Turmfrisur, Armen, bei denen man vor lauter Tattoos die Haut nicht sieht, und unglaublich langen Beinen in einer durchgescheuerten Size-Zero-Jeans, um unsere Bestellung aufzunehmen. Als sie fünf Minuten später die Teller vor uns abstellt, schneidet die Sonne tatsächlich ein erstes kleines Dreieck aus unserem Tisch und taucht meine Hand in Licht.

Wir haben beschlossen, uns ein Frühstück zu teilen – was offenbar bedeutet, dass Sunny auf einer Kiwischeibe herumknabbert, während ich vier Brötchen und ein Ei esse. Soll mir recht sein. Die Brötchen sind zwar pappig, schmecken aber. Auf das erste schmiere ich mir fett Nutella. Sunny nippt an seinem Cappuccino und betrachtet mein verschmiertes Messer, als seien tatsächlich Maden dran.

Ich blinzele die Straße hinunter, die sich zu beleben beginnt, und sehe einen großen Schatten auf mich zukommen. Ein Hund. Eine schwarze Deutsche Dogge, so groß wie ein Pony. Wie ich beruhigt feststelle, führt die Dogge einen Mann bei sich, der sie allerdings nur deshalb überragt, weil er einen breitkrempigen Hut trägt. Neben dem Tisch, der in zweiter Reihe vor unserem steht, geht die Dogge in Stellung, und als der Mann seinen Hut auf den Tisch legt und sich hinsetzt, setzt auch sie sich auf ihre Hinterbeine.

Während ich auf meinem zweiten Brötchen kaue und Sunnys Cappuccino kalt wird, kommt die Bedienung mit der Turmfrisur und stellt einen doppelten Espresso vor dem Mann ab, ohne dass er bestellt hätte. Daraufhin schlägt der Mann die Beine übereinander, rührt Zucker in seinen Kaffee, steckt sich eine Zigarette an, die er zuvor aus einem Etui gezogen hat, inhaliert und schlägt seine Zeitung auf. In der blättert er exakt so lange, wie er braucht, um seine Zigarette aufzurauchen und den Espresso zu trinken. Dann läuft der Film rückwärts: Er schlägt das Bein zurück, erhebt sich, die Dogge erhebt sich ebenfalls, er setzt den Hut auf und die Dogge und er gehen den Weg, den sie gekommen sind, ohne bezahlt zu haben. Sunnys Ringfinger klopft auf den Tisch. Ich schlage mein Ei auf. Die Bedienung kommt, stellt Aschenbecher und Espressotasse auf ein Tablett, nimmt die Zeitung, die der Mann hat liegen lassen, und fegt damit die Ascheflocken vom Tisch. Ich höre auf zu kauen und lege den Kopf schief.

»Entschuldigung«, rufe ich mit vollem Mund.

Die Bedienung ist schon wieder auf dem Weg ins Café, hält aber inne.

»Kann ich die Zeitung haben?«, frage ich.

Sie reicht sie mir. Auch ihre Handgelenke sind Size Zero.
»Danke«, sage ich.

Ich falte die Zeitung auseinander und lege sie zwischen uns auf den Tisch. Nein, ich habe mich nicht verguckt: Vor mir liegt Yasir, wie er aus der U-Bahn flüchtet, eine halbe Seite groß. Die andere Hälfte ist mit einem Artikel über ihn gefüllt. »Salto integrale« steht obendrüber. Offenbar hat der Journalist alle Informationen über Yasir zusammengetragen, die er auf die Schnelle bekommen konnte. Die Geschichte von Yasir A. zeige beispielhaft die Grenzen einer Integrationspolitik auf, die zu lange eine Integrationswilligkeit unterstellt habe, die »oft genug« bei den Betroffenen nicht anzutreffen sei. In manchen Milieus sei diese Entwicklung »oft genug« (das kommt gleich zweimal in zwei Sätzen) eher die Regel als die Ausnahme: Kinder, die zu früh sich selbst überlassen bleiben, Eltern, die mit ihren Erziehungsaufgaben überfordert sind, Arbeitslosigkeit, mangelnde Schulbildung, Perspektivlosigkeit. All das führe zu einer seit Jahren zunehmenden Gewaltbereitschaft, auf die die Gesellschaft noch keine Antwort gefunden habe.

»Scheiße«, murmele ich vor mich hin, »jetzt wird er auch noch berühmt.«

Sunny faltet die Zeitung so, dass er das Bild seines Bruders nicht mehr ertragen muss. »Lass uns gehen.«

Ohne es zu beabsichtigen, landen wir wieder im Mauerpark. Ist direkt um die Ecke. Allerdings ist die Magie von gestern Abend einer verdorrten Einöde gewichen. Versprengt sitzen ein paar Menschen auf den Steinen – als wäre die Herde weitergezogen und sie hätten den Anschluss verpasst. Sobald ein Windstoß durch die Schneise fegt, treibt er wie im Western eine Staubwolke vor sich her. Die Bühne ist abgebaut, der Basketballplatz verwaist. Vor den Rängen des Amphitheaters haben sich Scherben zerbrochener Flaschen versammelt. Sunny wischt ein paar Kronkorken von einem Steinquader. Wir setzen uns.

»An seiner Stelle würde ich mich auch hassen«, sagt er. Wenn mich nicht alles täuscht, ist es das erste Mal, dass ich bei Sunny so etwas wie Verständnis für seinen Bruder heraushöre. »Ich hatte alles, was er nicht hatte«, fährt er fort, »Hockey, Segelschein …«

Tausende vorgelesener Gutenachtgeschichten und liebevoll belegter Schulbrote … Ist nicht deine Schuld, Sunny, hätte aber auch anders laufen können.

»Lass uns zurückfahren«, sagt er.

Wie bitte? »Einfach so?«

»War eine bescheuerte Idee, herzukommen – hätten wir ihm ersparen sollen.«

»Du weißt doch noch nicht mal, ob er schuldig ist.«

»Du hast doch die Zeitung gelesen«, erwidert Sunny.

»Da stand nichts davon, dass er schuldig ist. Nur, dass der Richter entschieden hat, ihn weiter in Untersuchungshaft zu belassen. Und dass Yasir sich geweigert hat, die Identität seines Komplizen preiszugeben.«

»So oder so: Wir können nichts für ihn tun.«

»Letzte Nacht klang das aber noch anders«, erinnere ich ihn, »da meintest du noch, wir müssten unbedingt etwas unternehmen.«

»Von ›unbedingt‹ habe ich nichts gesagt.«

Vor uns, im Halbrund des Theaters, stakst eine Taube

durch die zerbrochenen Flaschen, bleibt stehen und pickt etwas aus den Scherben – einen blutigen, gekrümmten Finger! Jedenfalls denke ich das lange genug, um geschockt zusammenzufahren. Erst dann erkenne ich den Pizzarand, an dem noch ein Rest Tomatensoße klebt.

Ich finde, Sunny macht es sich zu einfach. Ist eigentlich auch gar nicht seine Art. Ich meine, klar ist meine Situation eine andere als seine: Ich habe immer eine Schwester um mich gehabt, die es gar nicht mehr gab, während Sunny ohne einen Bruder aufgewachsen ist, obwohl es einen gab. Ich weiß also nicht, wie sich das anfühlt. Eins jedoch weiß ich: Wenn sich plötzlich herausstellen würde, dass Sandra noch lebte, dann würde ich sie nicht einfach so wieder laufen lassen – auch nicht, wenn sie im Gefängnis säße.

Bei der Vorstellung, jetzt in den Zug zu steigen und nach Hamburg zurückzufahren, komme ich mir total mies vor. Wie eine Verräterin und, was noch schwerer wiegt, wie ein Feigling. Komisch, dass es dafür keine weibliche Form gibt: Verräter und Verräterin, kein Problem. Feigling und, was, Feiglingin? Scheint so, als wären Frauen entweder grundsätzlich nie feige, oder Mut sei ausschließlich Männersache. Schließlich muss man ja, um überhaupt feige sein zu können, wissen, was Mut ist. Wie auch immer: Irgendwann muss man sich seinen Dämonen stellen, sagt Mama. Sonst verfolgen sie einen das ganze Leben lang. Meiner heißt, glaube ich, Sandra. Tut mir leid, Sandra. Hätte ich auch nicht gedacht, dass ich dich mal als meinen Dämon bezeichnen würde. Verdient hast du es nicht. Dir werde ich mich also irgendwann stellen müssen. Was nicht so einfach sein wird, schließlich bist du ein Dämon, der in einem Foto in unserem Flur gefangen ist. Yasir hingegen ist kein Geist.

»Von mir aus kannst du fahren«, sage ich zu Sunny, der, genau wie ich, über meinen Tonfall erschrickt, »aber ich werde nicht in den Zug steigen, ohne zu wissen, ob Yasir schuldig ist oder nicht.«

Die Taube hat den Pizzarand zerhackt und die Krümel aufgepickt. Jetzt wackelt sie mit vor- und zurückschnellendem Kopf den Pflasterweg entlang. Sunny blickt ihr nach. Sein Mittelfinger kratzt an der Narbe.

Schließlich sieht er mich an: »Okay.«

Was Sunny mit diesem »Okay« meint, stellt sich heraus, als wir um tatsächlich fünf Minuten vor zwölf vor der weißen Metalltür mit dem Bullauge und der Aufschrift BESUCHEREINGANG stehen.

»Ich geh da nicht rein«, verkündet er.

Offenbar hatte ich recht: In diesen Mauern haust Sunnys Dämon. Es steht ihm quer über das Gesicht geschrieben. Er hat noch mehr Angst vor Yasir als der vor ihm. Ich weiß, das ist nicht fair, aber ich kann nicht anders, als zu denken: Wenn dein Bruder jetzt hier stünde, hätte er nicht so die Hosen voll.

»Du willst Yasir echt hängen lassen?«

»Ich habe auch meinen Stolz«, erwidert Sunny,

Ach, darum geht es jetzt, Stolz: »Machst du jetzt auf Türke, oder was?«

»Du hast doch gehört, was er gesagt hat: ›Hab isch kein Bruder.‹«

»Er hat aber nun mal einen.«

Sunny schüttelt den Kopf. »Ohne mich.«

Schwer zu sagen, was diese beiden Worte bei mir auslösen. Ohne mich. Ist, als ob in mir eine Saite reißen würde. Eine Saite, die irgendwie mit Sandra verknüpft ist, dem Foto in unserem Flur. Ohne mich? Kannst du haben, Sunny. Du bist hier der Feigling, nicht ich.

Ich drücke den Riegel und stemme die Tür auf: »Dann ohne dich.«

12

Frau Dr. A. Schüttauf empfängt mich in einem eng anliegenden Blumenkleid und genauso verliebt wie am Vortag. Wären die Beine ihres Schreibtischs nicht im Boden verschraubt – sie könnte mühelos mit ihm davonfliegen.

Leider schiebt sich eine Sorgenfalte zwischen ihre blauen Augen, als ich ihr Büro betrete: »Bitte …« Sie wartet, bis ich mich gesetzt habe, bevor sie fragt: »Du kommst allein?«

Ich mache es wie Sunny gestern: versuche erst gar nicht, mir irgendetwas auszudenken. »Ich glaube, Soner hat Angst, sich seinem Dämon zu stellen.«

Frau Schüttaufs Augen durchleuchten mich wie Röntgenstrahlen. Sie mag mich, das spüre ich. Muss aber nichts heißen. Die würde am liebsten jeden mögen.

Sie lächelt: »Aber du nicht.«

»Ist nicht mein Dämon.«

»Verstehe.«

Sie macht es ebenfalls wie gestern: greift blindlings in ihre Unterlagen, zieht einen Bleistift heraus und tippt mit dem Radiergummiende auf die Tischplatte. Ich erwarte, dass sie weiterspricht. Tut sie aber nicht.

»Kann ich zu Yasir?«, frage ich schließlich.

Sie hört auf zu tippen und lässt die Spitze ihres Bleistifts in einer Haarsträhne verschwinden. »Nach eurem Besuch gestern«, beginnt sie, »hat sich auf Yasirs Station ein Zwischenfall ereignet …«

Unwillkürlich kommen mir verwackelte Schwarz-Weiß-Bilder von Schlägereien auf Leben und Tod in den Sinn. »Ist ihm was passiert?«

Frau Schüttaufs gewölbte Augenbraue verrät, dass ich sie mit meiner Frage ebenso überrasche wie mich selbst. »Der Vollzugsdienst konnte sofort einschreiten«, erklärt sie, »weshalb die Auseinandersetzung einigermaßen glimpflich ablief: zwei geprellte Rippen, drei Stiche über der Augenbraue, ein paar aufgeschrammte Finger – nichts, das zwingend die Mauern dieser Anstalt verlassen müsste. Nichtsdestotrotz«, der Radiergummi und sein Bleistift kehren auf den Tisch zurück, »scheinen wenige Worte ausgereicht zu haben, Yasir alles vergessen zu lassen, was er beim Antigewalttraining hätte verinnerlicht haben sollen …«

Ich warte. Mein Knöchel tut weh.

Frau Schüttauf atmet hörbar ein und ebenso hörbar wieder aus. »Ich bin stets bemüht, keine voreiligen Schlüsse zu ziehen. Im vorliegenden Fall allerdings ist es aus naheliegenden Gründen nicht ganz einfach, keine direkte Verbindung mit eurem Besuch anzunehmen.«

Zum ersten Mal fühle ich körperlich, wie sehr ich Yasir noch einmal sehen möchte. Wir sind noch nicht fertig miteinander: er nicht, Sunny nicht und ich auch nicht. »Und das bedeutet?«

»Das ist die Frage, die sich jetzt stellt, nicht wahr? Auf jeden Fall bedeutet es, dass Zweifel an der Einschätzung angebracht sind, dass eure oder auch nur deine Besuche einen positiven Einfluss auf Yasir ausüben.«

»Ich würde ihn wirklich gerne noch einmal sehen.«

»Die eine Frage ist, was du gerne möchtest, die andere, was gut für Yasir ist.«

Darauf fällt mir nichts mehr ein. Wir stecken in einer Sackgasse.

Einem wirren Impuls folgend frage ich: »Wie viele Gefangene haben Sie eigentlich hier?«

»Die Gefangenen, wie du sie nennst, heißen bei uns Arrestanten«, berichtigt sie mich. »In der Regel sind in dieser Einrichtung zwischen fünfzig und sechzig untergebracht. Weshalb fragst du?«

Keine Ahnung. »Und Sie kennen die alle mit Namen?«

»Nein.«

»Aber Yasir schon.«

»Yasir schon.«

Ich rede weiter, ohne wirklich zu wissen, worauf ich hinauswill. »In der Zeitung stand, dass sich die Biografien von jugendlichen Straftätern häufig gleichen ...«

»Ich weiß, was die Zeitungen schreiben ...«

Sie blickt aus dem Fenster. Statt des Vogelgesangs von gestern ist heute nur ein heiseres Krächzen zu hören. Natürlich erkenne ich, zu wem dieses Krächzen gehört, habe schließlich einen Biolehrer als Vater.

»Elstern.«

»Ach ja?«, sagt Frau Schüttauf.

»Ja«, antworte ich, »vertreiben die anderen Singvögel. Ziemlich unsympathische Spezies.«

Wir schweigen. Im Hof krächzt es.

»Ist natürlich einfach – zu glauben, die Biografien glichen sich.« Frau Schüttaufs Blick kehrt in ihr Büro zurück und bleibt an mir hängen. »Doch die Realität sieht, wie so oft, anders aus. Biografien gleichen sich nicht, Laura. Niemals.«

Ich glaube zu wissen, was sie mir sagen will. Sie kennt

vielleicht nicht alle Gefangenen mit Namen, aber: »Sie versuchen, jeden Arrestanten als Individuum zu sehen.«

»Ich versuche es, ja. Ich gebe zu, es gelingt nicht immer – dafür sind viele auch schlicht nicht lange genug bei uns. Doch ich denke, solange ich es versuche – jeden Tag aufs Neue –, solange kann ich hier mehr Gutes bewirken, als ich Schaden anrichte.«

Sie sieht auf ihre zarte goldene Armbanduhr, und in dem Moment weiß ich, was sie mir gleich sagen wird, so ungefähr jedenfalls.

»Wir haben Yasir heute aus der Tischlerei herausgenommen und zum Gärtnern eingeteilt. Nach dem Zwischenfall gestern wollten wir der Bewegung an frischer Luft den Vorrang vor einem rotierenden Sägeblatt einräumen.«

So viel zu der Frage, ob ich weiß, was sie mir gleich sagen wird.

Wir stehen auf. Sie reicht mir die Hand.

»Ich lasse ihn holen. Du kannst solange im Besuchsraum warten. Alles Gute.«

Also doch.

»Danke.«

»Kein Macker dabei?«, ist Yasirs erste Frage.

Mir rutscht das Herz in die Hose, warum auch immer. Yasir macht mich einfach verdammt nervös. Er trägt dasselbe drei Nummern zu große Anstaltsoutfit wie gestern. Einzige Veränderung im Aussehen: Ein weißes, rechteckiges Pflaster über der linken Augenbraue. Seine Finger sind offenbar unversehrt. Mit anderen Worten: Yasir hat die drei Stiche über der Augenbraue, der andere die aufgeschrammten Finger.

»Hallo, Yasir.«

Ich setze mich. Er steht noch einen Moment herum, dann setzt er sich mir gegenüber, dreht den Oberkörper zum Fenster und legt den Arm über die Rückenlehne. Hauptsache lässig. Und abweisend.

Vorhin habe ich sämtliche Ein-Euro-Münzen, die ich in meinem Portemonnaie hatte, in meine Hosentasche gesteckt. Jetzt fummele ich sie aus der zu engen Jeans und lege sie auf den Tisch. Sechs Stück, immerhin. »Dachte, du willst dir vielleicht etwas aus dem Automaten ziehen.«

Yasir überlegt, ob es einen Grund gibt, sie nicht anzunehmen, beugt sich vor, streicht die Münzen ein, lehnt sich zurück. »Und? Wo is jetz dein Macker?«

»Mein Macker ist dein Bruder. Dein Zwillingsbruder, um genau zu sein. Und er hat einen Namen: Soner. Er ist nicht hier, weil er glaubt, dass du ihn nicht sehen willst.«

»Und glaubst du, will ich dich sehen?«

Ja, glaube ich. Insgeheim hast du gehofft, dass wir zurückkommen, einer von uns wenigstens. Auch wenn du hier den Coolen raushängen lässt. »Du kannst versuchen, so zu tun, als hättest du keinen Bruder«, sage ich oberlehrermäßig, »aber es wird nicht funktionieren. Mag sein, dass es besser gewesen wäre, nicht zu kommen. Aber das spielt jetzt keine Rolle mehr, fürchte ich.«

»Redest du immer so geschwollen, Mann?«

»Schätze schon, Mann.«

Zum ersten Mal entlocke ich ihm ein Lächeln.

»Hör zu«, setze ich an. Weiter komme ich jedoch nicht. Ich weiß nicht einmal, was ich ihm eigentlich sagen will. Dass es mir leid für ihn tut, aber dass es nicht Sunnys Schuld ist?

Yasir sieht mich an. Und die Art, wie er das tut, hat zur Folge, dass ich rot werde wie ein Feuerlöscher. Meine Hose zwickt im Schritt und mein ebenfalls zu enges T-Shirt schnürt mir die Luft ab. Ich blicke in das Gesicht meines Freundes und doch ist es jemand ganz anderes. Fremd und doch vertraut. Ist wie gegen den Strom schwimmen.

»Ich scheiß auf dein Mitleid«, sagt Yasir.

Zum ersten Mal denke ich, dass er damals nicht nur einen Verlust erlitten hat, sondern dass er Sunny auch etwas voraus hat: Prinzipien? Den Blick für das Wesentliche? *Echte* Probleme? Irgendwie so. »Wie kommst du darauf, dass ich dich bemitleide?«, frage ich.

»Wie komme ich drauf, dass du geile Titten hast?«, entgegnet Yasir.

Kurz bleibt mir die Luft weg. Es ist ein Spiel. Er will sehen, wie weit er gehen muss, bis ich mich von ihm abwende. Er will das Arschloch sein. Ist er aber nicht.

Ich blicke an mir herab und sage: »Die sind ja wohl kaum zu übersehen.«

»Genau wie dein Mitleid.«

Tja, Laura, was musstest du heute auch ausgerechnet dein hautenges Shirt anziehen?

Ups.

Gute Frage.

Ich weiß, was Ricky antworten würde, wenn sie jetzt hier wäre: Dass ich es wohl darauf abgesehen habe, dass er meine geilen Titten bemerkt, wie er sie nennt. Schöne Brüste, sagte Sunny dazu, und das gefällt mir. Aber die Vorstellung, geile Titten zu haben, finde ich auch nicht schlecht.

Ich beschließe, schnellstens das Thema zu wechseln:

»Wir haben überlegt, ob wir Kontakt zu eurem Vater aufnehmen sollen.«

»Ist nicht sein Vater, Mann. Ist meiner.«

»Auf der Geburtsurkunde steht etwas anderes.«

Yasir verzieht das Gesicht: »Steht da garantiert auch, seine Mutter ist meine Mutter.«

»Stimmt.«

»Da siehst du – auch falsch, so.«

»Also wäre es dir lieber, wir würden nicht …«

»Sagst du ihm: Wenn er zu mein Vater geht, mach ich ihn fertig.«

»Ist gut. Ich sag's ihm.«

Aber ich glaube es nicht. Du hast doch nur Angst davor, neben deinem Bruder als Loser dazustehen. Und dass dein Vater erkennen müsste, was aus dir hätte werden können, wenn du nicht bei ihm geblieben wärst. Du und Sunny – ihr seid einer des anderen Dämon.

»Weißt du, was komisch ist?«, frage ich. »Keiner von euch nennt den anderen beim Namen.«

»Und?«

»Ich glaube, ihr seid euch viel ähnlicher, als ihr denkt.«

»Scheiße, Mann.«

Yasir spuckt die Worte auf den Tisch. Ist mir aber egal, denn ich habe offenbar eine Mission, auch wenn ich nicht weiß, wie die aussieht.

»Am Ende«, fahre ich fort, »macht ihr beide, was von euch erwartet wird: Von Sunny wird erwartet, dass er ein Einser-Abi hinlegt, Tore schießt und immer nett zu allen ist. Ein Aushängeschild für gelungene Integration. Von dir wird erwartet, dass du in der U-Bahn Leute zusammenschlägst und im Knast landest.«

Yasirs Augen verengen sich. Ein Zucken durchläuft seine linke Gesichtshälfte. Er betastet sein Pflaster. »Findest du gut – ein Freund, der in allem der Beste ist? Stehst du drauf, ja?«

»Meistens schon.« Manchmal ist es auch einfach nur brutal anstrengend, aber das sage ich dir jetzt nicht.

»Ist er gut – in Hockey? So richtig?«

»Auf jeden Fall trainiert er viel. Viermal die Woche, und am Wochenende dann Spiele. Er würde sogar noch mehr trainieren, aber damit ist Herr Bergmann nicht einverstanden – sein Stiefvater. Er befürchtet, dass Sunnys Notenschnitt darunter leiden könnte.« Mein Stolz ist irgendwie bescheuert, weiß ich schon, trotzdem kann ich mir nicht verkneifen, hinzuzufügen: »Er spielt in der Juniorenauswahl und in der Schulmannschaft ist er der Kapitän.«

Nach diesen Worten kann Yasir nicht länger auf seinem Stuhl sitzen bleiben. Und mich noch länger ansehen kann er auch nicht. Wenn er eine Narbe am Daumen hätte, würde er sie jetzt aufkratzen. Hat er aber nicht. Also beginnt sein Bein zu wippen und an seinem Hals treten zwei Adern hervor. Er steht auf, läuft zweimal im Kreis – wie Solo, bevor er sich auf die Hundedecke fallen lässt –, zwängt sich blätterraschelnd zwischen den Hydrokulturen hindurch und stapft zu den Automaten hinüber. Eine nach der anderen fallen die Euromünzen in den Schacht, werden Tasten gedrückt, poltern gekühlte Getränkedosen in das Ausgabefach.

Als er zurückkommt und sich wieder an den Tisch setzt, reiht er drei Dosen Sprite hintereinander und legt auf jede von ihnen ein Twix. Drei Blechsoldaten vor dem Abmarsch, die Gewehre über der Schulter. Anschließend nimmt er der ersten Dose das Twix von den Schultern, reißt die Verpackung auf, beißt ab, drückt die Dose auf, nimmt einen Schluck, und blickt hinüber zur Reihe vergitterter Fenster. Ich kann es nicht leiden, wenn Mama das macht, aber jetzt mache ich es selbst: lasse ihn kommen.

»Erzähl ich dir was – hörst du zu.« Yasir nimmt noch einen Schluck, behält die Dose in der Hand. »Ich war zehn oder so, da hab ich mal ein Tennisschläger gefunden.«

»Du hast einen Tennisschläger *gefunden*?«

Er sieht weiter aus dem Fenster. »Ja, Mann. Lag in einer Tasche neben ein Auto und war niemand da. Also hab ich gefunden.« Der Rest des Twix verschwindet in seinem Mund. »Hab ich auch einen Ball gehabt. War kein richtiger Tennisball, war so ein Gummiball. Scheiß rosa Gummi, Mann, richtiger Tuntenball. Aber war fast so groß wie ein Tennisball. Und den hab ich gegen die Wand gespielt, stundenlang, immer wieder, in der Waldstraße neben dem Fußballkäfig. Ist mein Kiez: Waldstraße, Wiclefstraße. Hab ich so über Kopf geschlagen und Vor- und Rückhand, im Wechsel.« Er übergibt seine Dose an die linke Hand, lässt seinen Arm von der Vor- auf die Rückhandseite schwingen und wieder zurück. »War cool, wie … Meditation oder so ein Scheiß. Hatte den Ball noch gar nicht geschlagen, da wusste ich schon, wo er hingeht, so. Den ganzen Tag stand ich vor dieser Mauer. Hab allen erzählt, dass ich üben muss, weil ich mal Tennisprofi werden will. Die spielen überall auf der Welt – das wusste ich, aus dem Fernsehen –, so in fetten Stadien, Paris und London und so. Und selbst wenn die verlieren, klatschen die Leute. Das ist Respekt, Mann! Du verlierst, aber die Leute klatschen trotzdem, weil sie wissen, du hast alles versucht.« Er befühlt das Pflaster auf der Stirn und blickt durch die Gitterstäbe, als wären drüben auf der Mauer noch die Abdrücke seines Tuntenballs zu sehen. »Hab ich gemacht – ich weiß nicht – ein Monat vielleicht. Ich war richtig gut, weißt du? Bam, bam, bam – so. Und dann kam ein Typ mit ein Teleskopstock und hat mich abgezogen. Hier« – Yasir zeigt mir seine rechte Hand, deren Ringfinger einen unnatürlichen Knick macht –, »hat mir den Finger gebrochen, weil ich ihm den Schläger nicht geben wollte. Unsere Nachbarin ist dann mit mir ins Krankenhaus, weil, mein Vater war nicht da – hat gearbeitet, glaube ich. Haben sie mir einen Gips drangemacht und alles. Und ich: Hab ich die ganze Zeit geheult, Mann, wie ein Baby. War alles voll mit Augenpipi – mein T-Shirt hat richtig an mir drangeklebt. Aber war nicht der Finger, warum ich geheult hab … War der scheiß Schläger.« Er trinkt den Rest seiner Sprite auf ex, zerdrückt die Dose in seiner Hand und stellt sie zurück auf den Tisch.

»Konnte dir dein Vater keinen neuen kaufen?«, frage ich.

Yasir sieht mich an: »Was glaubst du, hab ich gebettelt: Bābā – ich hab richtig gefleht, so, ihn mit den Händen angefleht –, Bābā, kaufst du mir ein Schläger, bitte! Immer wieder – bestimmt so lange, wie ich vorher den scheiß Tuntenball gegen die Wand geschlagen habe …«

»Aber er hat dir keinen gekauft.«

»Nein, Mann. Erstens, weil, war zu teuer, und zweitens, hat er gemeint, die würden mich doch nur wieder abziehen. *Ein* gebrochener Finger ist genug, hat er gesagt. Und stimmt auch.«

Wow! Du kannst ja reden! Und nicht nur drei Worte am Stück. Und warum? Warum erzählst du mir das alles? Ist eigentlich Banane. Viel wichtiger ist, dass du mich, wie Mama sagen würde, zum »Ursprung deiner Probleme« geführt hast.

»Was ist eigentlich passiert«, frage ich, »in der U-Bahn?« Falls Yasir mir je die Wahrheit erzählt, dann jetzt – nach der Geschichte mit dem Tennisschläger. Näher komme ich ihm nicht.

Er sieht mich an, als sei er in Gedanken noch damit beschäftigt, rosa Bälle gegen Wände zu schlagen.

»Ich meine: Warum habt ihr den Mann in der U-Bahn überhaupt zusammengeschlagen?«

Hat er verstanden, ist angekommen. Die Tür, die sich eben erst geöffnet hat, schließt sich wieder. »Ist doch scheißegal, Mann. Für den Richter war vorher schon klar. Der hat mich nicht mal was gefragt. Hab ich gesagt, verpfeife ich keinen Habibi, hat er gesagt, krieg ich Jugendarrest.«

»Und jetzt?«

»Keine Ahnung. Fragst du den Richter oder mein Anwalt. Gibt eine Verhandlung und dann ... Wenn der Typ stirbt, krieg ich zehn Jahre wegen Totschlag. Dabei hab ich ihn nicht mal angefasst ...«

Moment mal. »Du hast ihn nicht angefasst?«

»Hab ihn nicht berührt, Mann«, erklärt Yasir. »Nicht mal mit meinem kleinen Finger.«

»Ich dachte, du und dein Freund – ihr habt den Mann zusammengeschlagen ...«

»Das ist scheiße, Mann. Hab ich Kerim gesagt, er soll aufhören. Aber Kerim hat voll den Aggro geschoben. Hab ich sofort gemerkt. Und alles nur wegen Ozans Mutter ...«

Ich sehe Yasir an, als hätten sich seine Worte auf dem

Weg in mein Ohr in mathematische Gleichungen mit drei Variablen verwandelt.

»Die Frau«, erklärt Yasir, ohne etwas zu erklären. Und weil er merkt, dass ich für die Variablen seiner mathematischen Gleichungen einfach keine Lösungen finde, fährt er fort: »Ozan und Kerim hassen sich, Mann. Und die Frau mit dem Typen – das war Ozans Mutter…«

»Muss ich das jetzt verstehen?«

»Der Typ in der U-Bahn war nicht ihr Mann, verstehst du? Kerim…«

»… dein Freund.«

Yasir nickt. »Mein Habibi. Ist wie ein Bruder für mich. Nicht wie dein Macker. Er hat Ozans Mutter erkannt und hat gerufen, dass es kein Wunder ist, dass sie eine Schlampe ist, so. Da ist der Typ sauer geworden und hat Kerim beschimpft, und dann hat Kerim ihn angeschrien, dass er eine verdammte Schlampe ficken würde, na ja, und dann … gab's Ärger.«

»Du sitzt hier drin, obwohl du den Mann gar nicht zusammengeschlagen hast?«

Yasir zieht die Schultern hoch.

»Kerim muss sich stellen«, höre ich mich sagen. »Und dich entlasten.«

»Vergiss es, Mann. Kerim ist auf Bewährung. Wenn der sich stellt, kriegt er zehn Jahre. Und mich haben sie sowieso an den Eiern.«

Ich überlege. Mach mal den Uwe, denke ich: *Probleme sind da, um gelöst zu werden.* »Die Frau muss dich entlasten«, sage ich. »Ich meine, die war doch dabei und hat gesehen, dass du es nicht warst.«

»Ich weiß nicht mal, wie die heißt oder was, so. Und

selbst: Wir haben die gesehen, wie sie mit ihrem Lover rumgeknutscht hat. Weißt du, was passiert, wenn das rauskommt?«

»Aber du könntest herausfinden, wie sie heißt und wo sie wohnt ...«

»Von hier drin?«

Bevor ich Gelegenheit habe, etwas anderes zu sagen, sagt irgendetwas in mir: »Können wir nicht irgendwas für dich tun?«

»Logisch.«

Er steht auf, sieht mich an, vergräbt die Hände in den Hosentaschen.

Ich stehe ebenfalls auf. Und lächle.

Yasir lässt seinen Blick an mir runter und wieder rauf wandern. Mich anzufassen könnte nicht intimer sein. Du hättest keine drei Monate auf den ersten Sex gewartet, geht es mir durch den Kopf. Wieder so ein Gedanke.

»Verpisst euch«, sagt Yasir. »Sagst du deinem Macker, beglückwünsche ich ihn zu seiner Freundin. Und fahrt ihr zurück nach Hamburg und heiratet und macht hübsche Kinder. Und die können dann Tennis spielen auf einem supergrünen Rasen, so. Und kommt ihr nicht wieder her.«

Klar könnte ich mich jetzt von Yasir abwenden, er bettelt ja förmlich darum. Offenbar aber ist meine Mission stärker. Und deshalb überrasche ich uns beide, indem ich sage: »Kann sein, dass Soner und ich irgendwann heiraten und hübsche Kinder haben werden. Und wenn die wollen, können sie auch gerne Tennis lernen. Aber dass wir dich in Ruhe lassen, kannst du vergessen. In Wirklichkeit« – und diesmal ist es Yasir, der *meinem* Blick standhalten muss –,

»in Wirklichkeit willst du nämlich gar nicht in Ruhe gelassen werden.«

Damit stolziere ich hinüber zu dem Beamten, der neben der Tür sitzt wie eine gelangweilte Schaufensterpuppe, und sage: »Ich möchte gehen, bitte.«

Weshalb bin ich so versessen darauf, den Retter zu spielen, Sunny und seinen Bruder zusammenzubringen, Yasir zu beweisen, dass er nicht das Arschloch ist, das er gerne wäre? Er ist unschuldig, gut. Ist ein Grund. Sofern er mir die Wahrheit erzählt hat. Was ich glaube. Denn so, wie ich ihn einschätze, hätte er mir auch erzählt, wenn es anders gelaufen wäre: *Bin ich eben schuldig, na und? Was weißt du schon, Mann?* Alles richtig, nur ist das hier eigentlich eine Sache zwischen Sunny und Yasir und geht mich nichts an. Und trotzdem …

Das sind die Dinge, die mir durch den Kopf gehen, während ich darauf warte, meine Tasche zurückzubekommen. Der Boden ist mit einem orangefarbenen Linoleum belegt, das um meine Füße herum abgewetzt ist und seine Farbe verloren hat. Jeden Tag Menschen, die ihre Sachen hier abgeben, um ihre Söhne zu besuchen, die Scheiße gebaut, die Hoffnungen ihrer Eltern zerstört und sich ihre eigene Zukunft versaut haben. Da ist von der Farbe irgendwann nichts mehr übrig.

Also gut: Es könnte etwas mit Sandra zu tun haben. Sag ich jetzt mal so. Ich weiß nicht genau, was, aber mir schwabbelt ein Wort im Kopf herum, das Mama manchmal benutzt: Kompensation. Total nervig, dieses Wort. Und so zu denken wie Mama nervt erst recht. Aber das ist das Problem mit Eltern: So einfach wird man die nicht los.

»Ist noch was?«, fragt mich die Frau hinter dem Ausgabetresen, der ebenfalls abgewetzt ist, wie mir auffällt.

Vor mir liegt meine Tasche. »Nein«, antworte ich, »danke.«

Als der Schalter gedrückt wird und sich die Bullaugentür öffnet, strahlt mir die Sonne direkt ins Gesicht. Ich kneife die Augen zusammen. Die Luft riecht nach Abgasen, klebrigen Lindenblüten und Erdbeeren. Wärme durchströmt meinen Körper und kitzelt meine Arme. Solange man im Besucherraum sitzt, merkt man es nicht, doch kaum hat man seinen Fuß über die Schwelle gesetzt, wird einem sofort klar, wie furchtbar es sein muss, das alles nicht mitzukriegen – da drin zu sitzen, während für die anderen das Leben weitergeht.

Mit geschlossenen Augen stöbere ich nach meiner Sonnenbrille und setze sie auf. Vorne an der Straße, im Schatten einer Birke, lehnt Sunny an einem Fahrradständer und betrachtet seine Hogans. Und in diesem Augenblick geschieht etwas sehr Merkwürdiges:

»Yasir?«, höre ich einen Mann rufen. »Yasir!« Es folgt etwas auf Arabisch, das für mich nach »Salat« klingt.

Ich sehe einen Mann, der über den Fahrradweg eilt und mit ausgebreiteten Armen auf Sunny zuläuft. An einer Hand baumelt eine Pennytüte.

Er hat Sunny schon fast in die Arme geschlossen, da hält er inne, als hätte jemand die Pausentaste gedrückt. Einen Moment lang baumelt noch die Tüte an seiner ausgestreckten Hand, dann lässt er langsam die Arme sinken. Ach du Scheiße, denke ich. Sonst nichts.

Bis ich bei ihnen bin, ist der Mann praktisch in sich

zusammengefallen. Ich sehe Sunny, der sich an einem Fahrradständer festhält wie ein Ertrinkender an einem Baumstamm, und dann sehe ich Sunny, wie er in zwanzig Jahren aussehen wird, nur trauriger, mit einem Dreitagebart, Ringen unter den Augen und dem Blick eines Mannes im Moment seiner größten Kapitulation. Seine Haare werden noch immer voll und dicht sein, doch er wird graue Schläfen bekommen haben und den Ansatz eines sich ankündigenden Doppelkinns. Mohamed Aziz. So steht es in der Geburtsurkunde. Ist seinen Söhnen wie aus dem Gesicht geschnitten.

Er steht unsicher, die Knie leicht gebeugt, als fürchte er, der Boden könnte wegbrechen. Und so fühlt es sich an, selbst für mich: wie etwas sehr Großes, das in Bewegung geraten und nicht mehr zu stoppen ist. Er sieht mich an, nicht wissend, wie ich hier hineinpasse. Dann wieder seinen Sohn. Und dann, ich wende den Kopf ab, um nicht selbst loszuheulen, führt Mohamed stumm eine Hand zum Mund und seine Augen füllen sich mit Tränen.

13

Etwa eine halbe Stunde nach unserem Zusammentreffen mit Yasirs Vater finden wir uns im Wartebereich einer riesigen Klinik wieder. Da hat sich Mohamed selbst hingebracht, in seinem Taxi. Und uns hat er mitgenommen. Eigentlich wollten wir gemeinsam in die Konditorei Bergfell, uns dort in Ruhe an einen Tisch setzen und versuchen zu verstehen, was gerade geschieht. Aber – sonst wären wir jetzt nicht hier – dazu kam es nicht.

Mohamed war nach der Begegnung mit Sunny so durch den Wind, dass ihm erst, nachdem wir alle in seinem Taxi saßen, einfiel, warum er eigentlich gekommen war: um für Yasir ein paar Sachen abzugeben: Unterhosen, T-Shirts, Waschzeug, ein Dutzend Atayif, die er extra bei einem arabischen Bäcker in Kreuzberg besorgt hatte. Alles in der Tüte. Also stieg er wieder aus, lief zu dem geduckten Gebäude mit den Kameras und den Sicherheitstüren, kam zwei Minuten später zurück, stieg ein, suchte seine Taschen nach dem Autoschlüssel ab und schlug die Tür zu. Leider vergaß er, vorher sein Bein einzuziehen. Das Geräusch war dumpf und hart zugleich und um ein Haar hätte ich mich direkt übergeben.

Mohamed gab einen Laut von sich, als hätte man ihn geknebelt, fluchte auf Arabisch und lupfte vorsichtig das Hosenbein an, auf dem sich bereits ein großer bräunlicher Fleck bildete. Der Spalt, der in seiner Wade klaffte, war so lang wie ein kleiner Finger. Meinte Sunny. Ich wäre wahrscheinlich in Ohnmacht gefallen, wenn ich mir das hätte ansehen müssen. Da weder Sunny noch ich einen Führerschein haben, hat Mohamed sich dann selbst ins Krankenhaus gefahren. Hat sich ein schmutziges Stofftaschentuch um die Wade geknotet, damit die Fußmatte nichts abbekommt, und ist losgerauscht. Zum Glück hat sein Taxi eine Automatik und er braucht das linke Bein nicht zum Fahren. Unterwegs ist mir dann gleich wieder schlecht geworden, weil er gefahren ist, als sollten wir alle drei im Himmel ankommen und nicht in der Klinik.

Jetzt sitzen wir hier und warten, und langsam beruhigt sich alles, zumindest bei mir. Vor einer Viertelstunde nämlich war schon einmal ein Arzt da, um uns zu sagen, dass es noch dauern wird, Mohameds Wunde provisorisch zu versorgen. Während er den Druckverband anlegte, blickte er immer wieder von einem zum anderen, und als er fertig war, sagte er ausgerechnet zu mir: »Gib mir mal deinen Arm, bitte.« Plötzlich hatte ich eine Blutdruckmanschette um, die genauso plötzlich wieder ab war. Dafür zählte der Arzt inzwischen meinen Puls. Im nächsten Moment war er verschwunden, dann wieder da, in der Hand einen Minibecher mit einer rosa Pfütze drin.

»Musst du heute noch Fahrrad fahren oder etwas Ähnliches?«, fragte er.

Ich überlegte. »Was wäre denn so ähnlich wie Fahrrad fahren?«, fragte ich.

»Schwimmen.«

»Schwimmen soll so ähnlich sein wie Fahrrad fahren?«

»Musst du?«

»Was?«

»Schwimmen, Fahrrad fahren, mit Bohrmaschinen hantieren ...«

»Ist mit Bohrmaschinen hantieren auch so ähnlich wie Fahrrad fahren?«

Er hielt mir den Becher vor das Gesicht: »Trink das mal«, sagte er. »Und du«, damit meinte er Sunny, »gibst acht, dass deine Freundin heute keine koordinatorisch anspruchsvollen Abenteuer mehr unternimmt.«

Das liegt, wie gesagt, ungefähr eine Viertelstunde zurück. Seitdem bin ich jede Minute ein bisschen entspannter geworden und ein Ende ist nicht in Sicht.

Mit anzusehen, wie Mohamed und Sunny sich gegenübersitzen und nicht wissen, wie sie mit der Situation umgehen sollen, würde mich zu Tränen rühren – hätte ich nicht dieses klebrige rosa Zeug getrunken. Wird schon, denke ich. Lass die mal machen.

Irgendwann räuspert sich Mohamed: »Ich weiß nicht ... Was kann ich sagen?«

Sunny knubbelt an einer Fingerkuppe, als hätte er sich einen Splitter eingezogen und versuche, ihn herauszupuhlen. »Ich auch nicht.«

Ist ein Anfang.

Ich betrachte Mohamed wie durch eine Scheibe. Dieses rosa Zeug ist ziemlich wirkungsmächtig. Sonderbares Wort – wirkungsmächtig. Gibt es das überhaupt? Egal. Eigentlich will ich etwas anderes sagen, nämlich: Ich schäme mich. Ein bisschen auf jeden Fall. Das Bild, das ich mir von Mohamed gemacht habe, war nicht gerade klischeefrei, wie mir aufgeht. Noch so ein sonderbares Wort – klischeefrei. Wie auch immer, ich hab mir Mohamed irgendwie unsympathisch gedacht. So, wie man sich eben jemanden vorstellt, von dem man nur zwei Dinge weiß, nämlich dass einer seiner Söhne in Untersuchungshaft sitzt, während er den anderen sein Leben lang verleugnet hat. Und der noch dazu Mohamed heißt. Asozial, verwahrlost, auf einem muffigen Sofa mit einem warmen Bier im Schoß vor dem Fernseher.

Doch Yasirs Vater ist nicht so, wie die BILD ihn gerne hätte. Er sieht nicht abgestumpft aus. Eher desillusioniert. Älter, als er in Wirklichkeit ist. Und sein Blick ist nicht kalt, sondern warm. In Wahrheit ist da mehr, denke ich. Wenn man richtig hinguckt, ist da immer mehr. Wie hat Frau Dr. A. Schüttauf gesagt? Biografien gleichen sich nicht, Laura. Niemals.

Da meine Anwesenheit die beiden nur noch mehr hemmt, sage ich: »Ich seh mir mal ein bisschen das Wartezimmer an«, stehe auf, stütze mich kurz an der Wand ab, um nicht gegen einen Pfeiler zu dengeln, und glitsche an einer Trennwand vorbei.

Gegen den Wartebereich dieses Krankenhauses ist, wie ich feststelle, der Besuchsraum im Gefängnis ein Hort der Gemütlichkeit. Im Jugendarrest gibt es Pflanzen, Tageslicht, Getränkeautomaten – hier gibt es Raumteiler aus Sicherheitsglas, in die Decke eingelassene Neonröhren, den Geruch parfümierter Desinfektionsmittel und einen Feuerlöscher, der einsam an der Wand hängt. Na ja, er ist nicht *ganz* einsam. Ein Regal mit Informationsblättchen leistet ihm Gesellschaft. Auf einem ist ein fies grinsender Dinosaurierschädel zu erkennen, der sich bei näherem Hinsehen als Seitenansicht zweier menschlicher Wirbelkörper mit Titan implantat entpuppt. Muss gruselig sein, so etwas im Rücken zu haben.

Sie haben angefangen zu reden, vielmehr: Mohamed hat angefangen zu reden, leise, jenseits der Trennwand. Ich tue so, als vertiefte ich mich in eine Alzheimer-Broschüre, deren Deckblatt von geometrischen Formen in blau, grün und rot beherrscht wird. In Wirklichkeit lausche ich um die Ecke.

»Am Anfang gab es überall Arbeit«, höre ich Mohamed sagen, »hier raus, da rein. War einfach. Später – gab es Probleme.« Den Satz höre ich noch häufiger: »Gab es Probleme.«

Mohamed erzählt, dass er eine Zeit lang im Schichtbetrieb für BMW Lenkräder zusammengeschraubt hat. War nicht gut, aber schlecht war es auch nicht. Dann jedoch, nachdem Nazan sich hatte scheiden lassen und mit Soner nach Hamburg gegangen war: gab es Probleme. Er spricht es nicht offen aus, aber es ist klar, dass diese Probleme alkoholischer Natur waren. Er verlor seinen Job und fand keinen neuen. Was nicht gut für Yasir war: gab es Probleme. In der Schule und so. Natürlich hat Mohamed versucht, eine neue Frau zu finden, aber: gab es Probleme. Und niemals konnte er wirklich vergessen, dass er eigentlich zwei Söhne hätte haben sollen. Irgendwann standen dann zwei Frauen vom Jugendamt in seiner Wohnung und fragten, ob er überfordert sei, Hilfe benötige. Er bekam solche Angst, dass sie ihm Yasir wegnehmen könnten, dass es nur eine Möglichkeit gab: Er musste sein Leben wieder auf die Füße stellen, normal funktionieren. Er begann, Taxi zu fahren, nachts. Gab am meisten Geld. Und strukturierte den Tag. Das half. Yasir war oft alleine, aber als Mohamed noch trank, war es auch nicht besser gewesen.

»Wahrscheinlich«, Mohamed beugt sich vor, stützt die Ellenbogen auf die Oberschenkel und legt die Hände ineinander, »hat er mir das Leben gerettet. Und jetzt« – er lässt den Kopf hängen – »sitzt er im Gefängnis.«

Ist wahrscheinlich dem rosa Knochenaufweicher zu verdanken, den ich getrunken habe, jedenfalls kommt mir das Foto von Yasir in den Sinn, das mir vorhin in Mohameds Taxi aufgefallen ist. Es war nur so groß wie ein Passbild und steckte in einem kleinen, runden Plastikrahmen, der mit Uhu neben dem Tacho aufgeklebt war. Am unteren Rand waren eingetrocknete Klebstoffnasen zu erkennen. Hat mich an etwas erinnert, allerdings wusste ich nicht an was. Jetzt weiß ich es:

Wir waren mal auf Sizilien, meine Eltern und ich. Mit unserem alten Golf. Sind mit dem Auto gefahren, den ganzen Weg. Ich glaube, sie haben sich eingeredet, sie würden es für mich tun – verreisen mit dem Auto, old school, Freiheit, was weiß ich. In Wirklichkeit wollten sie sich nur mal wieder zwanzig Jahre jünger fühlen. Was auch funktioniert hat. Habe sie selten so glücklich gesehen. Ich dagegen habe mich noch nie so gelangweilt. Kaum waren wir dann auf Sizilien, ging das Auto kaputt. Irreparabel.

Wir sind, und jetzt komme ich zum Punkt, auf Sizilien ziemlich viel mit dem Taxi gefahren. Und egal, in welches Taxi wir gestiegen sind, irgendwo hatte jeder Fahrer das Bild dieses Schutzpatrons – Christophorus, glaube ich. Bei einem baumelte er vom Rückspiegel herab, ein anderer hatte mit Gummiband einen ganzen Stapel Christophorus-Postkarten auf seine Sonnenblende geschnallt, die er an seine Kunden verkaufte, einmal klebte der Patron in einem Tesafilmrahmen auf der Konsole. Und genau so hat vorhin das Foto von Yasir auf mich gewirkt – als sei er Mohameds persönlicher Schutzheiliger.

Nachtrag: Unser alter Golf ist auf Sizilien beerdigt worden. Seither ist mein Vater ADAC-Mitglied – obwohl er findet, dass die Autolobby in diesem Land eindeutig zu viel Einfluss hat. Er wirft auch jedes Mal angewidert das Mitglieder-Magazin zum Altpapier, wann immer es die Unverschämtheit besitzt, unseren Briefkasten zu vergiften. Allerdings nicht, ohne es vorher durchgeblättert zu haben. Das ist mein Vater: ein Bausparer-Hippie.

Sunny würde Mohamed gerne etwas fragen, ganz viel wahrscheinlich. Aber er weiß nicht, was zuerst. Muss er auch nicht. Er bekommt nämlich Zeit, darüber nachzudenken, weil sich in diesem Moment eine Automatiktür öffnet, eine sehr kleine und sehr streng aussehende Frau in Schwesternkittel in den Wartebereich tritt und mit unüberhörbarer Stimme ausruft: »Herr Aziz?«

Mohamed erhebt sich und folgt ihr humpelnd in den Behandlungsflur. Die Türen schließen sich.

Ich glitsche auf den Platz neben Sunny und schließe die Augen. Mein Rücken saugt sich an der Lehne fest wie ein Krake. Kann mich nicht erinnern, jemals so entspannt gewesen zu sein.

»Und«, murmele ich, »wie ist er so?«

»Kann ich nicht sagen«, antwortet Sunny nach einer Pause. Vielleicht kommt es mir auch nur vor wie eine Pause. »Ist alles so unwirklich …«

Da sagst du was, mein Lieber. Im Moment fühlt es sich

bereits unwirklich an, meine Finger zu zählen. »Wie unter Glas«, sage ich.

»Genau. Wie unter Glas.«

»Ich wollte dir was erzählen«, fällt mir ein, »vorhin, als ich von Yasir kam. War wichtig …«

»Wenn es wichtig war, fällt es dir wieder ein«, meint Sunny.

»Bezweifle ich.«

Wir warten. Zwei neue Patienten kommen in den Wartebereich, eine Frau Hofmann verschwindet im Behandlungsflur.

»Also, unsympathisch finde ich ihn nicht«, sage ich.

»Nein.«

»Eher, ich weiß nicht, als hätte er eine Bürde zu tragen.«

»Ja.«

Ich suche nach etwas, das geeignet wäre, meinen Kopf aufrecht zu halten, und lasse ihn in den Nacken und gegen die Wand sinken. »Schön, dass wir drüber gesprochen haben.«

Mohamed kommt aus dem Behandlungsflur gehumpelt, wie er zuvor hineingehumpelt ist. Auch der Blutfleck auf der Hose ist unverändert. Darunter aber ist alles in Ordnung gebracht worden.

»Sechs Stiche.« Er ringt sich ein Lächeln ab, das in einem traurigen Bedauern mündet. »Bin ich zu spät zur Arbeit.«

Er sollte bereits seit Stunden unterwegs sein, so war es mit seinem Chef abgemacht.

»Ist kein Problem«, versichert Sunny. »Wir wollen dich nicht aufhalten.«

Mohamed besteht darauf, uns wenigstens noch ins Zentrum mitzunehmen. Sunny setzt sich auf den Beifahrersitz, ich mich auf die Rückbank. Zwischen ihnen, auf der Konsole, klebt Yasir, Mohameds Schutzheiliger. Von Zeit zu Zeit wirft Sunny Mohamed einen Blick zu. Der bemerkt es und ist froh, etwas zu tun zu haben, den Blick auf die Straße richten zu müssen.

Schließlich fragt Sunny, was ihn scheinbar mehr als alles andere beschäftigt: »Wie habt ihr damals entschieden, wer von uns bei Nazan bleibt und wer bei dir?«

»Yasir ist zuerst geboren«, erklärt Mohamed entschuldigend. »Zwölf Minuten. Haben wir gesagt: Wer zuerst geboren ist, bleibt beim Vater. So ist es gekommen.«

Am Rosa-Luxemburg-Platz steigen wir aus. Zuvor tauschen Mohamed und Sunny Telefonnummern.

»Bleiben wir in Kontakt«, sagt Mohamed. Es soll wie eine Feststellung klingen, in Wirklichkeit aber ist es eine Mischung aus Frage und Bitte.

Trotz der sechs Stiche in seiner Wade klettert er umständlich aus dem Taxi, humpelt um sein Auto herum auf den Bürgersteig und reicht mir die Hand. Dann stehen er und Sunny einander gegenüber, wissen nicht, wie sie sich verabschieden sollen, Sunny bietet ihm die Hand, und ich kann hören, wie Mohameds Herz bricht.

Wie um sie festzuhalten legt Mohamed seine freie auf ihre ineinander verschränkten Hände: »Vielleicht... wird noch alles gut, Inschallah.«

Bevor Sunny weiß, was er darauf antworten soll, ruft eine Frau mit goldenen Sandalen und einer weißen Schirmmütze, wie sie in Hamburg immer von den Tennisschicksen getragen werden: »Are you free?«

Sunnys und Mohameds Hände lösen sich voneinander, Mohamed steigt winkend in seinen Kombi, schaltet den Taxameter ein, macht einen U-Turn und verschwindet im Strom der vorbeirauschenden Autos.

Wir befinden uns in Mitte, Torstraße Ecke Schönhauser Allee. Hier brummt's, aber richtig: U-Bahn, Tram, Busse und Autos aus mehr Richtungen, als ich mit meinem rosa Gehirn verarbeiten kann. Ohne Sunny wüsste ich gar nicht, wie ich über die Straße kommen sollte. Er meint, unser Hostel sei gleich um die Ecke. Was soll ich sagen: Kann sein, kann auch nicht sein. Ist mir rille, um ehrlich zu sein.

Vor einem Rasendreieck an der Ampel steht ein Kiosk, der meine gesamte Aufmerksamkeit beansprucht. Er ist rundum verglast, nicht größer als ein Wohnmobil, aber, ich schwöre, hier gibt es alles. Er wirkt, als sei er irgendwann mit der Flut angespült worden und gestrandet – eine Art graffitiübersäte Arche Noah für Zeitschriften, Zigaretten, Eis, Getränke und Süßigkeiten. Sogar CDs und DVDs hat sie an Bord. Ein rauchender Durchschnittsalkoholiker, der noch dazu gerne Zeitung liest, könnte sein Leben lang mit diesem Ding durch die Weltmeere treiben, ohne dass ihm jemals langweilig werden würde.

Schwer zu sagen, wie lange ich diesen Kasten anstarre: Zwischen eine Minute dreißig und zweieinhalb Stunden ist alles möglich. Irgendwann bemerke ich, dass mir der Typ an der Ausgabe bekannt vorkommt. Sunny. Mein Freund. Sieht gut aus, wie er da steht und die Sonne seinen Nacken kitzelt. Echt. Hammer, der Typ. Glückspilz, ich. Und Yasir sitzt im Knast und ertrinkt in seinem blauen Anstaltshemd.

Sunny dreht sich um, runzelt nachdenklich die Stirn

und blickt zu mir herüber. In der Hand hält er eine Sprite und ein Twix. Ich halt's nicht aus.

»Schau nicht so«, sagt er, »schließlich habe ich dich gefragt, ob du auch etwas möchtest.«

»Und – was hab ich geantwortet?«

»Du hast nicht geantwortet.«

Wir stehen in der prallen Sonne an der Fußgängerampel, Sunny öffnet die Dose und beißt von seinem Twix ab. Meine Handtasche vibriert. Hat sie eben schon gemacht. Da war es die U-Bahn, die unter der Straße entlangführt. Diesmal ist es anders. Ich krame mein Handy hervor: Mama. Geht jetzt nicht. Gar nicht. Sorry, Mama.

Ich drücke auf »abweisen« und sehe Sunny an: »Wir müssen unsere Eltern anrufen.«

»Jetzt?«

Ich mache ein Gesicht, von dem ich hoffe, dass es folgende Message absondert: Wie lange willst du warten?

»Hast du die nicht gerade weggedrückt?«, fragt Sunny.

»Wie oft haben deine Eltern versucht, dich zu erreichen?«

Er biegt seinen geschmeidigen Körper zur Seite und zieht sein iPhone aus einer der zahlreichen Taschen seiner Shorts. »Fünfmal. Immer Nazan.«

Ich versuche es noch einmal mit diesem Gesichtsausdruck: Wie lange willst du warten?

»Und was soll ich denen erzählen?«, entgegnet Soner. »Dass ich in Berlin bin, meinen Bruder im Knast besucht und bei dieser Gelegenheit auch gleich meinen leiblichen Vater getroffen habe?«

Ich versuche es mit einem neuen Gesichtsausdruck: Was denn sonst?

Inzwischen habe ich ja den Verdacht, dass mein Gesicht einfach immer gleich aussieht und ich mir nur vorstelle, unterschiedliche Dinge damit zum Ausdruck zu bringen. Macht aber nichts. Sunny versteht es auch so: Der Moment der Wahrheit ist gekommen. Er wiegt sein iPhone in der Hand, wirft mir einen finalen Blick zu und steuert das Rasendreieck hinter dem Kiosk an. Ich folge ihm bis in den Schatten einer Kastanie, die das Rasenstück begrenzt. Ab hier ist er auf sich gestellt.

14

»Hallo, Mama, ich bin's ...« Sunny betritt den Rasen wie ein Minenfeld. »Ich weiß selber, dass ich nicht bei Laura geschlafen habe ... Nein ... nein ... ich bin in Berlin, Mama. Schon seit gestern.«

Er hat etwa die Mitte des Rasenstücks erreicht, als für einige Sekunden das Dreieck hinter dem Kiosk aus Raum und Zeit herausfällt – eine Insel vollkommenen Stillstands inmitten einer Kreuzung, die niemals zur Ruhe kommt. Sogar die Flügel der Insekten frieren ein. Dann drückt irgendein kosmischer Verwalter die Play-Taste und Sunnys Füße setzen ihren Weg fort.

»Ich habe meinen Bruder besucht, Mama ... Der in Untersuchungshaft sitzt, wie du sicher weißt. Und meinen leiblichen Vater habe ich auch kennengelernt, Mohamed. Der ist übrigens gar nicht nach meiner Geburt in den Libanon zurückgegangen, wusstest du das?«

Oh Mann. Fast tut Nazan mir leid. Nein, sie tut mir tatsächlich leid. Ich kann sehen, wie das Kartenhaus ihres Lebens in sich zusammenstürzt. An den Rändern meines Sichtfeldes verschwimmen die Konturen. Mir wird schwindelig. Mit beiden Armen stütze ich mich an der Kastanie ab, als wäre ich schwanger und würde eine Wehe wegatmen. Hab ich mal gesehen – an der Bushaltestelle in der Ebertallee. Wo gestern früh alles anfing. Mann, ist das lange her. Ich hoffe, ich bekomme niemals eigene Kinder. Als Eltern hast du am Ende immer die Arschkarte.

»Nein, Mama, ich werde ganz sicher nicht sofort nach Hause kommen«, höre ich Sunny rufen. »Und ich möchte auch nicht, dass du nach Berlin kommst ... Ich glaube nicht, dass das eine gute Idee ist. Wir reden, wenn ich zurück bin.«

Wir reden, wenn ich zurück bin. Sunny klingt eins zu eins wie sein Vater, also Herr Bergmann, sein Stiefvater. Geht mir kalt den Rücken runter.

Er lässt das iPhone in seiner Shorts verschwinden und kommt zu mir, ohne in einen einzigen Hundehaufen zu treten. »Was jetzt?«

Wieder stellt sich dieser Schwindel ein. Ich muss einen Moment nachdenken, bevor ich weiß, was jetzt wichtiger ist als alles andere: »Ich brauche etwas zu essen. Sofort.«

Was ich seit gestern über Berlin gelernt habe, ist: Egal, wo man sich befindet, und egal, in welche Richtung man läuft – nach spätestens hundert Metern trifft man auf etwas zu essen. In diesem Fall ist es eine Mischung aus Café, Bar und Restaurant, das mit von der Fassade wehenden Fahnen verkündet: BAR & FOOD. Man muss nicht aus Hamburg kommen, um zu begreifen, dass das hier eine Touristenschleuse ist. Ist mir aber egal. Da flattern Fahnen im Wind, auf denen FOOD steht. Mehr will ich nicht.

»Hiii!«

Wir haben den Laden noch nicht betreten, da werden wir bereits von einem blonden, langbeinigen Wesen mit einem Lächeln wie für eine Zahnpastawerbung begrüßt. Mit elegant angewinkeltem Arm balanciert sie auf Kopfhöhe ein Tablett, das fröhlich hin und her wackelt. Wie alles an ihr: das Tablett, die Hüfte und die Brüste sowieso.

Und ihr Lächeln gilt, wie ich feststelle, Sunny, nicht mir. Automatisch lege ich meinen Arm um seine Taille, was dem Oversize-Blondinchen natürlich nicht entgeht. Die weiß, wie das Spiel läuft. Kennt die Regeln. Besser als ich.

»Bin gleich bei euch!«, ruft sie über die Schulter und wackelt zum Tresen hinüber.

»Was dagegen, wenn wir uns setzen?«, frage ich Sunny.

»Äh, nee.«

Viele Gäste sind um diese Zeit nicht da – nach dem Mittag- und vor dem Abendessen –, dennoch ist es hier drin genauso laut wie auf der Straße. Basslastige Musik wummert durch den Raum und in den Ecken hängen Fernseher, die fortwährend vor sich hin quatschen. Der Laden möchte möglichst amerikanisch rüberkommen. Die »Menus« sind auf Deutsch und Englisch, es gibt amerikanische Biere vom Fass. Wir setzen uns in eine hufeisenförmige Sitzgruppe aus rotem Leder. An der Wand neben uns prangt ein drei mal fünf Meter großes Foto der Manhattan Bridge. Alles ist so, wie sich klein Laura aus Othmarschen die große weite Welt vorstellen soll.

Das Menu preist, wer hätte es gedacht, die »Famous Handmade Burgers« an. Soll mir recht sein. Und da ist auch schon das Wackeltablett mit den überschminkten Lippen:

»Was kann ich für euch tun?«

Du meinst wohl, was kannst du für Sunny tun?

Ich bestelle einen Cheeseburger und ein Ginger Ale, Sunny ein, hm?, äh?, Wasser, mit Kohlensäure, bitte. Sofort findet Barbie meinen Freund nicht nur rattenscharf, sondern hat auch noch grenzenloses Mitleid mit ihm, weil sie denkt, er würde mir den ganzen Tag beim Essen zusehen und sich selbst nur von Wasser ernähren. Ich sollte unbedingt über einen Nachtisch nachdenken.

Die Fenster sind zweigeteilt und reichen bis unter die Decke, die mindestens vier Meter hoch ist. Während wir auf mein Essen warten, blicken wir zum Platz auf der anderen Straßenseite hinüber, der von einem alten Gebäude beherrscht wird wie von einem riesigen Kreuzfahrtschiff: die Volksbühne. Würde ich gerne mal von innen sehen. Vielleicht beim nächsten Mal, wer weiß.

Die Bedienung catwalkt heran und stellt die Getränke ab. Fünf Minuten später kommt der Burger: »Lass es dir schmecken«, sagt sie.

Halb erwarte ich, auch den Burger wackeln zu sehen. Macht er aber nicht. Hält still und wartet darauf, gegessen zu werden.

Ich kaue auf meinem zweiten Bissen, als ich Sunny etwas flüstern höre, das ich bei dem Geräuschpegel hier drin nicht zu etwas Sinnvollem zusammensetzen kann. Quark?

Ich schlucke den Brei aus Fleisch, Brötchen, Ketchup, Gurke, Tomate, Mayonnaise und Salat hinunter. So muss sich das Paradies anfühlen. »Was?«, frage ich nach.

»Zehntausend Mark«, sagt Sunny.

Kapier ich natürlich nicht.

»Hat Uwe Mohamed damals gezahlt«, erklärt er, »damit er in die Scheidung und die Adoption einwilligt.«

»Hat Mohamed dir das erzählt?«

»Ja, vorhin. Er meinte, da, wo er herkomme, mache man das so. Hat kein halbes Jahr gedauert, bevor das Geld weg war. Und sein Job ebenfalls.«

»Oh Mann...« Ich beiße ab, kaue, schlucke runter. »Scheint ihm ganz schön auf der Seele gelastet zu haben.«

Sunny blickt zu dem steinernen Ozeanriesen auf der anderen Straßenseite. »Ich glaube, am Ende war das für ihn das Schlimmste – dass er mich verkauft hat.«

»Hat er dir das auch erzählt?«

»Nicht so direkt, aber...«

»Oh nein!« Ich setze meinen Burger auf dem Teller ab.

Sunny folgt meinem Blick und sieht zum Fernseher empor: Yasir, das Bild aus der U-Bahn. Daneben: ein Porträtfoto des Opfers, lächelnd.

Ich steige auf die Lederbank und drehe mein Ohr Richtung Bildschirm. Das Opfer des »Anschlags«, so die Sprecherin, sei heute Morgen seinen Verletzungen erlegen. Der regierende Bürgermeister habe persönlich seine Bestürzung angesichts der »abscheulichen Tat« bekundet und hoffe, dass der Tod des Opfers nicht instrumentalisiert werde, um die Diskussion über die Überwachung öffentlicher Räume emotional aufzuheizen. Ich starre auf das Foto des lächelnden Mannes: ein Vorzeige-Familienvater, Seitenscheitel, Apotheker, zwei erwachsene Töchter, freundlich, korrekt.

Und jetzt tot.

Ich lasse mich zurück auf die Bank sinken, schiebe den Teller von mir weg und wende den Blick vom Bildschirm ab. Der monumentale Theaterbau liegt auf dem Platz wie das Relikt einer untergegangenen Epoche. Der Schatten des Foyers kriecht über den gepflasterten Vorplatz. Ein blauer VW-Bus fährt an den Seiteneingang, Menschen steigen aus, Gitarrenkoffer werden entladen. Die Menschen verschwinden, der Bus verschwindet.

»Zehn Jahre«, flüstere ich.

»Was?«

»Hat Yasir gesagt: Wenn der Typ stirbt, bekommt er zehn Jahre wegen Totschlags.«

Ein weiterer Bus fährt vor: Boxen und Schlagzeugtrommeln – übereinandergestapelt wie Bauklötze. Verschwinden im Seiteneingang.

Mit Daumen und Mittelfinger dreht Sunny das Wasserglas um die eigene Achse. »Er muss sich für seine Tat verantworten.« Er trinkt. Anschließend stellt er das Wasserglas auf dem kreisförmigen Abdruck ab, den das Glas zuvor hinterlassen hat. Ich kann nicht genau sagen, warum, aber manchmal macht er mich echt wütend. Dann würde ich ihn am liebsten einfach stehen lassen – nur, um ihn mal von seinem Sockel zu holen. Ist wahrscheinlich normal, wenn man zusammen ist. Man kann einander nicht vierundzwanzig Stunden am Tag immer nur toll finden.

»Er war es nicht«, fällt mir ein. »Das war es, was ich dir vorhin sagen wollte. Yasir ist unschuldig. Hatte ich nur vergessen.«

»Du hattest *vergessen*, dass er unschuldig ist?«

»Nein, ich hatte vergessen, dass es das war, was ich dir sagen wollte.«

Sunny sieht mich an, als hätte ich komisches rosa Zeug getrunken, das mein Gehirn aufweicht. Könnte ich ihm jetzt erklären. Ist mir aber zu anstrengend.

»Und woher weißt du das?«

»Er hat's mir gesagt.«

»Ja, klar. Und du glaubst ihm.«

Ich erkläre Sunny, was Yasir vorhin mir erklärt hat: die Geschichte mit Kerim, seinem Habibi, und diesem anderen Typen, Ozan, genau, und Ozans Mutter – dass sie mit einem Mann rumgemacht hat, der nicht *ihr* Mann war, und wie Kerim ausgetickt ist und dass Yasir selbst gar nicht zugeschlagen hat.

»Der kann dir viel erzählen«, meint Sunny.

Ja, du Klugscheißer, könnte er. »Weshalb sollte er mich belügen?«

»Um dich zu beeindrucken, ist doch logisch.« Sunny nippt an seinem Wasser und sieht mich an. »So würde *ich* es machen.«

»Nicht, wenn du an seiner Stelle wärst«, entgegne ich. »Wenn Yasir angeben wollte, dann hätte er mir erzählt, dass er es getan hat. Er wäre nämlich gerne ein echt harter, böser Kerl.«

Sunny setzt sein Glas mal wieder punktgenau auf dem Abdruck ab, denkt nach. Und dann weiß er, dass ich recht habe. Er kennt seinen Bruder, ohne ihn zu kennen. Ich wünschte, dasselbe könnte ich von meiner Schwester sagen.

»Wie kommst du überhaupt darauf, dass er mich beeindrucken will?«, frage ich.

»Weil er auf dich steht.«

»Woher weißt du *das* denn?«

»Weil ich auf dich stehe.«

Bisschen sehr simpel, finde ich. Nach der Logik müsste ich auch auf Yasir stehen – wenn ich auf Sunny stehe. Hm.

»Er war es nicht«, beharre ich.

Sunny dreht wieder sein scheiß Wasserglas im Kreis. Das macht mich so kirre, dass ich es ihm aus der Hand nehme, auf ex austrinke und kreuz und quer über den Abdruck schiebe, sodass kein Kreis mehr zu sehen ist, sondern nur noch Wischiwaschi.

»Wir müssen etwas unternehmen«, beschließe ich.

Sunny sieht mich an, denkt nach. Ich könnte ausrasten. Schließlich tut er doch noch etwas. Und das versöhnt mich wieder mit ihm. Er erweckt sein iPhone zum Leben, kratzt sich über den Daumen, schiebt seinen Finger über das Display und führt seine Hand ans Ohr.

»Hallo, Mohamed?«, sagt er. »Ja, ich bin's ...« Er blickt zu dem Flatscreen empor, auf dem sich jetzt Lady Gaga räkelt. »Ja, ging schnell ... Ich wollte dich etwas fragen: Würde es dir etwas ausmachen, mir die Nummer von Yasirs Anwalt zu geben?« Es ist das erste Mal, dass er seinen Bruder beim Namen nennt.

15

Titus Schütz sieht in 3-D noch unsympathischer aus als auf dem Foto, das zwei Drittel seiner Homepage füllt. Und das, obwohl er sich da vor einem schwarzen Hintergrund hat ablichten lassen, mit fettglänzender Stirn, verschränkten Armen, erhobenem Kinn und einer Krawatte zum Davonrennen. Ein Besserwisser, mit dem im Kindergarten schon niemand spielen wollte und der heute jedem beweisen muss, wie sehr sich alle in ihm getäuscht haben und was er in Wahrheit für ein Burner ist. Muss anstrengend sein, so ein Leben. Aber vielleicht auch nicht anstrengender als das von Sunny. Was weiß ich. Wenn ich mir Erwachsene anschaue, denke ich oft, dass die im Grunde auch nicht weiter sind als ich – dass die mit siebzehn bestimmt schon genauso waren.

Titus Schütz ist Yasirs Anwalt. Als wir hereinkommen, steht er seitlich zum Fenster seines Büros, blickt hinunter auf die Straße, eine Hand in der Hosentasche, und telefoniert. Er hat ein heiseres Fistelstimmchen und spricht, als sei sein Gesprächspartner begriffsstutzig und er müsse ihm Wort für Wort die einfachsten Dinge erklären. An der Wand seines für ihn unwürdig kleinen Büros klotzt ein Schrank mit zwei gläsernen Schiebetüren, hinter denen Gesetzbücher aufgereiht sind.

»Schauen Sie ...«, Herr Schütz nimmt seine Hand aus der Hosentasche und ruckelt an seinem Krawattenknoten. »Ja, das kann ich mir durchaus vorstellen, dass diese Situation unangenehm für Sie sein muss, aber wie ich Ihnen bereits dargelegt habe ...« Wir können nicht hören, was sein Gesprächspartner sagt, aber wir können hören, dass er etwas sagt. Er ist ziemlich ungehalten. »Ich bin sicher, da wird sich eine einvernehmliche Lösung finden lassen, nur geht so etwas nicht von heute auf morgen«, er lässt ein kurzes Lachen hören und nickt beiläufig mit seinem energischen Kinn in Richtung der Besucherstühle. »Sie wissen ja, wie das ist: Die bürokratischen Mühlen in diesem Land mahlen stetig, aber langsam ...«

Irgendwann ist er fertig, steht noch einen Moment am Fenster und sieht mit dem schwarzen Plastikknochen in seiner Hand etwas verloren aus. Dann legt sich ein Schalter um, Herr Schütz setzt ein klebriges Lächeln auf und wendet sich uns zu.

»Hallo«, er setzt sich und lässt das Telefon in die Ladestation rutschen. »Was führt euch zu mir?«

Kaum ist die Frage raus, kommt sein Motor ins Stottern und zu seinem Lächeln gesellt sich ein argwöhnischer Zug um die Augen, während er versucht, Sunnys Gesicht zu verorten. Der gute Herr Schütz hat dieses Gesicht schon einmal gesehen, so viel ist sicher. Wenn er nur wüsste ...

Sunny tunt sich automatisch auf Herrn Schütz' Wellenlänge ein. Ist ein Talent von ihm. Sofern man es als Talent bezeichnen will. Wäre so, als würde man die Fähigkeit eines Chamäleons, die Farbe seiner Umwelt anzunehmen, als Talent bezeichnen. Wird sicher mal einen guten Politiker abgeben – falls er das will. Hoffentlich will er nicht. Dann noch lieber die Spedition übernehmen. Manchmal ist das nicht so einfach – Dinge nicht zu wollen. Mama sagt, es gibt Berufe, die suchen sich die entsprechenden

Menschen. Ihrer ist so einer. Sagt sie. Politiker bestimmt auch.

»Ich kann Ihnen Ihre Verwunderung erklären«, sagt Sunny und für einen kurzen Moment habe ich eine Art Horrorvision von ihm, wie er neben mir sitzt und den gleichen Anzug und die gleiche Krawatte trägt wie Titus Schütz.

Der kreuzt die Arme vor der Brust wie auf dem Foto im Internet: »Da bin ich aber neugierig.«

Wie sich in den folgenden Minuten herausstellt, gibt es ein paar Dinge im Fall Yasir A., die auch Schlaumeier Titus Schütz noch nicht mitgeschnitten hat. Zum einen, dass Yasir einen Zwillingsbruder hat. »Daher diese Verwechslungsgeschichte in Hamburg«, schließt er messerscharf, nachdem Sunny ihm die Geburtsurkunden und seinen Perso vorgelegt hat. Zum anderen, dass das Opfer heute Vormittag »seinen Verletzungen erlegen ist«, wie es in den Nachrichten hieß. »Davon weiß ich ja noch gar nichts!«, sagt Herr Schütz. Als hätten wir ihn längst informieren müssen.

Er wird nachdenklich und fängt an, sein Kinn zwischen Daumen und Zeigefinger zu kneten. Es ist, als hätte er sich seinen kompletten Gestenkatalog aus einer Vorabendserie zusammengeschrieben. »Das wird die Verteidigung naturgemäß erheblich erschweren«, doziert er, während er weiterhin sein Kinn festhält, als seien seine Finger daran festgewachsen.

»Yasir hat gesagt, er muss mit zehn Jahren Haft rechnen, falls der Mann stirbt«, werfe ich ein.

»Das dürfte auf jeden Fall das Strafmaß sein, auf das der Staatsanwalt plädieren wird – sofern …«

»Yasir«, helfe ich aus.

»Richtig. Sofern Yasir sich weiterhin weigert, die Identität des Mittäters preiszugeben. Und bei seiner Akte wird er... nicht unter fünf Jahre bekommen, möchte ich meinen. Auch wenn nicht unerhebliche Zweifel angebracht sind, ob wirklich er es war, der dem Opfer die Verletzungen zugefügt hat, die am Ende zum Tod führten.«

»Er war es nicht!« Das war ich. Kam wie auf Knopfdruck.

Und das ist dann das Dritte, von dem Titus Schütz noch nichts weiß. Ich erkenne es daran, wie sich seine Augen verengen. »Wie habe ich das bitte zu verstehen?«, fragt er.

Ich erkläre es ihm: Dass ich bei Yasir war und er mir erzählt hat, wie sein Freund Kerim ausgetickt ist und dass Yasir selbst gar nicht zugetreten hat. Als ich fertig bin, haben Herrn Schütz' Daumen und Zeigefinger wieder begonnen, sein Kinn zu kneten.

»Also *mir* hat er davon nichts gesagt«, stellt er klar.

Wundert mich kein Stück.

»Um ihn zu entlasten«, er redet mit sich selbst, »müsste das zu beweisen sein...«

Dann fällt ihm etwas ein. Eine Idee. Als hätte jemand das Licht in seinem Kopf eingeschaltet. Er richtet den Blick auf den Monitor seines Laptops, hantiert mit seiner Maus herum, die jedes Mal aufleuchtet, sobald er sie berührt, und die außerdem so designt ist, dass sie unerkannt an jedem Formel-1-Rennen teilnehmen könnte. Schließlich dreht er den Laptop zu uns um, rollt hinter seinem Tisch hervor, sodass auch er den Monitor sehen kann – der Typ riecht, als hätte er in Aftershave gebadet –, beugt sich vor und klickt auf das Startsymbol in der Mitte des Fensters.

Es ist das Überwachungsvideo aus der U-Bahn. Nicht

nur der Schnipsel, der in den Nachrichten zu sehen war, sondern die vollen 3 Minuten 37, die für den Fall »relevant sind«, wie Herr Schütz sich ausdrückt.

Zuerst passiert gar nichts. Ein leerer Bahnsteig. Das Einzige, das sich bewegt, ist der Sekundenzeiger der Anzeigetafel, die am oberen Rand ins Bild hängt. Dann kommt von links ein Pärchen ins Bild. Jetzt, nachdem das Foto des Mannes durch die Medien gegangen ist, erkenne ich ihn als das Opfer wieder. Am Ende des Videos wird er im Koma liegen. Er wirkt älter als auf dem Foto, Mitte fünfzig würde ich tippen. Auf dem Hinterkopf schimmert Haut durch die Haare. Das Gesicht der Frau an seiner Seite ist nicht zu erkennen, da sie einen breitkrempigen Hut mit Seidenschleife und Blumengesteck trägt – als wollten sie zum Picknicken aufs Land fahren.

Nachdem sie etwa eine halbe Minute wartend auf dem Bahnsteig verbracht haben, kommt es zu einer Irritation. Der Mann wendet sich von seiner Begleiterin ab und beginnt mit jemandem zu reden, der sich außerhalb des Bildes befindet. Er gestikuliert, schimpft, erregt sich. Die Frau zieht am Ärmel seines Jacketts, will ihn zurückhalten. Doch da kommt bereits ein junger Mann mit Basecap ins Bild gestürmt, Kerim wie ich vermute, gefolgt von einem weiteren, den ich sofort erkenne: Yasir. Kerim stößt den Mann ohne jede Vorwarnung in die Brust, der überrascht rückwärtstaumelt und mit den Armen in der Luft rührt. Die Frau weiß nicht, was sie tun soll, ebenso wenig wie Yasir, der irgendwie danebensteht, sich umsieht und die Hände in die Taschen steckt, als langweile er sich.

Inzwischen hat der Mann sein Gleichgewicht wiedergefunden, will vorwärtsdrängen, doch da schlägt ihm Kerim mit der Faust ins Gesicht. Ich wende den Kopf ab, als müsste ich selbst dem Schlag ausweichen. Die Frau fängt an, um Hilfe zu schreien, aber es scheint niemand auf dem Bahnsteig zu sein. Panisch blickt sie sich um. Kerim, der die ganze Zeit nur von hinten zu sehen ist, schlägt noch einmal zu, und noch einmal. Mit der Faust ins Gesicht. Ich muss mich zwingen, weiter hinzusehen, kneife die Augen zusammen und spüre, wie sich meine Finger in die Handflächen bohren. Nach dem dritten Schlag ist das Gesicht des Mannes voller Blut, er stolpert und versucht, irgendwie nicht hinzufallen, während seine Arme bereits nur noch kraftlos von den Schultern herabhängen. Sunny sitzt neben mir und ist fassungslos. So etwas hat auch er noch nie gesehen. Das ist der blanke Hass. Blind und völlig außer Kontrolle.

Yasir, der bis dahin ziemlich unbeteiligt herumgestanden hat, nimmt endlich die Hände aus den Taschen und ruft seinem Freund etwas zu. Egal, was es ist: Kerim kann sich nicht mehr stoppen, er hört Yasir gar nicht. Der Mann taumelt noch ein paar Schritte und dreht sich um die eigene Achse, dann rammt Kerim ihm seinen Fuß in die Niere und der Mann schlägt der Länge nach auf den Boden. Was anschließend passiert, ist nicht richtig zu erkennen, wird zum Teil von einer Säule verdeckt.

Es ist klar, dass der Mann, nachdem er bereits am Boden liegt, noch getreten oder geschüttelt wird, denn seine erschlafften Füße wackeln ein paarmal hin und her. Wahrscheinlich ist er da schon nicht mehr bei Bewusstsein. Ab und zu blitzen am oberen Bildrand Turnschuhe auf. Die Frau, das Gesicht vom Hut verdeckt, neben einer Wartebank, drückt in rasender Panik immer wieder denselben Knopf der Notrufsäule und schreit ins Mikro.

Schließlich kommt die Szene, die sie in den Nachrichten gezeigt haben und die auf YouTube inzwischen Tausende zu einem Kommentar veranlasst hat: Yasir läuft von oben ins Bild, rennt den Bahnsteig hinunter und merkt in dem Moment, da er zu ihr aufsieht, dass ihn die Kamera erwischt hat. Einen Augenblick später ist er weg. Direkt im Anschluss verschwinden auch Kerims Turnschuhe aus dem Bild, allerdings in die entgegengesetzte Richtung. Die Frau eilt zu dem Mann und hockt sich neben ihn. Der Sekundenzeiger läuft weiter, läuft, läuft und bleibt schließlich stehen. Das Fenster wird schwarz und der Play-Button leuchtet wieder auf.

Mein Mund ist so trocken, dass ich erst beim dritten Versuch wieder schlucken kann. Meine Nägel haben in den Handflächen schwarzrote Abdrücke hinterlassen. Mir ist schlecht. Außerdem werde ich das Gefühl nicht los, mein Stuhl drehe sich. Langsam bewege ich meine Finger und wische sie unauffällig an der Hose ab. Niemand spricht. Herr Schütz klappt seinen Rechner zu und rollt hinter den Tisch zurück.

»Die Frau«, ich räuspere mich, »das ist die Mutter von einem Typen, den Kerim kennt.«

Herr Schütz stützt die Ellenbogen auf dem Tisch auf, verschränkt seine Hände und legt sein Kinn auf ihnen ab. Bescheuerter kann man echt nicht mehr aussehen. »Was ist mit ihr?«, fragt er.

»Sie ist die Einzige, die bezeugen kann, dass es Yasir nicht war. Ich meine, auf dem Video ist nicht zu sehen, wer es war. Klar ist doch nur, dass Yasir dabei war.«

»Und dass er nichts verhindert hat«, ergänzt Sunny, der ebenfalls aus seiner Starre erwacht.

Stimmt leider. Hat er nicht. Selbst, wenn Yasir nicht der Täter war: Verhindert hat er es auch nicht. Hätte er aber können, vielleicht zumindest.

»Die Frau war noch am Tatort, als die Polizei eintraf«, erklärt Herr Schütz. »Hat das Opfer in eine stabile Seitenlage gebracht und acht Minuten ausgeharrt. Kaum war die Polizei dann da, war sie plötzlich verschwunden. Es gab einen Zeugenaufruf, auf den niemand reagiert hat. Niemand weiß, wer sie ist.«

Inzwischen hätte auch der letzte Depp kapiert, dass Herrn Schütz dieser Fall nicht mehr kratzt als ein Pickel auf der Nase. Ich versuche es trotzdem noch einmal: »Aber ich sage es doch«, ergreife ich das Wort, »sie ist die Mutter von diesem Typen, den Kerim kennt. Kann man das nicht irgendwie herausfinden?«

»Ohne Yasirs Mithilfe?«, fragt Herr Schütz zurück. Ich glaube, er ist beleidigt, dass Yasir mir mehr anvertraut hat als ihm.

Wieder schaltet sich Sunny ein. »Yasir würde Kerim niemals verraten. Er ist wie ein Bruder für ihn.«

Herr Schütz nimmt das Kinn von seinem Handkissen und patscht seine Hände auf die Schreibunterlage: »Den Richter wird das, fürchte ich, nicht sonderlich interessieren.«

Wir laufen eine ganze Weile lang richtungslos durch die Straßen. Was jetzt? Titus Schütz, so viel ist klar, wird keine weiteren Anstrengungen unternehmen, um die Frau zu finden, die Yasir entlasten könnte. Oder auch Kerim. Abgesehen davon würde der sich sowieso nicht stellen. Und das müsste er, denn zu identifizieren ist er auf dem Video nicht.

Die Straße endet an einem kleinen Rasenplatz, der von Kieswegen in drei identische Parzellen zerschnitten wird. Es gibt frisch gepflanzte Bäume, deren Stämme noch umzäunt sind, und alle fünf Meter eine Bank zum Ausruhen. In der Mitte steht außerdem ein blaues Metallnilpferd in Lebensgröße mit Schlitzen in der Seite zum Hochklettern. Macht aber keiner. Hier wird nicht geklettert. Automatisch stelle ich mir vor, wie ältere Herrschaften mit Gehhilfen durch den Kies schlurfen oder von weiß bekittelten Schwestern im Rollstuhl geschoben werden. Aber auch das macht hier keiner. Hier macht niemand irgendwas. Wir sind die Einzigen. Freie Platzwahl.

Aus irgendeinem Grund juckt es mich, auf dieses Nashorn zu steigen, also überquere ich den Platz, beflecke den Rasen mit meinen Fußabdrücken, stapfe durch das ovale Kiesbett, in dem es steht, setze meinen Fuß in einen der Schlitze und schwinge mich hinauf. Sunny folgt mir, steigt aber nicht rauf. Ist ihm zu unerwachsen. Stattdessen stellt er sich neben den Kopf des Nilpferds und legt ihm eine Hand auf die Nase wie zur Beruhigung. Dann blickt er zu mir hoch und kneift die Augen zusammen. Los, Sunny, denke ich. Du weißt es, ich weiß es, spuck es aus.

»Wir müssen diese Frau finden«, sagt er.

Na bitte. »Yep.«

»Sonst bekommt er fünf Jahre Jugendarrest.«

Ich schaukele mit meinen Beinen vor und zurück, was bestimmt total bescheuert aussieht. »Mindestens.«

»Für etwas, das er möglicherweise nicht getan hat.«

»Er war es nicht.«

»Das glauben wir, wissen es aber nicht.«

Immerhin glauben *wir* das neuerdings.

»Ohne Yasir«, überlegt Sunny weiter, »werden wir diese Frau nicht finden.«

»Ich wüsste nicht, wie.«

»Und es ist nicht davon auszugehen, dass sie sich freiwillig meldet. Schließlich hat sie etwas zu verbergen.«

Tja, mehr fällt mir dazu auch nicht ein.

Bedächtig schreitet Sunny das Kiesbett ab, geht einmal um das Nilpferd herum und lässt mit jedem Schritt die Steinchen knirschen. Aus dem Augenwinkel nehme ich eine Frau mit zwei Einkaufstüten wahr, die mich ansieht, als hätte ich mich rittlings auf einen Altar gesetzt. Ich höre auf, mit den Beinen zu schlenkern, und klopfe meinem Nilpferd auf den Rücken. Es klongt metallisch aus dem Bauch. Sunny hat unterdessen seine Runde beendet, ist wieder am Kopf angelangt und packt das Nilpferd bei den Ohren.

»Siehst du das da drüben?« Er deutet an mir vorbei zur anderen Straßenseite.

Ich drehe mich um: ein Schuster, ein Friseur, eine Fahrschule. »Sehe ich.«

Er schaut mich an und wirkt plötzlich sehr entschlossen. Keine Ahnung, was das zu bedeuten hat, aber hier passiert gleich was.

»Ich weiß, was wir machen«, sagt er, »aber vorher muss ich zum Friseur.«

Verstehe ich nicht.

Noch nicht.

Aber gleich.

Ich spüre es. Muss nur lange genug drüber nachd…

»Ist nicht dein Ernst«, sage ich, was völlig überflüssig ist, denn es ist ihm ernst. Sieht ein Blinder.

»Bist du dabei?«, fragt Sunny.

»Ist dir klar, was du da vorhast?«

»Bist du dabei?«

»Du klingst wie ein Typ aus einem schlechten Krimi.«

»Bist du dabei!?«

Er klingt nicht nur wie ein Typ aus einem schlechten Krimi, er sieht auch noch so aus. Selbst wenn Sunny mal die Hockeyweltmeisterschaft im Alleingang gewinnen sollte, werde ich nicht stolzer auf ihn sein als jetzt. Ich kann ihn nicht einmal küssen, so toll finde ich ihn. »Ja«, antworte ich, »bin dabei. Aber wir brauchen noch ein Pflaster.«

16

»Ihr seid schlimmer als Pickel am Arsch.«

Yasir zieht seine übliche Show ab: steht da, als gingen wir ihn nichts an und als müsste er erst eine halbe Stunde überlegen, ob er sich das geben kann, mit uns an einem Tisch zu sitzen.

Ich bin so nervös, dass ich mir beinahe in die Hose mache. Ist wirklich so. Gleichzeitig fühle ich mich, als könnte ich mit einer Hand ein Auto aufhalten – wie im Comic. Sunny geht es genauso, nur dass er keinen Rock anhat, sondern eine zu große blaue Arbeitshose.

Yasir merkt, dass hier komische Energien unterwegs sind. Er legt den Kopf auf die Seite, als nehme er Witterung auf. »Habt ihr irgendwie gekifft oder so?«

»Setz dich«, befehle ich. »Wir müssen mit dir reden.«

Unter seinem Augenpflaster hervor blitzt er mich an. Ist frisch, das Pflaster. Was gut ist. Allerdings ist das Auge leicht geschwollen. Was schlecht ist. »Bist du krank, oder was?«, herrscht er mich an.

»Setz dich«, sagt jetzt auch Sunny, »bitte.«

Yasir nimmt Sunny ins Visier: blaue Arbeitshose, oranges Jägermeister-T-Shirt, schwarze Basecap, Nikes. Alles, was Sunny *nicht* ist. »Wie siehst'n du überhaupt aus, Mann?«

Die beiden stehen einander gegenüber wie Duellanten. Sunny schickt seinem Bruder einen Blick, der an Eindringlichkeit nicht mehr zu toppen ist. »Setz dich.«

Yasir setzt sich. Puh. War ein hartes Stück Arbeit.

Sunny und ich sehen uns an: Okay, wir ziehen es durch, alles klar. Mir geht der Hintern auf Grundeis, aber ich bin dabei.

»Wir waren bei deinem Anwalt«, sage ich.

»Ihr wart ... Habt ihr nix zu tun, oder was?«

»Doch«, entgegne ich, »wir wollen dir helfen.«

Yasir verzieht das Gesicht. »Ich will eure scheiß Hilfe nicht, klar!?« Dann fällt es ihm ein: »Woher wisst ihr überhaupt, wer mein Anwalt ist?«

Jetzt ist Sunny dran: »Von Mohamed.«

»Was'n für'n Mohamed?«

»Dein Vater. Unser Vater.«

Yasir schnellt von seinem Sitz auf und kann sich gerade noch davon abhalten, Sunny an den Hals zu springen. »Ist nicht dein Vater!« Seine Stimme ist kurz davor, in tausend Stücke zu zerbrechen. »Ist meiner!« In einer Mischung aus Flehen und Hassen sieht er mich an: »Hab ich dir gesagt, Mann – wenn er zu mein Vater geht, mach ich ihn fertig.«

Die Wache neben der Tür ist von ihrem Stuhl aufgestanden. »Alles in Ordnung da drüben?«, ruft eine dunkle Stimme durch den Raum.

»Ja«, flöte ich, »alles in Ordnung.« Ich greife nach Yasirs Unterarm. Ist ein Impuls. »Yasir: Der Mann aus der U-Bahn ...«

»Was?!«

»Er ist gestorben, heute Morgen. Kam vorhin in den Nachrichten.«

Ein paar Sekunden lang passiert gar nichts, außer dass Yasir mich ansieht. Dann schüttelt er meine Hand ab, als hätte ich ihm ein Feuerzeug drangehalten: »Fuck, Mann!«

193

Er blickt zum Allmächtigen empor, Allah, Gott, einer Decke aus Styroporquadraten. »Fuck, Fuck, Fuck!«

»Yasir?«

»Fuck!«

»Yasir!«

»Was?!«

»Setz dich«, sage ich.

Er sagt noch einmal »fuck«, aber am Ende setzt er sich doch wieder hin.

»Erstens...«, es ist Sunny, der jetzt konstruktive Ordnung in dieses Chaos zu bringen versucht. Logisch, ist sein Job, da blüht er auf. »Nur, um das von vornherein zu klären: Ich bin nicht zu Mohamed gegangen, sondern wir haben uns getroffen, zufällig, vor der Strafanstalt – als er dir ein paar Sachen bringen wollte. Er hat gedacht, ich wäre du.«

Yasir verzieht das Gesicht und wendet den Kopf ab, aber immerhin sagt er nicht »isch mach disch Messer«.

»Zweitens«, fährt Sunny fort, »ich fürchte, dein Anwalt ist eine totale Niete. Dafür werden wir eine Lösung finden müssen. Viel wichtiger aber ist, und jetzt kommen wir zu drittens: Dein Anwalt hat uns das Überwachungsvideo aus der U-Bahn gezeigt. Darauf ist zwar nicht zu erkennen, ob auch du zugetreten hast, aber...«

»Weiß ich selbst, Mann – dass ich nicht zugetreten hab!«

»Klar ist, dass du die Tat nicht verhindert hast, und nach dem zu urteilen, was dein Anwalt gesagt hat, dürfte ebenfalls klar sein, dass der Staatsanwalt dich gerne so lange ins Gefängnis bringen möchte wie möglich und der Richter nichts dagegen haben wird.«

»Weiß ich, Mann«, sagt Yasir resigniert, »weiß ich.«

Er blickt zwischen Sunny und mir hin und her und fragt sich, was mit uns beiden los ist.

Das Gesumme der Getränkeautomaten dröhnt mir in den Ohren. An Yasir vorbei werfe ich einen Blick zur Wache und beuge mich vor: »Entweder Kerim stellt sich und sagt, wie es gelaufen ist, oder…«

»… kannst du vergessen…«

Weiß ich. »… oder die Frau stellt sich und sagt für dich aus.«

»Ozans Mutter? Kannst du genauso vergessen.«

»Du musst sie finden und du musst mit ihr reden.«

»Bist du krass auf Droge, oder was?« Yasir zieht an seinem Hemd. »Sitz ich im Knast.«

»Angenommen, du säßest nicht hier drin«, Sunny beugt sich ebenfalls vor. »Könntest du sie finden und mit ihr reden?«

»Was soll die Scheiße, Mann?«

Sunny und ich rücken noch etwas enger zusammen. Wir sehen Yasir an, er sieht uns an. Sunny wirft einen prüfenden Blick zur Tür hinüber, dann zupft er unauffällig an seiner Hose: Arbeitshose, blau. Hallo, Yasir, klingelt da was?

Gaaaaanz langsam klappt Yasir die Kinnlade herunter. Schließlich beugt auch er sich vor. Wir stecken die Köpfe zusammen.

»Was soll die Scheiße, Mann?«, wiederholt er.

»Ich möchte etwas von dir wissen«, sagt Sunny leise. Die Gesichter von ihm und Yasir sind keinen halben Meter voneinander entfernt. »Hast du zugetreten oder nicht?«

»Nein, Mann, hab ich nicht.«

Sunny nimmt seine bescheuerte Basecap ab. Müsste ausreichen, um Yasirs Wunde abzudecken. Anschließend holt er das Pflaster aus der Tasche, das wir besorgt haben, nachdem wir beim Friseur waren. Ein letzter Blick zum Wachmann, der sich für uns so sehr interessiert wie für die Staubflocken unter dem Getränkeautomaten.

Sunny zieht die Folie von der Klebefläche. »Noch irgendetwas, das ich wissen müsste?«

Als ich aufstehe, habe ich noch nicht den leisesten Schimmer, was ich gleich tun werde, wie ich es machen soll. Improvisieren ist echt nicht meine Stärke. Erst auf dem Weg zur Tür bekomme ich eine Ahnung – als die Reste des rosa Saftes in meinen Adern zu kreisen beginnen und ich mir unwillkürlich an die Stirn fasse.

Langsam schlingere ich auf den Wachmann zu und stoße mir dabei absichtlich die Schulter an einer Säule. »Entschuldigung«, bringe ich hervor und führe wieder die Hand an die Stirn, »mir ist irgendwie nicht gut. Kann ich schon mal raus, bitte?«

Mechanisch erhebt sich der Beamte, sieht mich prüfend an. »Soll ich jemanden rufen?«

»Nein, nein, geht schon. Ich muss nur an die frische Luft.«

»Wenn Sie meinen ...«

Er öffnet mir die Tür, ich streife ihn, mache einen Schritt in den Flur, sage »ups!«, knicke mit dem Fuß ein, drehe mich, versuche, im Fallen die Klinke zu greifen, verfehle sie, rufe »hoppla!« und schlage ziemlich gekonnt auf dem Boden auf, wie ich finde. Jedenfalls gekonnter als neulich in Rickys Fitnessclub.

Im nächsten Moment habe ich Gelegenheit, festzustellen, dass Fitnesstrainer ähnlich funktionieren wie Wachbeamte.

»Ach du meine Güte«, grunzt der Mann unter seinem Schnauzer hervor, setzt ein Knie auf den Boden, legt sich meinen Arm um die Schulter, umfasst meine Hüfte und hebt mich vom Boden auf.

»Entschuldigung«, schnurre ich, »mein Gott, ist das peinlich.«

»Ich glaube, wir rufen besser mal den Arzt«, schlägt er vor.

»Nein«, wehre ich ab, »alles okay, wirklich. Ich muss nur... Ich sollte was essen, glaube ich.«

»Unterzuckerung...« Er versteht. »Das passiert schon mal bei Frauen.«

»Ja, danke«, stammele ich und löse mich langsam aus seiner Halterung. An seiner Schulter vorbei sehe ich, wie Yasir sich das Jägermeister-Shirt überstreift. »Geht auch schon wieder, glaube ich.«

Ich lehne am selben Fahrradständer wie Sunny heute Vormittag. Über mir rascheln die Birkenblätter und hinter mir rumpeln die Lkws die Ausfahrtstraße entlang. Ich habe gerade einen Gedanken, den ich noch nie in meinem Leben hatte (ich würde mir gerne mal die Nägel grün lackieren), als sich die Tür mit dem Schließbügel öffnet und Sunny herauskommt: Nikes, blaue Hose, Jägermeister-Shirt, Basecap. Kurz bleibt er stehen, als wisse er nicht, wo er ist, dann zieht er unmerklich den Kopf ein, kommt zu mir getrabt, und an seiner Haltung erkenne ich, dass es nicht Sunny, sondern Yasir ist. Es hat tatsächlich funktioniert. Sunny sitzt im Knast, Yasir ist draußen. Wir haben es durchgezogen. Davon, denke ich, erzähle ich noch meinen Enkelkindern.

»Hallo«, sagt er.

»Hallo«, antworte ich.

Nervös zupft er an der Basecap herum. Er weiß nicht, was er sagen soll. Ich verunsichere ihn. Fremdes Terrain. Da, wo er sich sicher fühlt – im Knast und bestimmt auch im Fußballkäfig an der Ecke –, da macht Yasir den Alphaaffen und lässt niemanden an sein Futter. Hier allerdings, in freier Wildbahn und mit einem unbekannten Weibchen konfrontiert ...

Er verdreht die Augen, weil er nicht auf das Gebäude zeigen oder sich umdrehen will. Da sind überall Kameras, die sein geschwollenes Auge filmen könnten. »Lass uns abhauen.«

17

Von der Jugendhaftanstalt bis in Yasirs Kiez in Moabit müssen wir schon wieder durch die gesamte Stadt. Wir nehmen die Ringbahn – eine S-Bahn, die immer im Kreis um das Zentrum von Berlin herumfährt, ohne Anfang und ohne Ende. Bereits auf dem Weg zur S-Bahn-Haltestelle merkt Yasir, dass mit meinem Fuß etwas nicht stimmt. Ruhig halten, hat der Typ aus dem Fitnessstudio gesagt. Guter Witz.

Als wir jetzt gedrängt zwischen lauter verschwitzten Menschen im Waggon stehen und ein Klappsitz frei wird, nimmt mich Yasir sofort an die Hand und bahnt sich einen Weg durch die Menge. Eine ältere Dame will sich ebenfalls setzen und klappt gerade die Sitzfläche herunter, als Yasir sie beiseiteschiebt und mich in den Sitz drückt.

»Na hör mal!«, empört sich die Dame.

Ich will aufstehen und ihr den Platz anbieten, aber Yasir legt mir die Hand auf die Schulter und, ganz ehrlich, mein Fuß ist ihm dankbar. Über die Schulter hinweg wirft er der Frau einen Blick zu. Sie ist überschminkt, ihre aufgespritzten Lippen leuchten Lolita-rot und ihre Haut ist zum Zerreißen gespannt.

»Wer so viel Kohle für Schönheitsreparaturen raushaut«, sagt Yasir, »der muss in der S-Bahn eben auch mal stehen können.«

Der Frau bleibt empört die Luft weg, neben mir gluckst jemand in seine Zeitung.

Den Rest der Fahrt schweigen wir. Um nicht erkannt zu werden, hat Yasir sich die Basecap tief ins Gesicht gezogen. Er steht so dicht vor mir, dass sich unsere Knie berühren. Der Waggon ist total überfüllt. Wann immer sich unsere Blicke treffen, lächelt er zaghaft und guckt dann sofort wieder aus dem Fenster. Sobald die Türen aufgehen und für einen Moment die Luft in Bewegung gerät, glaube ich, ihn riechen zu können. Er riecht gut, aber anders als Sunny. Mehr nach … Honigmelone? Als hätte ich sonst keine Sorgen.

Erst jetzt, da ich in diesem Waggon sitze, der den ganzen Tag im Kreis gefahren ist, sich aufgeheizt hat und jetzt nach vierzig Grad heißer Männerumkleide mit einem Hauch Honigmelone riecht, merke ich, wie erschöpft ich bin. Mein Knöchel sieht aus wie eine Aubergine, die Reste des rosa Zeugs schwappen in meinem Schädel herum und mit jeder Station sinke ich etwas tiefer in meinen Klappsitz. Ich sehe nicht viel, weil ich von lauter Menschen umringt bin, aber irgendwann blitzt die Abendsonne zwischen den zahllosen Beinen hindurch, lässt den Staub golden aufleuchten, und mir fallen die Augen so schnell zu, dass ich es nicht einmal merke.

Mit einer Vorsicht, die man ihm nie zutrauen würde, weckt mich Yasir, indem er mit zwei Fingern über mein linkes Schlüsselbein streicht. »Nächste Station«, sagt er.

Zuerst Kerim finden, dann Ozans Mutter. So ist der Plan.

»Was glaubst du, wo er ist?«, frage ich Yasir, während wir über eine Brücke gehen, unter der lauter Eisenbahnschienen entlanglaufen, die in der Abendsonne glühen. »Ich meine, der wird doch jetzt nicht zu Hause sitzen und darauf warten, dass jemand vorbeikommt und ihn verhaftet.«

»Kein Stress«, entgegnet Yasir. »Ist er in Berlin – find ich.«

Yasir liegt falsch, wie sich herausstellt. Kerim ist in der Stadt, aber nicht wir finden ihn, sondern er findet uns. Zunächst aber laufen wir eine triste, vierspurige Straße hinunter, auf der sich die Autos aneinander vorbeizwängen. Es gibt ein paar Dönerläden und Spielhallen, einen Sexshop, ein Wettbüro und ein Geschäft, in dessen Schaufenster an gelochten Metallplatten Schleifscheiben und Sägeblätter hängen – vermutlich, um die Luft zu schneiden, wenn sie zu dick wird. Die Mehrzahl der Schaufenster jedoch ist von einem grauen Film überzogen und »zu vermieten«.

An einer Ampelkreuzung bleibt Yasir stehen und zeigt auf einen Pfahl mit zwei Straßenschildern. Wiclefstraße und Beusselstraße ist dort zu lesen. Was auch immer mir das sagen soll. Yasir lächelt. Ist ein schönes Lächeln. Anders als das von Sunny, nicht so siegessicher.

Er weist die Straße hinunter: »Willkommen in mein Kiez.«

Eigentlich gehen wir nur um die Straßenecke, aber Yasir tut so, als geleite er mich durch eine unsichtbare Pforte.

»Danke«, sage ich.

Wir haben die ersten drei Häuser passiert, als ich höre, wie hinter uns ein Auto in die Straße einbiegt. Der Motor heult auf, die Reifen nageln über das Pflaster, der Wagen schießt an uns vorbei und kommt gleich darauf mit quietschenden Reifen zum Stehen. Ich kenne mich mit Autos nicht so aus, aber da das Nummernschild mit B – MW beginnt, nehme ich mal an, es ist auch einer. Er ist schwarz, Scheiben inklusive, und knurrt wie ein Pitbull. Die Bremsleuchten brüllen einen an wie Nebelhörner, die Auspuffrohre sind dick wie Unterarme. Zugleich mit dem Auto ist auch Yasir stehen geblieben.

Das Fenster auf der Beifahrerseite fährt herunter und ein Kopf erscheint: »Bist echt du, Mann?!«, ruft uns der junge Mann zu.

Kerim. Er hat uns gefunden.

Er steigt nicht aus dem Wagen, sondern lässt Yasir zu sich kommen. Aus dem Wagenfenster heraus gibt es Wangenküsse und Handshakes. Plötzlich hält er Yasirs Kopf im Schwitzkasten und boxt ihm dreimal schnell hintereinander in die Schulter, nur so. Weh tut es trotzdem.

Yasir stößt sich von der Tür ab: »Lass die Scheiße, Mann.«

»Erklär mir das, Alter!«, ruft Kerim lachend und tut so, als wolle er Yasir aus dem Wagen heraus einen Schlag verpassen. »Haben sie dich rausgelassen?«

Der Typ könnte echt gut aussehen, geht es mir durch den Kopf. Kurz geschorene Haare, glatte Haut, markantes Kinn, schwarze Augen, Zähne wie aus der Werbung. Aber ich weiß, dass er letzte Woche einen Mann ins Koma geprügelt hat, der inzwischen gestorben ist, und deshalb legt sich automatisch ein Filter über meinen Blick.

Mama hat mir mal erzählt, dass zum Beispiel Wärter in Gefängnissen extra nicht darüber informiert werden, was ihre Gefangenen verbrochen haben, weil sie ihnen sonst nicht mehr »neutral« begegnen könnten. Im Fall von Kerim und mir ist das nicht mehr zu machen. Der Typ ist ein

Totschläger. Ich glaube aber, er würde mir auch so Angst machen. Irgendwie merkt man sofort, dass ihn eine komische Energie umgibt.

Yasir checkt die Straße, Blick nach rechts, Blick nach links. Die Sonne spiegelt sich im Straßenpflaster. Er tritt an den Wagen heran und stützt sich mit den Händen an der Tür ab. »Nein«, sagt er, »die haben mich nicht rausgelassen.«

»Wie? Du bist noch in Knast?«

Yasir wirft einen Blick ins Auto und grüßt zur Fahrerseite hinüber. »Ist kompliziert, Mann.«

Kerim lässt seinen Kopf erst auf die eine, dann auf die andere Seite fallen. Im Film würde man jetzt die Wirbel knacken hören. »Steigst du ein.«

Die Tür öffnet sich. Kerim kommt aus dem Wagen und klappt die Lehne nach vorne. Er ist größer als Yasir und kräftiger. Hat man auf dem Überwachungsvideo nicht so gesehen.

Yasir winkt mich zu sich. Ich soll mit einsteigen.

»Wer iss'n die?«, fragt Kerim.

»Ist kompliziert«, antwortet Yasir nur.

»Ich bin Laura«, sage ich.

»Laura? Echt? Lach mich tot, Alter.«

Am Steuer sitzt ein Typ mit langen Haaren, die zu einem Pferdeschwanz gebunden sind. Mehr bekomme ich von ihm nicht zu sehen. Nicht einmal seine Hände, die das Lenkrad umfasst halten. Die stecken nämlich in Lederhandschuhen – wie bei Ryan Gosling in »Drive«. Er grüßt nicht, sieht nicht nach hinten, redet nicht. Vom Rückspiegel hängen alle möglichen Ketten herunter. Ich quetsche mich hinter den Fahrersitz, Yasir rutscht neben mich. Es riecht streng. Als die Tür zuschlägt, habe ich das Gefühl, in der Falle zu sitzen. Hier komme ich ohne fremde Hilfe nicht wieder raus.

»Lass mal fahren«, höre ich Kerim sagen. »Ist nicht gut – stehen.«

Der Typ am Steuer legt den Gang ein und fährt los. Entweder, wir haben kein bestimmtes Ziel, oder es ist selbsterklärend. Kerim dreht sich zu uns um, checkt erst meine Brüste, dann meine Beine. Mit seinem Blick versucht er, meine Schenkel auseinanderzudrücken. Als das nicht funktioniert, sieht er Yasir an.

»Hast du denen gesagt, wer ich bin?«

»Nein, Mann, hab ich nicht.«

Kerim sieht ihn an, lange, fragt sich, ob er Yasir trauen kann.

Kann er.

»Was's passiert?«, will er wissen.

Yasir nimmt sich Zeit, bevor er antwortet, blickt aus dem Fenster. Der Wagen schleicht die Straße entlang. Sein Kiez. Könnte Yasirs Abschied werden. Das nächste Wiedersehen dann mit siebenundzwanzig. Wenn nichts mehr so sein wird wie jetzt.

»Ich sitz in der Scheiße«, sagt Yasir, als wir in eine Seitenstraße abbiegen.

Auf der Ecke ist ein Fußballkäfig mit ein paar Bänken daneben. Zehn oder zwölf Typen jagen dem Ball hinterher, auf den Bänken sitzen Mädchen, aufgedonnert wie für eine Castingshow. Die eine Hälfte von ihnen schaut den Jungs beim Spielen zu, die andere ist mit ihren Smartphones beschäftigt. Könnte der Platz sein, auf dem

Yasir als Kind seinen Tuntenball gegen die Wand geschlagen hat.

»Der Typ ist tot«, sagt Yasir.

Kerim nickt. »Hab ich gehört.«

Nächste Seitenstraße.

Ich halte es nicht länger aus. »Das bedeutet«, mische ich mich ein, »wenn niemand für Yasir aussagt, bekommt er mindestens fünf Jahre.«

Kerim deutet mit dem Kinn in meine Richtung, sieht aber Yasir an. »Hast du schon gefickt?«, fragt er und lacht, als habe er einen super Witz gerissen.

Yasir versucht, sich seine Zerknirschung nicht anmerken zu lassen. »Lass Laura da raus, okay?«, nuschelt er.

Als Nächstes bohrt sich Kerims flache Hand in Yasirs Schulter. Baaam! Aus dem Nichts. »Du hast sie echt noch nicht gefickt?« Wieder lacht er. »Kann ich als Erster, oder was?«

Kerim grinst mich an, als könnte es auf der großen weiten Welt unmöglich etwas Schöneres für mich geben, als von ihm gefickt zu werden. Ich sitze da und kriege keinen Ton raus.

Erst als Kerim seine Hand zwischen meine Knie zu schieben versucht, schreie ich kurz auf und zucke zusammen.

»Hör auf, Kerim«, sagt Yasir. Es klingt wie eine Bitte, nicht wie eine Drohung. Auch er hat Angst vor seinem Habibi.

Ich wünschte, ich könnte etwas erwidern, Kerim anbrüllen, ihm einen Finger abbeißen oder ihm ins Gesicht spucken. Aber der Typ macht einem wirklich Angst. Und er weiß es. Und spielt damit. Als stünde er die ganze Zeit mit einem fetten Grinsen am Abgrund. Unmöglich zu sagen, was er als Nächstes tut.

Glücklicherweise kommt uns in diesem Moment ein Polizeiwagen entgegen und der Mann am Steuer tippt Kerim an und deutet auf die Straße.

»Fuck«, flüstert Kerim.

Er dreht sich nach vorne und versucht, unbeteiligt auszusehen, während Yasir in seiner Basecap verschwindet. Dabei sieht man von außen sowieso nur schwarz. Ich tue nichts. Außer zu zittern. Könnte ich auch gar nicht. Müsste schon die Scheibe einschlagen, um mich bemerkbar zu machen, und das würde ich wahrscheinlich gar nicht schaffen. Eigentlich könnte es Yasir doch nur recht sein, wenn sie uns anhalten. Dann würde sich alles aufklären. Auf der anderen Seite: Ob Kerim ihn entlasten würde? So, wie der drauf ist? Am Ende wäre für Yasir nichts gewonnen.

Kerim ballt eine Hand zur Faust und spreizt den kleinen und den Zeigefinger ab, als richte er einen Bannstrahl auf den Streifenwagen. Er spricht, ohne die Lippen zu bewegen: »Fahr weiter – fahr weiter – fahr weiter…« Das macht er so lange, bis die beiden Autos aneinander vorbeigeschlichen sind. Er versichert sich im Seitenspiegel, dass der Streifenwagen nicht doch noch kehrtmacht und sagt zu dem Typen am Steuer: »Da rein.« Gemeint ist die nächste Seitenstraße.

Nach dieser Begegnung scheint Kerim mich und meine Beine vergessen zu haben – fürs Erste wenigstens. Yasir sieht aus dem Seitenfenster und wird mit jeder neuen Straßenecke ein bisschen trauriger. »Krieg ich fünf Jahre, Kerim«, sagt er, »mindestens.«

»Wieso – du bist doch draußen!«, ruft Kerim.

Ich merke, wie das Blut in meinen Adern wieder zu zirkulieren beginnt. Und wie meine Angst vor Kerim meiner Wut auf ihn weicht.

Da Yasir nicht antwortet, sondern nur zerknirscht in den Fußraum blickt, übernehme ich das für ihn: »Aber er muss wieder rein.«

Kerim dreht sich erneut zu uns um und checkt meine Brüste und meine Beine. Als wären mir seit eben neue gewachsen. Aber seine Hand schiebt er nicht noch einmal dazwischen. »Machst du wie ich«, rät er Yasir, »haust du ab, Mann. Kommst du mit nach Istanbul.«

»Du haust ab?«, fragt Yasir.

»Glaubst du, ich gehe noch mal in den Knast? Niemals! War ich schon zweimal. Und bin ich achtzehn seit letzten Monat. Hier«, er schlägt dem Fahrer auf die Schulter, »ich kann bei Musas Onkel arbeiten. Hat in Istanbul ein Haufen Taxis am Laufen. Zahlt mir sogar den Führerschein.«

»Wenn du abhaust«, sagt Yasir, »kannst du vielleicht nie wieder zurück.«

»Weiß ich«, Kerim schlägt, warum auch immer, drei-, viermal mit der flachen Hand auf das Armaturenbrett, »weiß ich, Mann. Aber bleib ich hier und die kriegen mich, dann komm ich vielleicht nie wieder aus Knast zurück.«

Inzwischen ist klar, dass wir kein Ziel haben. An der Markthalle, die wir gerade passieren, fahren wir bereits zum zweiten Mal vorbei. In dieser Ecke sind die meisten Läden vermietet. Der Feierabend rückt näher, Stühle werden übereinandergestapelt, Aufsteller reingeräumt, Markisen eingerollt.

»Wann haust du ab?«, fragt Yasir.

Kerim sieht mich an, überlegt, ob er vor mir frei sprechen kann. »Heute Nacht. Hab alles klargemacht. Bin ich eigentlich schon nicht mehr da, siehst du mich nur noch.« Er lacht kurz auf. »Ist wie ein Zeitloch oder so 'n Scheiß, verstehst du?«

Wir fahren noch um ein paar Ecken, ohne dass jemand etwas sagt. Mir wird klar, dass Yasir gerade über Kerims Angebot nachdenkt: abhauen. Und nie wieder zurückkommen. Scheiß auf Sunny. Wie hat er zu ihm gesagt: »Hast du fett Glück gehabt. Kann man ruhig 'n bisschen für in 'n Knast gehen.«

Eine dunkle Vorahnung breitet sich in meinem Magen aus. Auf die Idee, dass Yasir abhauen könnte, bin ich gar nicht gekommen.

Und was machen die dann mit mir?

Ich bekomme gerade feuchte Handflächen bei der Vorstellung, geknebelt, gefesselt und frisch von Kerim vergewaltigt in irgendeinem Keller zu schmoren, als Yasir sagt: »Alles klar, Mann. Halt an.«

Wir steigen aus. Die Erleichterung, aus dem Wagen heraus zu sein, ist wie eine eiskalte Cola, wenn du kurz vor dem Verdursten bist.

Sie umarmen sich. Trotz allem. Habibis. Keiner sagt etwas. Gibt nichts mehr zu reden.

Bevor er wieder einsteigt, wirft mir Kerim einen letzten Blick zu, der alles Mögliche heißen kann: »Was guckst du so?«, zum Beispiel, oder auch »Das nächste Mal fick ich dich«, oder auch »Halt bloß die Fresse«. Vielleicht auch alles drei.

Wir blicken dem schwarzen Pitbull nach, bis er die Straße hinuntergefahren ist und um die Ecke verschwindet. Ein paar Häuser weiter stehen zwei speckige Sofas und ein wackeliger Couchtisch auf dem Bürgersteig. Auf den Sofas drängen sich Männer, auf dem Couchtisch stehen zwei Wasserpfeifen, an denen eifrig gezogen wird.

»War nicht wirklich zu erwarten, dass er dir hilft, oder?«, frage ich.

Yasir sieht immer noch die Straße runter. Dabei ist das Auto längst weg. Dass Kerim, sein Habibi, ihn einfach so hängen lässt, schmerzt ihn mehr als die Aussicht, für fünf oder zehn Jahre ins Gefängnis zu müssen. So jedenfalls interpretiere ich seinen Gesichtsausdruck.

»Darfst du nie vertrauen«, sagt Yasir, als habe er die wichtigste Lebensregel missachtet. »Wenn du vertraust, kriegst du irgendwann in die Fresse.«

»Wüsste ich ja schon gerne«, überlege ich, »wie man so ein Arschloch zum Habibi haben kann.«

Yasir sieht mich an. Je länger wir gemeinsam unterwegs sind, umso weniger sieht er wie Sunny aus, finde ich.

»Ist kompliziert«, sagt er.

Irgendwann ist klar, dass Kerim nicht zurückkommen wird. Dass überhaupt niemand kommen wird, Yasirs Anwalt nicht, Kerim nicht und auch sonst niemand. Jedenfalls nicht, solange wir hier an der Ecke rumstehen und den Männern beim Wasserpfeiferauchen zusehen. Inzwischen streicht ein kühler Wind durch die Straßen und verdünnt das abgestandene Frittierfett und die Autoabgase, die in der Luft hängen.

»Irgendeine Idee, wie wir Ozans Mutter finden können?«, frage ich vorsichtig.

»Was?«

»Ozans Mutter.«

Yasir denkt nach. Plötzlich setzt er sich in Bewegung. Und ich hinke hinterher. Rechts, einen Block, links, einen Block. Vor einem altrosa gestrichenen Wohnhaus, dessen Farbe bereits abblättert, bleibt er stehen und zieht sich in den Eingang zurück. Erst denke ich, dass er irgendwo klingeln will, tatsächlich aber möchte er aus sicherer Entfernung den Fußballkäfig beobachten, der zwei Blocks entfernt ist. Die meisten Straßen sind inzwischen in abendliches Zwielicht getaucht und die meisten Autos fahren mit eingeschaltetem Licht, doch an der Ecke mit dem Fußballkäfig hat die Sonne einen Weg durch die Schneisen gefunden, schneidet ein leuchtendes Dreieck aus einer fensterlosen Hauswand und teilt den Fußballplatz in eine helle und eine dunkle Hälfte.

»Hast du Handy?«, fragt Yasir.

Ich gebe es ihm.

»Hab ich über hundert Nummern gespeichert«, sagt er, drückt auf den Tasten herum und tippt sich die Handykante gegen die Stirn. »Alle hier drin.«

»Überrascht mich nicht.«

Er hält sich das Handy ans Ohr und sieht mich fragend an.

»Dein Bruder ist ein Mathe-Ass«, erkläre ich.

Yasir verdreht die Augen, dann nimmt jemand den Anruf entgegen und er blickt um die Ecke zum Fußballplatz hinüber. »Sagst du nicht, dass ich bin«, sind seine ersten Worte. Dann schickt er einen Schwall deutsch-arabischen Mischmaschs hinterher.

An Yasir vorbei sehe ich, wie ein Typ neben dem Fußballkäfig sich sein Handy aufs Ohr drückt und sich von der Gruppe entfernt, mit der er eben noch zusammengestanden hat. Er tritt ins Licht, geht bis vor zur Kreuzung, blickt unauffällig die Straße hinunter in unsere Richtung, kann aber im Gegenlicht nichts erkennen.

»Seh ich dich, aber siehst du mich nich«, sagt Yasir und ein Lächeln huscht über sein Gesicht. »Bist du genauso hässlich wie immer, Mann. Gehst du einfach geradeaus.«

Yasir reicht mir mein Handy und zieht sich wieder in den Hauseingang zurück. »Gibt ein paar Leute, die mich besser nicht sehen«, erklärt er. Wir warten. Nach ungefähr einer Minute läuft der Typ an uns vorbei, den Yasir gerade angerufen hat.

»Ts!«, stößt Yasir zwischen den Zähnen hervor.

Der Typ bleibt stehen, blickt nach rechts, blickt nach links, und kommt zu uns: »Habibi!«

Na wunderbar, denke ich. Noch einer.

18

Zehn Minuten später sind wir auf dem Weg zurück zur S-Bahn. Ich beiße bei jedem zweiten Schritt die Zähne aufeinander. Can, so der Name von Yasirs Kumpel – Freund, Habibi, was weiß ich – hat vier Anrufe gebraucht, um Folgendes herauszufinden: Ozans Mutter heißt Almila und arbeitet jetzt, in diesem Moment, in einer kleinen Apotheke am Lietzensee. Ich habe keine Ahnung, wo dieser See ist, finde aber, Lietzensee klingt, als sei er sehr weit weg. Weiter jedenfalls, als meine Füße mich heute noch tragen können.

»Charlottenburg«, sagt Yasir. »Kenn ich. Ist in der Nähe von Amtsgericht.«

»Und da warst du schon«, schlussfolgere ich.

»Nicht oft«, erwidert Yasir und lässt kurz seine Zähne aufblitzen. »Meistens war ich in Moabit.«

»Meistens?« Wir sind wieder auf der Brücke, unter der die Bahngleise entlanglaufen. Erst jetzt fällt mir auf, wie weit man von hier sehen kann – und dass die Gleise nicht zu einem Bahnhof gehören, wie ich annahm, sondern zu einem Hafen. Wusste gar nicht, dass es in Berlin einen Hafen gibt. »Wie oft warst du denn schon vor Gericht?«

»So zwanzigmal, schätze ich.« Er sagt es, als kaufe er am Gericht seine Frühstücksbrötchen. »Aber das letzte Mal ist schon über ein Jahr her.«

»So lange schon?«, sage ich, doch meine Ironie segelt an Yasir vorbei aufs offene Meer hinaus.

»Ja, Mann«, bestätigt er.

»Du hast, bis du sechzehn warst, schon zwanzigmal vor einem Richter gestanden?«

Yasir zieht die Schultern hoch. »Gab's Probleme«, sagt er und sieht mich an: »Was lachst du?«

»Du klingst wie dein Vater – ›gab's Probleme‹. Bei Sunny ist das genauso: Der klingt auch manchmal wie sein Vater – also wie Herr Bergmann, sein Stiefvater.«

Yasir schweigt. Wir sind auf etwa der Mitte der Brücke angelangt, von wo eine Treppe zur S-Bahn hinunterführt. Zum Glück für meinen Fuß gibt es auch einen Aufzug.

»Was gab es denn so für Probleme?«, will ich wissen, während wir uns in einem gläsernen Aufzugsschacht millimeterweise dem Bahnsteig entgegenarbeiten und mit ansehen müssen, wie sich die Türen unserer S-Bahn schließen und sie unter uns vorbeifährt.

»So mit Gewalt viel«, antwortet Yasir. »Aber musste ich nie in den Knast, weil der Richter ist mit mir immer sehr gut umgegangen. Hat mir Strafarbeiten gegeben – hundert bis hundertfünfzig Stunden, so. Er meinte, das ist besser, als wenn du in den Knast gehst.«

Die Türen des Fahrstuhls öffnen sich. Jenseits der Gleise erheben sich ein paar Speichertürme, die eigentlich weiß sind, in der Abendsonne jedoch in einem kitschigen Rosa leuchten.

»Du warst gewalttätig?«

»Also ich sag jetzt mal: Mir wurde Gewalt angetan und ich hab auch selber Gewalt eingesetzt.«

»Und warum?«

Darüber scheint Yasir sich noch nie Gedanken gemacht zu haben. Schließlich erklärt er: »Wir waren so eine Gruppe von verschiedenen Leuten, weißt du? Türken, Araber, Kurden – Can war auch dabei. Und da gab es eben öfter Schlägereien mit anderen – in der Schule, aber auch außerhalb. Zwischen den Straßen zum Beispiel, Huttenstraße oder Rostocker… Manchmal auch zwischen den Bezirken, Schöneberg und so. Normal …«

»*Das* ist normal?«

»Also bei uns schon.«

»Aber warum?«

»… ist halt so.«

»Und wenn es so normal ist, warum hast du dann damit aufgehört?«

Yasir reibt seine Handflächen gegeneinander. »War letztes Jahr, da hätten sie Can beinah abgestochen. Im Bus. Gab es Ärger mit einem Typen, der gemeint hat, wir sind zu laut, so. Can hat gekontert, soll er einen anderen Bus nehmen, wenn wir ihm zu laut sind. Da hat er angefangen mit ›Ja, du Hurensohn‹ und ›Ich fick deine Mutter‹ und dies und das. Und Can, das ist so ein Typ, der will, dass du *ihn* beleidigst, nicht seine Mutter. Also wenn du Arschloch oder Hund oder so sagst – das ist okay für ihn. Bei mir ist das anders: Hatte ich nie eine Mutter, kann er ficken von mir aus.« Er grinst, doch gleich darauf wird er wieder ernst. »Ich hab dem Typ gesagt, er soll sich hinsetzen und den Mund halten, dann hat sich das. Weil, wir waren fünf und er war nur einer, und bei uns ist es so: Wenn einer von uns kämpft, dann kämpft der andere automatisch mit. Aber da war Can schon aufgestanden und der Typ ist auf ihn los – hat nur zwei Sekunden oder so gedauert – und plötzlich hab ich gemerkt: Can blutet! Da hab ich das Messer von dem Jungen gesehen, eine Klinge, so lang wie mein Schwanz ...« Er verzieht entschuldigend den Mundwinkel.

»Kein Problem«, versichere ich.

»Also, hat der Typ so ein Messer«, Yasir zeigt mir mit vorgestreckten Händen, wie groß er sich seinen Penis träumt, sollte er dereinst als Deckhengst wiedergeboren werden.

»Ich weiß, wie groß dein Schwanz ist«, unterbreche ich ihn. »Dein Bruder hat den gleichen.«

»Okay, äh, also«, er zieht die Hände zurück, »plötzlich war da überall Blut und der Typ mit dem Messer dreht den Nothahn und rennt aus der Tür.« Um seine Hände ruhig zu stellen, vergräbt Yasir sie in den Hosentaschen. Hab ich schon einmal gesehen, auf dem Überwachungsvideo – als er nicht wusste, was er machen sollte. »Dann bin ich ausgerastet und dem Typ hinterhergerannt – hatte ich einen Teleskopstock dabei – und ich hab gedacht: Wenn ich den jetzt in die Finger kriege, brech ich ihm das Genick. Mir ist das egal, ob ich dafür in den Knast komme oder mein Leben ruiniere. Can ist mein Habibi, mein echter Habibi.« Ungeduldig blickt Yasir in die Richtung, aus der hoffentlich demnächst mal unsere S-Bahn kommt. »Aber hab ich den Typ nicht erwischt und vielleicht war auch gut so.« Er nimmt die Hände wieder aus den Taschen. »Seitdem trag ich keine Waffe mehr bei mir, weil: Ich will nicht zum Mörder werden, Mann.«

»Und was war mit Can?«

»Hast du gesehen – hat er überlebt und geht's ihm wieder gut. Aber hat er sechs Stiche kassiert, so, er wäre beinahe gestorben. Aber der Junge hat im Bein was nicht richtig getroffen, die ...«

»… Arterie«, werfe ich ein.

»Ja, Mann.«

»Mein Vater ist Biolehrer«, erkläre ich.

»Schon gut. Wäre ich in die Schule gegangen bis zum Schluss, wüsste ich auch.« Die Bahn kommt. Zuerst sieht man nur zwei leuchtende Punkte, aber nach einer Weile erkennt man auch die Umrisse des Triebwagens. Yasir lächelt. »Am Ende war nicht so schlimm mit Can, weißt du? Der war vorher schon hässlich.«

Bis wir an der Station Messe Nord aus der S-Bahn gestiegen, die Neue Kantstraße hinuntergelaufen sind und die Seitenstraße gefunden haben, in der sich die Apotheke befindet, ist es zu spät. Sagt jedenfalls mein Handy. 20:17 Uhr. Feierabend. Und es hat recht, mein Handy.

Die Apotheke hat geschlossen, das Licht im Verkaufsraum ist gedimmt. Nichts regt sich. Ratlos blicken wir ins Schaufenster, dessen Auslage mit Venencremes, kostenloser Blutdruckmessung, Kreislaufmittelchen und Gelenkbandagen wirbt. Eigentlich müsste hier quer über die Scheibe geschrieben stehen: DAS ENDE NAHT. Bei der Apotheke neben unserem Hostel in Mitte ist das anders. Da ist das Schaufenster vollgestopft mit allem, was durchnächtigte Partygänger brauchen, um ihren Mineralstoffhaushalt aufzupeppen und ihre Kopfschmerzen in den Griff zu bekommen. Vielleicht sollte ich hier mal mit Solo vorbeikommen. Die haben bestimmt etwas gegen Hüftarthrose.

»Ach Scheiße.« Mehr fällt mir nicht ein.

Yasir zieht die Schultern hoch. Seine Bereitschaft, das Schicksal so anzunehmen, wie es eben kommt, scheint größer zu sein als meine.

Da wir beide keine Idee haben, wie es jetzt weitergehen soll, wechseln wir die Straßenseite, lassen uns auf eine Bank fallen, die dort merkwürdigerweise unter einer Trauerweide steht, und warten darauf, dass sich die Dunkelheit auf uns herabsenkt. Ist beides merkwürdig: die Bank und die Trauerweide. Offenbar müssen die Anwohner mit ihren Venencremes und Arthrose-Bandagen alle fünfzig Meter eine Pause einlegen können. Die Trauerweide ist übrigens auch ein Hybrid – genau wie unser Hund. Zumindest die Art, die in Mitteleuropa verbreitet ist. Trotzdem ist sie, wie alle Weiden, getrenntgeschlechtig. Das heißt, es gibt männliche und weibliche Weiden. Die, unter der wir gerade sitzen, ist weiblich. So viel zu den wirklich wichtigen Dingen im Leben.

Mir fällt nichts mehr ein, das wir heute noch tun könnten. Außer schlafen. Bei der Vorstellung, jetzt zu Hause in meinem Bett zu liegen, aus meinem Dachfenster zu gucken und zu wissen, dass unten vor dem Treppenabsatz Solo liegt und Wache hält, möchte ich auf der Stelle losheulen. Kerim hat sich auf Nimmerwiedersehen verabschiedet und was Ozans Mutter betrifft: Selbst wenn wir herausfinden, wo sie wohnt – was würde es helfen? Sollen wir hinfahren und klingeln?

Hey Ozan, schön, dass du da bist. Weißt du eigentlich schon, dass deine Mutter ein Verhältnis hatte mit diesem Typen, der letzte Woche ins Koma geprügelt wurde? Ach, und da ist ja auch dein Vater, guten Abend Herr wie auch immer Sie heißen. Ja, dumme Sache das: die Geschichte mit Ihrer Frau. Wussten Sie ja wahrscheinlich auch noch nicht, dass sie Sie betrogen hat, und so lange schon...

Nie im Leben würden wir sie dazu kriegen, für Yasir

auszusagen. Sie würde abstreiten, die Frau auf dem Video zu sein, und damit hätte es sich.

»Ich hab Hunger«, sage ich.

»Ja?«

»Ja. Wenn ich gefrustet bin, hab ich immer Hunger.«

»Und du bist gefrustet.«

»Logisch. Aber ich hab auch sonst gerne mal Hunger. Deshalb trage ich auch keine Size-Zero-Jeans wie Janina und Caroline.«

Yasir fragt sich, wer die wohl sind. »Deine Schwestern?«

»Nein, ich hab keine Geschwister, das heißt: Ich hatte mal eine Schwester, aber die ist früh gestorben. Ist eine lange Geschichte ... Janina und Caroline sind zwei Blödglucken von unserer Schule. Janina hat letztes Jahr einen Modelvertrag bekommen, seitdem terrorisiert sie alle auf Facebook und Twitter mit ihrem Fotoshooting-Gossip. Inzwischen ist sie so dünn wie ein Laternenpfahl. Und Caroline steht daneben und betet sie an. Als wär's ihr Job – Janina anbeten.«

»Mag ich ja nicht gerne – so dünn. So wie du ist perfekt, find ich.«

»Danke.« Ich muss gerade mal trocken schlucken. »Sunny hätte mich manchmal gerne ein bisschen dünner, glaube ich. Aber ... vielleicht auch nicht. Ist ja auch egal.« Jetzt, da wir hier sitzen und es irgendwie nicht mehr weitergeht, habe ich das Bedürfnis, Yasir etwas zu sagen. »Das klingt jetzt wahrscheinlich total ... unpassend«, fange ich an, »aber egal, wie das hier ausgeht: Ich bin froh, dich kennengelernt zu haben.«

»Redest du echt immer so geschwollen, oder?«

»Hab ich doch gesagt.«

Yasir zögert: »Hast du keine Angst, dass ich mache wie Kerim und Soner im Knast sitzen lasse?«

Hatte ich, aber du hast dich anders entschieden. »Nein.«

»Warum nicht?«

»Weil Sunny es an deiner Stelle auch nicht machen würde.«

»Bin ich nicht Sunny.«

»Weiß ich. Sunny ist Sunny und du bist du. Du riechst ja auch nicht wie er. Die gleichen Gene habt ihr trotzdem.«

»Ich rieche nicht wie Sunny?«

»Nein. Sunny riecht nach Sunny und du riechst nach dir.«

Er schmunzelt. »Aber den gleichen Schwanz, ja?«

»Gleiche Gene, gleicher Schwanz.«

»Und, wie ist er so – der Schwanz von meinem Bruder?«

Weiß ich noch nicht. »So wie deiner eben.«

»Frauen ...« Yasir schüttelt ungläubig den Kopf. »Ist wie«, er sucht nach einem Vergleich, der den Unterschied zwischen den Geschlechtern auf den Punkt bringt, »ist wie wenn du mit einer Frau einen Film guckst, weißt du, ein Actionfilm, so. Sieht die Frau immer was anderes als der Mann.«

»Wie meinst du *das* denn?«

»Also: Guckst du ein Film, ja, und fliegt da ein Haus in die Luft, so, baaam!« Er gestikuliert mit den Händen. »Und brennt wie Hölle, aber der Mann in dem Haus kann sich retten, springt durch ein Fenster und landet in einem Müllcontainer. Krasse Action, alles gut ...«

»Und?«, frage ich.

»Guckst du mit einer Frau und der Mann springt aus

dem Fenster, sagt sie: ›Hey, die Jacke von dem Typ war doch eben noch blau, wieso ist die jetzt plötzlich schwarz?‹« Yasir gluckst bei der Vorstellung. »Dabei ist scheißegal, Mann. Hauptsache, brennt das Haus.«

Die letzten Worte habe ich nur noch halb mitbekommen, weil etwas meine Aufmerksamkeit abgelenkt hat.

Yasir folgt meinem Blick. Vor der Apotheke steht eine grauhaarige Dame, stützt sich auf ihre Krücke und reckt sich so gut es geht zu der Klappe neben der Tür empor. Hinter der Klappe, und jetzt kommt's, steht eine hochgewachsene Frau mit dunklen Haaren. Im hinteren Teil der Apotheke ist das Licht angegangen.

»Ist sie das?«, frage ich.

Yasir reckt den Kopf unter den Zweigen der Trauerweide hervor. »Keine Ahnung, glaub schon …«

»Du bleibst hier sitzen«, sage ich und stehe auf. »Sobald sie *dich* sieht, macht die sofort ihre Klappe wieder dicht. Dann können wir es gleich vergessen.«

Yasir überlegt: »Auf keinen, Mann. Ich rede mit ihr. Dann versteht sie.«

»Auf keinen, Mann«, mache ich ihn nach. »Sie wird nicht mit dir reden.«

»Ah ja? Woher weißt du?«

»Meine Mutter ist Psychotherapeutin. Vertrau mir.«

»Dein Vater ist Biolehrer und deine Mutter ist Labertante?«

»Sie lässt eher andere labern – ist ihre Methode. Und sie wäre mit deiner Wortwahl sicher nicht einverstanden. Aber ja: So ist es.«

»Kannst du einem echt leidtun, Mann.«

»Das kannst du sehen, wie du willst. Auf jeden Fall gehe *ich* jetzt da rüber, und *du* bleibst hier sitzen.«

Yasir hebt die Hände als Zeichen der Kapitulation. »Inschallah.«

Na bitte.

Ich presse meine Umhängetasche an den Körper und humpele eilig über die Straße. Vor Nervosität kribbeln meine Fingerspitzen. Adrenalin. Wird im Nebennierenmark gebildet und bei Stress ins Blut ausgeschüttet. Was wäre ich ohne meinen Papa.

Vor der Apotheke ist die grauhaarige Dame gerade dabei, ihr Wechselgeld fallen zu lassen. Münzen rollen über den Bürgersteig. Ich hebe sie auf, verstaue sie im Portemonnaie der alten Frau und stecke es in ihre Handtasche zurück, die offenbar noch aus der Zeit vor dem Zweiten Weltkrieg stammt. Als Nächstes lässt sie ihr Medikament fallen, das ich ebenfalls aufhebe und sorgsam in ihrer Handtasche verstaue.

»Danke, mein Kind.« Ihr Rücken ist gebeugt, doch ihre blauen Augen sind glasklar und wach. Sie tätschelt meine Hand. »Gott schütze dich.« Dann wackelt sie von dannen.

»Danke«, sagt auch eine Stimme aus dem Off. Es ist die Frau aus der Apotheke, die gerade ihre Klappe schließen will.

»Gut, dass Sie noch da sind!«, rufe ich viel zu laut.

»Ich bin die ganze Nacht da«, erwidert sie umso leiser und deutet auf das Schild neben der Klingel. »Wir haben heute Bereitschaft.« Ihre Stimme ist zart wie Seidenpapier: Wenn man dagegenpustet, fliegt sie weg.

Tatsächlich, da steht es und leuchtet sogar: Ein Schild,

das wochentageweise die BEREITSCHAFTSAPOTHEKEN auflistet. Wie blöd kann man sein?

»Wusste nicht, welcher Tag heute ist«, murmele ich. Was sogar stimmt, wie mir auffällt.

»Was möchtest du denn?«, fragt die Frau.

»Ich …« möchte gar nichts, platzt es um ein Haar aus mir heraus. Keine gute Idee. »Sind Sie …« Ozans Mutter? Erst recht keine gute Idee. Stopp. Zurück. Nachdenken. Adrenalin: Mach Platz, setzen! »Hier«, ich zeige meinen Fuß vor. »Den hab ich mir verstaucht.«

Durch ihr Guckloch versucht sie meinen Fuß zu erkennen. Sie ist jenseits der vierzig, würde ich sagen – allerdings noch nicht weit – und hat ein feines, symmetrisches Gesicht, das gleichmäßig von dunklen Locken eingerahmt wird. Ihre Augen allerdings liegen tief in den Höhlen.

»Ich kann dir Voltarensalbe geben«, schlägt sie vor. »Das hilft ein bisschen – auch gegen den Schmerz.« Sie klingt, als wünsche sie sich, es gebe so etwas wie Voltarensalbe gegen *ihren* Schmerz. »Allerdings …« Sie legt den Kopf schief, während ich meinen Fuß noch weiter anhebe. »So, wie der aussieht, solltest du den vor allem ruhig stellen.«

Danke, weiß ich selbst. Geht aber gerade nicht. Ich mache ein Gesicht, von dem ich hoffe, dass es wie das eines Labradorwelpen aussieht, der gerade seine Mutter verloren hat.

»Weißt du, wie man einen Tapeverband anlegt?«, fragt sie.

Wenn das keine Chance ist, mit ihr ins Gespräch zu kommen, inschallah. »Ehrlich gesagt: Von so etwas hab ich nicht die leiseste Ahnung«, fiepe ich.

Sie zögert. Eigentlich darf sie nach Ladenschluss niemanden mehr hereinlassen. Aber sie hat gesehen, wie ich der alten Dame geholfen habe, und deshalb weiß sie, dass ich ein guter Mensch bin, im Grunde meines Herzens, oder? Etwa nicht? Wuff?

Sie dreht den Schlüssel in der Tür.

Ich humpele an ihr vorbei in den Verkaufsraum. »Danke.«

Nachdem sie die Tür wieder verriegelt hat, führt sie mich in den Bereich hinter der Theke, vorbei an einer Reihe von Ausziehfächern, die bis zur Decke reichen, und schließlich in ein Hinterzimmer, in dem es einen Tisch, eine Menge Ordner und vor allem eine Behandlungsliege gibt, wie beim Arzt. Wahrscheinlich wird hier sonst die kostenlose Blutdruckmessung durchgeführt. Es gibt zwar mehr Licht als vorne, doch ihr Gesicht hellt sich dadurch nicht auf.

Ich ziehe mir Schuh und Strumpf aus und lege mich hin. Sehr vorsichtig betastet sie meinen Knöchel: »Der ist aber ganz schön geschwollen«, stellt sie fest. »Damit solltest du zum Arzt gehen.«

»Kann ich ja morgen machen«, schlage ich vor.

Sie legt ihre Hand auf meinen Unterschenkel und atmet tief durch. Einmal, zweimal, dreimal. Dabei fixiert sie einen unsichtbaren Punkt an der Wand. Erst denke ich, die ist genauso müde wie ich, aber dann wird mir klar, dass sie kurz davor ist, in Tränen auszubrechen.

»Geht es Ihnen nicht gut?«, frage ich.

Ihr Blick verlässt den Punkt an der Wand. Nein, es geht ihr nicht gut. Ist offensichtlich. »Ich mach dir da jetzt mal Salbe drauf«, sagt sie, »und anschließend lege ich dir einen Tapeverband an, damit das Gelenk entlastet wird.«

»Danke. Ist wirklich nett von Ihnen.«

Sie verlässt kurz den Raum und kommt mit einer Tube zurück, die so groß ist, dass sie meinen Fuß in Voltaren einlegen könnte. Vorsichtig drückt sie einen durchsichtigen Glibberwurm auf meinen Knöchel und beginnt, ihn bedächtig zu verteilen. Ich betrachte ihre schlanken Finger. Sie haben den bronzenen Teint, den auch Nazans Haut hat. Auf meinem Fuß breitet sich eine angenehme Kühle aus.

»Das sollten wir einen Moment einziehen lassen.«

Nichts lieber als das.

Sie dreht sorgsam die Tube zu und wischt sich die Finger an einem Papierhandtuch ab. Die macht alles sehr sorgsam, denke ich. Die würde nie etwas leichtfertig tun. Muss sie eine Menge Überwindung gekostet haben, eine Affäre mit einem anderen Mann anzufangen.

»Wie ist denn das passiert?«, fragt sie.

»Ich bin vom Laufband gefallen«, gebe ich zu.

Weil ich meinen Freund im Fernsehen gesehen habe, wie er abgeführt worden ist, weil er für jemand anders gehalten wurde. Für Yasir nämlich. Kennen Sie nicht? Sitzt draußen auf der Parkbank unter der Trauerweide und war dabei, als Ihr Geliebter ins Koma geprügelt wurde. Aber er war es nicht, und das wissen Sie, stimmt's?

Ich bin kurz davor, ihr zu sagen, weshalb ich in Wahrheit gekommen bin, da verlässt sie das Zimmer. Im Flur wird ein Regal ausgezogen und zurückgeschoben, dann kommt sie mit einer kleinen Pappschachtel wieder. Sie öffnet die Schachtel, nimmt eine Rolle weißes Tape heraus und legt die Rolle neben meinen Fuß. Anschließend faltet sie, ohne sich dessen bewusst zu sein, die Schachtel auseinander, legt sie zusammen und übergibt sie dem Altpapier. Mit einem flüsternden Geräusch zieht sie einen langen Streifen Tape ab, reißt ihn mit dem Daumennagel ein und trennt ihn von der Rolle. Das eine Ende klebt sie oberhalb meines Knöchels an.

»Wird wehtun, wenn du es wieder abmachst«, sagt sie, während sie den Tapestreifen unter meinem Fuß hindurch- und auf der Innenseite wieder heraufführt. »Da reißt du ganzen kleinen Härchen mit aus.«

»Ich tue einfach so, als hätte ich ein Gratis-Peeling gewonnen«, erwidere ich.

Sie erwidert nichts.

Jetzt, denke ich. Solange sie nicht von dir weg kann und du nicht von ihr. Los! Eins, zwei … Ich hole tief Luft.

»Tut es weh?«, fragt sie.

»Nein, geht schon.« … Drei: »Sie sind Ozans Mutter, nicht?«

Sie wirft mir einen Seitenblick zu, rollt einen weiteren Tapestreifen ab, reißt ihn ein, trennt ihn ab. »Du kennst Ozan?«

»Nein. Hab ihn noch nie gesehen.«

Der Tapestreifen schwebt über meinen Fuß. Wir sehen uns an. Ihr beginnt zu dämmern, dass hier gleich etwas Merkwürdiges passieren wird.

»Du kennst Ozan nicht, aber du weißt, dass ich seine Mutter bin?«

»Ich weiß noch mehr«, sage ich und bekomme einen Kloß im Hals, »nämlich dass Sie die Frau auf dem Überwachungsvideo sind. Aus der U-Bahn.«

Seeeeehr langsam führt sie das Tape um den Fuß und drückt es an. Neuer Streifen. Bevor sie ihn abreißt, sieht sie mich an.

»Tut mir leid«, sage ich nur.

Aus der Tierwelt ist bekannt, dass der Urinstinkt bei der Konfrontation mit einer möglichen Gefahr nur drei Grundreaktionen kennt: Angriff, Flucht oder Erstarren. Almilas erster Reflex ist Starre. Besonders gefährlich. Wortlos klebt sie mir drei weitere Tapestreifen um den Fuß, bis vom Knöchel nichts mehr zu sehen ist.

»Das sollte reichen«, sagt sie. Dann erst schaltet sie auf Flucht um. Wenn sie könnte, würde sie jetzt davonlaufen. Kann sie aber nicht. Logisch. Also muss sie mich dazu bringen, davonzulaufen. »Ich glaube, du gehst jetzt besser…«

Sie sieht mich an. Ich mache keinerlei Anstalten, aufzustehen. »Tut mir leid«, wiederhole ich nur.

Nach diesen Worten weiß sie, dass ich mich für Angriff entschieden habe.

Ohne eine Regung und ohne ein weiteres Wort fängt sie an zu weinen.

19

»Wir haben uns geliebt«, stößt Almila hervor. Als ob sie eine höhere Legitimation besessen und das Schicksal einen fatalen Fehler begangen hätte.

Noch immer sitze ich auf der Behandlungsliege und sie vor mir auf dem Stuhl. Seit ich mich als Wölfin im Schafspelz zu erkennen gegeben habe, ist ungefähr eine Viertelstunde vergangen. Fünfzehn Minuten, in denen Almila eigentlich nichts weiter getan hat als zu heulen, zu heulen und zu heulen. Und ich nichts weiter getan habe, als ihr in regelmäßigen Abständen ein grünes Papierhandtuch aus dem Spender zu ziehen.

»Tut mir leid.« Dieser eine kleine Satz von mir hat ihre ganze Welt aus den Angeln gehoben. Zwischendurch haben Almilas Schultern tatsächlich gewackelt wie bei einem Erdbeben. Zum Schluss hat sie ihren Kopf auf meine Beine gelegt – wie Solo morgens – und ich hab ihr den Nacken gekrault. Zu Hause darf Almila sich nichts anmerken lassen und hier in der Apotheke muss sie sich ebenfalls zusammenreißen. Wahrscheinlich weiß kein Mensch, was sie gerade durchmacht. Außer mir. Wenn es also jemanden gibt, bei dem sie sich ausweinen kann, dann bin ich es.

Sie richtet den Oberkörper auf und streicht sich die verheulten Locken aus dem Gesicht. Mit den Händen im Schoß zupft sie ein tränendurchtränktes Papierhandtuch in Fetzen. Ihre Schultern sind eingefallen. Die Ruhe nach dem Sturm.

»Wir haben versucht, es nicht zu wollen – zwei Jahre lang haben wir uns jeden Tag geschworen, dass das nicht sein darf, dass wir Familie haben, er seine und ich meine ...« Sie will noch etwas sagen, doch ihr schießen erneut Tränen in die Augen. »Nicht schon wieder!«

Sie steht auf und verschwindet mit Trippelschritten im Flur. Schubfächer werden aus- und eingefahren. Diesmal hält sie bei ihrer Rückkehr keine Pappschachtel in der Hand, sondern ein grünes Röhrchen wie für lustige Brausetabletten. Sie ploppt den Deckel auf, schüttet sich ein paar Tabletten in die Handfläche, die wie *Fisherman's Friend* aussehen, klemmt drei davon unter den Daumen und lässt die übrigen in das Röhrchen zurückrutschen. Die drei Tabletten wirft sie sich in den Rachen und spült sie mit einem Schluck Evian hinunter. Almila stellt das Röhrchen auf den Tisch. Bromazepam steht drauf und dahinter, in einem gelben Kreis wie ein Smiley: 6 mg. Mein Vater wüsste sicher, was das für Zeug ist. Wahrscheinlich könnte er sogar die chemische Formel aufmalen. Ich muss mich darauf verlassen, dass Almila klar ist, was sie da nimmt. Schließlich arbeitet sie ja hier.

»Seit einem Jahr überlegen wir, wie wir uns eine gemeinsame Zukunft aufbauen können«, erklärt sie. »Er wollte sich scheiden lassen, *wir* wollten uns scheiden lassen – und dann ...« Sie stützt sich auf die Stuhllehne, als sie sich setzt. Ihre freie Hand kreist in der Luft: gemeint ist »das hier«, die Apotheke. »Und jetzt stehe ich den ganzen Tag mit ihr hinter der Theke und sie glaubt, es wäre wegen ihr, dass ich ständig ...«

»Sie?«, frage ich vorsichtig.

Almila sieht mich an, als hätte ich mein Gehirn an der Medikamentendurchreiche abgegeben. »Seine Frau!«

Ich spüre, wie die Zahnräder meines Gehirns knirschend ineinandergreifen. Oh Mann, bin ich dämlich. Da hätte ich doch schon längst drauf kommen müssen. Das Opfer war Apotheker – haben sie in den Nachrichten gesagt. Und wenn »sie« seine Frau ist und ebenfalls in der Apotheke arbeitet, dann war »er« unter Garantie …

»Er war Ihr Chef!«, entfährt es mir.

Ihr entfährt nichts.

»Und Sie hatten die ganze Zeit über eine Affäre mit ihm, während Sie mit ihm und seiner Frau hier drin standen …«

Auch bei Almila greifen die Zahnräder ineinander. Erst jetzt, nachdem sie sich bei mir ausgeheult und mir ihr Herz ausgeschüttet hat, geht ihr langsam auf, dass sie das Entscheidende noch gar nicht weiß: »Was willst du eigentlich von mir?«

Sie fühlt die Bedrohung herannahen, vergisst für einen Moment den Papierklumpen in ihrer Hand, und dann sage ich es: »Ich möchte, dass Sie eine Aussage machen.«

Es dauert ewig, bis ich ihr alles erklärt habe: Wer ich überhaupt bin, die Geschichte mit Sunny und dass er ohne die Verwechslung wahrscheinlich nie herausgefunden hätte, dass er einen Zwillingsbruder hat. Und da es hier um die Wahrheit geht, die ganze Wahrheit und nichts als die Wahrheit, erzähle ich ihr auch gleich davon, dass Sunny und Yasir heute ihre Rollen getauscht haben und Sunny in diesem Moment in Yasirs Zelle sitzt und darauf wartet, dass das Licht ausgeht.

»Wir haben auch Kerim getroffen«, fahre ich fort.

Almila sieht mich an.

»Der Typ, der auf Ihren ... Geliebten losgegangen ist.«
»Der ihn *umgebracht* hat, meinst du.«

Ja, ich schätze, das meine ich. Ich sehe Kerim, wie er in den Wagen steigt – der Blick, den er mir als Letztes zugeworfen hat: *Das nächste Mal fick ich dich*. Ich glaube, das war es, was er mir sagen wollte.

»Yasir wollte mit ihm reden«, fahre ich fort, »aber ich glaube, eigentlich war ihm schon vorher klar, dass Kerim sich nicht stellen würde. Er will abhauen, in die Türkei. Heute Nacht noch. Er fürchtet, dass es nur eine Frage der Zeit ist, bis sie herausbekommen, dass er es war.«

»Was ist mit Yasir?«

Ich weiß, was sie meint: warum Yasir nicht Kerims Identität aufdeckt. »Der würde ihn niemals verraten.«

Sie nickt. Sie weiß, wie das läuft: »Ehre, Stolz, Loyalität ...«

Ich warte, bis ihre Worte sich abgesetzt haben. »Yasir ist draußen. Auf der Parkbank. Er würde gerne mit Ihnen reden.«

Almilas Augen weiten sich: »Niemals.«

»Er ist selbst entsetzt darüber, was Kerim Ihrem Geliebten angetan hat«, versichere ich. »Dass er ihn umgebracht hat. Er war überfordert. Er wusste nicht, was er machen sollte. Also ist er abgehauen ...« Ich merke selbst, dass alles, was ich zu Yasirs Verteidigung vorbringen kann, wenig überzeugend klingt. »Das hätte er nicht tun dürfen. Und das weiß er. Aber was für Fehler er auch gemacht hat: Er hat Ihrem Geliebten nichts getan. Und das wissen Sie. Wenn *Sie* nicht für ihn aussagen, muss er vielleicht für zehn Jahre ins Gefängnis.«

Als Almila sich vorbeugt, um den aufgeweichten Klumpen aus Papierhandtüchern in den Mülleimer fallen zu lassen, rutscht sie beinahe vom Stuhl. Bereits seit einigen Minuten verzögert sich zunehmend ihr Augenaufschlag. Sie reißt sich zusammen: »Wir wollten ein gemeinsames Leben, Norbert und ich. Eine gemeinsame Zukunft. Alles … Und dann kommt dieser Kerim und schlägt ihn tot. Und …«

»… Yasir …«

»… Yasir steht daneben und sieht zu.« Sie blickt zu Boden. Nur mit Mühe kann sie ihre Augen aufhalten: »Es ist mir gleichgültig, ob Yasir schuldig ist oder nicht. Ich werde mich nicht stellen. Und für ihn aussagen schon gar nicht. *Mein* Leben ist zerstört, so oder so.«

Ich habe alles gesagt, was zu sagen war, doch ich kann mich noch nicht geschlagen geben. »Yasir versucht das Richtige zu tun! Ich finde, das ist schon eine ganze Menge. Muss man ja erst einmal wissen, was das Richtige überhaupt ist. Sie sollen ihn ja auch nicht freisprechen. Er ist weggelaufen und das hätte er nicht tun dürfen. Und dafür wird er bestraft werden. Aber er hat Ihren Geliebten nicht zusammengeschlagen, also sollte er dafür auch nicht ins Gefängnis kommen …«

Almila presst die Lippen aufeinander. »Geh jetzt, bitte.«

Sie steht auf, als wolle sie mich zur Tür bringen, doch dann wird ihr schwindelig. Sie rudert mit dem Arm in der Luft. Bevor ihre Beine nachgeben, erwische ich sie am Ellenbogen. Vorsichtig setze ich sie auf der Liege ab.

Sie schließt die Augen. »Zieh die Tür hinter dir zu. Und komm nicht wieder her. Du nicht und dein Yasir erst recht nicht. Sonst sorge ich dafür, dass er für die nächsten zehn Jahre im Gefängnis verschwindet. Das schwöre ich.«

Ihr Oberkörper neigt sich zur Seite. Ich helfe ihr, sich hinzulegen, hebe ihre Beine auf das mit einem Plastikschoner ummantelte Fußteil und ziehe ihr die Schuhe aus.

»Es hätte auch *Ihr* Sohn sein können«, flüstere ich.

Sie schüttelt den Kopf wie ein bockiges Kind, ohne dabei die Augen zu öffnen. »Ozan würde niemals jemanden zu Tode treten!«

»Yasir auch nicht«, entgegne ich.

Für ungefähr zwei Minuten stehe ich noch ratlos im Zimmer herum und überlege, was ich tun könnte. Dann beginnt Almila, mit halb geöffnetem Mund zu schnarchen. Ich ziehe meinen Schuh an, schreibe meinen Namen und meine Handynummer auf einen Post-it-Zettel mit Azilect-Werbung, klebe ihn Almila auf den Fußrücken, nehme meine Tasche, lösche das Licht, gehe vor in den Verkaufsraum und ziehe die Tür hinter mir zu.

Als ich die Straße überquere, ist der Himmel auf halbem Weg zwischen blau und schwarz und die Straßenlaternen malen Lichtpfützen auf den Asphalt. Irgendwo bellt ein Hund. Die Zweige der Trauerweide hängen herab wie die Haare eines Bobtails. Von Yasir sind nur die Hosenbeine zu sehen und seine weiß schimmernden Turnschuhe.

»Yasir?«

Der Vorhang teilt sich, sein Gesicht kommt zum Vorschein. Er sieht mich an und weiß es: Sie wird es nicht tun. Wir haben es versucht, aber wir sind gescheitert. Game over.

»Lass uns ein Stück gehen«, schlage ich vor.

Der Lietzensee liegt wie eine eingebettete Sichel zwischen den Häuserzeilen. Der dazugehörige Park ist eigentlich nicht mehr als ein Grünstreifen. Durch die Bäume jedoch hört man den Verkehr der angrenzenden Hauptstraße nur gedämpft und kann sich einbilden, sehr weit weg zu sein.

Im Gänsefüßchentempo folgen wir einem gepflasterten Weg, der die geschwungene Uferlinie säumt. Der Tapeverband hilft tatsächlich. Wir gehen so langsam, als versuchten wir, die Zeit anzuhalten. Funktioniert aber nicht. Logisch. Irgendein griechischer Philosoph hat mal behauptet, er könnte die Welt zum Stillstand bringen – sofern er einen festen Punkt hätte und einen Arm, der stark genug ist, das Ganze zu halten. Ich schätze, der Grund, warum es nie jemand versucht hat, ist: Es gibt keinen festen Punkt. Nirgends. Im ganzen Universum nicht. Tough shit.

Die Bäume links und rechts des Weges stecken über uns ihre Zweige zusammen. Im See spiegeln sich erleuchtete Fenster. Ein joggendes Pärchen schnauft an uns vorbei, ein Mann mit gebeugtem Rücken führt seinen Hund spazieren und gönnt sich einen Zigarillo. An einer seichten Uferstelle haben sich einige Enten für die Nacht eingerichtet und ihre Schnäbel im Gefieder vergraben. Auch ein paar Mandarinenten sind darunter.

»Die stammen ursprünglich aus China«, breche ich das Schweigen.

Yasir betrachtet das metallisch glänzende Gefieder der Enten und fragt sich, was er mit der Information anfangen soll. Ich mich auch, ehrlich gesagt.

»Wenn es Parkpopulationen gibt, so wie hier«, fahre ich

fort, »dann sind die aus Gefangenschaftsflüchtlingen entstanden.«

»Aus China?«

»Aus dem Zoo. Oder einem Tierpark.«

»Die sind aus dem Zoo abgehauen und haben sich hier vermehrt?«

»Yep.«

»Ist das ein Angebot?«

»Sehr witzig.«

Yasir überlegt noch einen Moment: »Und gibt es keine Entenpolizei, die die dann verhaftet und in den Zoo zurückbringt?«

»Nein. Man lässt sie machen. Ich schätze, man geht davon aus, dass sie keine Gefahr für die Gesellschaft darstellen.«

»Nicht so wie ich, meinst du.«

»Genau. Du bist schwer gefährlich.«

»Sehr witzig.«

Am spitzen Ende des Sees ist ein Café oder Restaurant, direkt am Wasser. Die Fenster sind erleuchtet. Und es scheint auch eine Terrasse zu geben.

»Hunger?«

»Geht so.«

»Ich lad dich ein«, sage ich und denke: Wer weiß, wann du das nächste Mal unter freiem Himmel essen kannst.

Das Café stellt sich als ein ehemaliges Bootshaus heraus, das jetzt »Stella am See« heißt. Die Terrasse wird von Stelzen getragen und ragt auf den See hinaus. Könnte ein sehr schöner Ort sein. Schließt nur leider gerade. Eine Frau mit schwarzer Kittelschürze lehnt zusammengeklappte Tische gegeneinander, zieht eine rasselnde Kette durch die Gestelle und sichert das Ganze mit einem Vorhängeschloss.

»Zu«, sagt sie und wischt sich die Hände an der Schürze ab.

Ein paar Strähnen haben sich aus ihrem Haarknoten gelöst und hängen ihr halb ins Gesicht. Eine pustet sie aus dem Weg. War eine lange Schicht. Wir bleiben stehen. Nicht weil wir unhöflich sind, sondern weil wir einfach nicht wissen, was wir sonst machen sollen.

Die Frau betrachtet uns einen Moment. Sie versteht nicht, was mit uns ist, aber sie versteht, dass etwas ist. »Ach, was soll's.« Die Stühle sind noch nicht in Ketten gelegt, lehnen aber bereits an der Wand. Sie greift zwei von ihnen an der Lehne, klappt mit einer geübten Bewegung die Sitzflächen auf und stellt sie an den Rand der Terrasse. »Wenn ihr geht, stellt sie einfach zu den anderen.«

»Danke«, erwidere ich.

Sie verschwindet im Bootshaus. Yasir und ich setzen uns. Er stemmt seine Füße gegen das Geländer. Wir blicken auf den See. Irgendwann erlischt das Licht hinter uns. Ich höre, wie ein Schlüssel im Schloss gedreht wird. Feierabend.

»Du kannst nicht nach Hause«, fällt mir ein.

Yasir schüttelt den Kopf: »Ist besser, mein Vater weiß nicht, dass ich draußen bin. Würde den voll abstressen.«

Meine Überlegung war eine andere: »Könnte doch auch sein, dass dich heute jemand gesehen hat und es der Polizei meldet. Dann kommen die am Ende noch bei euch vorbei.«

Yasir schmunzelt. Im Dunkel leuchten seine Zähne. »Ja, Mann. Muss ich zurück in Arrest, wenn sie mich kriegen.«

Der Himmel ist klar, die Sterne leuchten. Fehlt nur noch eine Sternschnuppe. Doch es kommt keine. Oder ich sehe sie nicht. »Kannst bei mir im Hostel schlafen«, sage ich, »im Lovenest.«

»Lovenest?«

»Genau. Gibt vier Betten. Eins nehme ich, die anderen drei kannst du haben.«

»Nur nicht deins.«

»Genau.«

»Wär sowieso Scheiße. Soner ist mein Bruder...«

»Genau.«

Er denkt nach: »Aber wär der gleiche Schwanz... Würdest du gar nicht merken, dass ich es bin.«

»Du bist voll eklig.«

»Nur ein Witz, Mann.«

Wir hängen unseren Gedanken nach. Meine führen mich zu Sunny, der jetzt in Yasirs Zelle liegt, zu Solo und zu meinen Eltern, bei denen ich mich unbedingt melden muss. Ich traue mich schon gar nicht mehr, mein Handy einzuschalten.

Wohin Yasir seine Gedanken führen, erfahre ich, als er plötzlich sagt: »Kennst du eigentlich gut, meine Mutter?«

»Nazan? Schon.«

»Und? Wie ist sie so?«

Hm. »Auf jeden Fall sieht sie super aus. Echt, die haut einen voll um. Neben ihr komme ich mir immer wie ein kleines, hässliches Entlein vor. Kein Wunder, dass Sunny und du ...«

»Was?«

»Na ja, ihr seht schon verdammt gut aus, finde ich.« Was rede ich denn da? »Ist ja auch egal«, fahre ich fort. »Was

Nazan angeht: Ich weiß nicht so recht. Ich mochte sie irgendwie, auch wenn ich immer das Gefühl hatte, dass sie … Sie war immer ein bisschen unnahbar. Und dann kam die Sache mit den Geburtsurkunden raus und dass sie Sunny nie etwas gesagt hat, und da war ich erst mal total sauer auf sie. Ich meine: Wie kann man sein eigenes Kind so belügen? Aber dann, als wir hier waren, hat Sunny mit ihr telefoniert und ihr alles erzählt – dass er die Geburtsurkunden gefunden hat und so –, und da hat sie mir plötzlich ganz schön leidgetan.« Zu meinen Füßen liegt ein herzförmiges Steinchen, das ich bereits seit einiger Zeit mit den Schuhspitzen hin und her schiebe und das ich jetzt in den See werfe. Die Kreise, die sich daraufhin im matten Schimmer der Wasseroberfläche ausbreiten, sind so gleichmäßig und perfekt, dass man es kaum für möglich hält. »Klar hat sie Mist gebaut«, fahre ich fort, »aber sie war halt auch noch sehr jung, damals – kaum älter als wir jetzt –, und ich glaube, sie hat einen ganz schön hohen Preis bezahlt. Wie dein Vater eben auch.«

Yasir wartet, bis auch die letzte Welle an den Rand des Sees gewandert ist, sich dort gebrochen hat, und der See wieder als bleierner Spiegel vor uns liegt.

»Glaubst du, wenn Nazan damals mich mit nach Hamburg genommen hätte, dass *wir* dann heute zusammen wären?«

»Wie kommst du denn jetzt *da*rauf?«

»Ist doch egal, Mann. Und?«

»Keine Ahnung. Vielleicht.«

»Könnte aber sein.«

»Theoretisch.«

»Krasse Vorstellung, oder?«

»Schon …«

Yasir sucht etwas, das er ins Wasser werfen kann, und findet einen abgelutschten Eisstiel. Der trudelt über das Geländer, macht nicht mal wirklich ein Geräusch, als er auf das Wasser trifft, und treibt langsam unter die Terrasse. »Aber sie hat nicht *mich* mitgenommen«, sagt er.

»Nein.«

20

»Hey, Guys!«

Patrick hinter der Rezeption des Eastseven trägt sein Haar zur Abwechslung offen und sieht aus wie ein Gitarrist aus den Siebzigern, der vor lauter Marihuana sein Instrument nicht wiederfindet. Ansonsten ist alles beim Alten: Sonnenbrille, Schlabbershirt, die berühmte Zeigefingerpistole. Nachts um Viertel vor eins.

»Welcome back in the lovenest!«, begrüßt er uns, zielt auf Yasirs Knie und feuert ein breites Grinsen sowie zwei Schuss aus seiner Zeigefingerpistole auf uns ab. »Aim low«, erklärt er, »always aim low, man.«

Yasir rückt seine Basecap aus der Stirn und sieht ihn an wie einen Alien der besonders bescheuerten Sorte.

»Uuuugh.« Patrick zieht einen Kussmund, als er Yasirs Pflaster sieht. »What happend to your eye?«

Yasir sieht mich an: »Was will der?«

»Er will wissen, was mit deinem Auge passiert ist.«

»Sag ihm, mit meinem Auge ist passiert, was gleich mit seinem passiert.«

»Nicht nötig«, erwidere ich, »er spricht Deutsch.«

Yasir wendet sich Patrick zu: »Weißt du Bescheid, Mann.«

Patrick weicht zurück, verstaut seine Pistole in einem unsichtbaren Holster und hebt die Hände. »Yes, Sir, welcome, Sir.«

Yasir hält die Arme seitlich am Körper. Ich sehe, wie sich

eine Hand zur Faust ballt. Er fragt sich, ob er gerade verarscht wird oder nicht. Kann er gar nicht drauf – wenn jemand sich über ihn lustig macht.

Ich fasse ihn vorsichtig am Arm und schiebe ihn am Tresen vorbei: »Der wollte nur nett sein.«

»Ist der schwul, oder was?«

»Nicht jeder ist automatisch schwul, nur weil er nett zu dir ist.«

Als wir ins Lovenest kommen, bleibt Yasir einen Moment stehen und betrachtet die Wand mit den übergroßen Pastellblumen. »Garantiert ist der schwul.«

»Krieg dich wieder ein«, sage ich und drücke ihm Sunnys Zahnbürste in die Hand.

»Meinst du, sind die gleichen Zähne?«, fragt Yasir.

»Keine Ahnung. Nimm sie einfach.«

Wir putzen uns gemeinsam die Zähne, vor dem Spiegel, sehen uns an. Komisches Gefühl, ganz schön ... intim. Kribbelt irgendwo, wo es nicht kribbeln sollte. Kribbelt aber trotzdem. Ich ertappe mich bei der Vorstellung, gaaanz vorsichtig Yasirs Pflaster abzuziehen, seine Narbe zu entblößen, die verknoteten Fäden. Ihn da zu berühren, wo er am empfindlichsten ist. Oh Mann, wenn das Ricky hören könnte!

Apropos: Bei der sollte ich mich langsam mal melden. Genau wie bei meinen Eltern. Aber irgendwie kann ich mit denen gerade nicht reden. Jedes Mal, wenn ich denke: So, jetzt rufst du sie an, gibt es etwas, das stärker ist und mich daran hindert, mein Handy einzuschalten.

Yasir entscheidet sich für das Bett, das den größten Sicherheitsabstand zu meinem hat. Er legt seine Sachen über den Stuhl und schiebt die Schuhe unter das Bett.

Anschließend setzt er sich auf die Kante, in Unterhose, den Blick auf das Fenster gerichtet. Gut möglich, dass Jahre vergehen werden, ehe er das nächste Mal durch ein nicht vergittertes Fenster blickt. Und seine Zelle wird nicht so geräumig sein wie dieses Zimmer, auf jeden Fall kein Lovenest mit vier Betten. Dafür garantiert ohne schwule Blumen an der Wand.

Er bemerkt mein Zögern, als ich mein Handy unter die Nachttischlampe lege. Sie ist die einzige Lichtquelle im Raum – abgesehen von der Straßenlaterne draußen. Jedenfalls: So, wie mein Handy jetzt im Lichtkegel liegt, während der Rest des Zimmers im Dunkel aufweicht, wirkt es wie aufgeblasen. LAURAS HANDY!

»Ich sollte meine Eltern anrufen«, erkläre ich.

»Und? Warum machst du nicht?«

»Frag ich mich auch gerade.«

»Hast du Angst, sie sind sauer?«

Mit zwei Fingern schiebe ich das Handy aus dem Lichtkegel. Hilft nicht wirklich. »Wird schon gehen«, antworte ich. »So richtig sauer sind die nie auf mich. Mein Vater hat für alles Verständnis.«

»Echt?«

»Irgendwie schon. Kann einem ganz schön auf die Nerven gehen.«

»'n Biodeutscher«, entscheidet Yasir.

»Was soll denn das sein, ein Biodeutscher?«

»Biodeutscher – das ist besser als gut, Mann. Deutsch plus … Gibt ein Witz über Eltern in Prenzlauer Berg. Treffen sich zwei kleine Kinder. Sagt das eine: Mein Vater ist Lehrer. Sagt das andere: Mein Vater ist *Bio*lehrer. So.«

Wir grinsen uns an.

»Den muss ich meinem Vater erzählen.«

»Ja, Mann, hat der bestimmt voll Verständnis für.«

»Na ja«, überlege ich, »schätze, es gibt Schlimmeres, als einen biodeutschen Biolehrer zum Vater zu haben.«

Yasir nickt.

Er legt sich hin, breitet die Decke über sich, dreht sich auf die Seite und blickt weiter zum Fenster hinaus.

»Wie ist er so – cool?«

»Mein Vater? Geht so. Ganz okay, würde ich sagen. Jedenfalls belügt er mich nicht.« Jetzt, da ich das gesagt habe, fällt mir auf, dass ich darüber noch nie so richtig nachgedacht habe. »Ist mir neulich klar geworden – als Sunny mich gefragt hat, wie ich reagieren würde, wenn ich an seiner Stelle wäre. Musste ich nicht lange überlegen. Meine Eltern hätten es mir gesagt. Die belügen höchstens sich selbst.«

Yasir blickt zu mir herüber. »Sich selbst?«

»Also, mein Vater zum Beispiel: Ich glaube, dass ihm das, was er lebt, schon irgendwie entspricht. Also Biolehrer. Andererseits fällt es ihm schwer, das zu akzeptieren: Lehrer, Beamter, Rentner... Als würde er, ich weiß nicht, seine Ideale verraten oder so.« Ich nehme einen Schluck aus der Wasserflasche, die Sunny gestern gekauft hat und die jetzt zwischen unseren Betten auf dem Boden steht. »Magst du?«

»Ja.«

Ich stehe auf, gehe zu Yasir hinüber und reiche ihm die Flasche. Als er sich auf den Ellenbogen stützt, rutscht ihm die Decke auf die Hüfte und gibt seinen Oberkörper frei. Er trinkt. Zur Info: Ich habe Sunnys Schlaf-T-Shirt und einen Slip an. Sonst nix. Yasir blickt zu mir empor und gibt mir die Flasche zurück. Er hat sie gesehen, meine Beine. Und sie gefallen ihm. Und meinen Po hat er ebenfalls gesehen, auch wenn ich versucht habe, Sunnys T-Shirt drüberzuziehen. Und der gefällt ihm auch. Ich gehe zu meinem Bett zurück und schlüpfe unter die Decke. So nackt bin ich mir schon lange nicht mehr vorgekommen.

»Früher, in den Achtzigern«, fahre ich fort, »da war mein Vater in der Anti-AKW-Bewegung und hat Saxophon in einer Band gespielt. Gibt sogar eine Platte, auf der er drauf ist.«

»Und – ist gut?«

»Weiß ich nicht. Die Platte steht zwischen seinen Büchern im Arbeitszimmer, außerdem haben wir gar keinen Plattenspieler. Und sein Saxophon verstaubt hinter dem Schreibtisch.« Ich trinke noch einen Schluck. »Als ich klein war, da hat er mal irgendwann den Koffer rausgeholt und es mir gezeigt: in Einzelteile zerlegt und auf rotem Samt gebettet. Wie ein Goldschatz. Als dürfte man es nicht anfassen. Hat er auch nicht«, fällt mir ein. »Als ich ihn gefragt habe, ob er mir nicht etwas vorspielen kann, hat er den Koffer schnell wieder zugeklappt und zwischen den Schreibtisch und die Wand geschoben. War das erste und letzte Mal, dass ich sein Saxophon gesehen habe. Ich glaube, er hatte echt Angst davor, es aus dem Koffer zu nehmen.« Könnte die ganze Flasche leer trinken. »Manchmal frage ich mich, ob er heute glücklicher wäre, wenn er Saxophonist geworden wäre. Ob er dann die Welt irgendwie romantischer sehen würde. Auf der anderen Seite: Er wäre nicht Biolehrer geworden, wenn er es nicht gewollt hätte. Das ist es, was ich meine: So, wie es ist, passt es dann auch wieder. Aber dafür, dass er sein Saxophon hinter dem Schreibtisch begraben hat, durfte ich dann sechs Jahre lang Gitarrenunterricht nehmen. Schönen Dank auch. Wahrscheinlich hab ich das größere Problem damit, dass er Biolehrer und nicht Saxophonist geworden ist.«

»Kannst du froh sein – hast du ein Instrument gelernt.«

»Ich hab es nicht gelernt, sondern gequält. Mit einer Gitarre kann ich ungefähr so viel anfangen wie mit Bällen und Schlägern: Ich kann sie in der Hand halten, treffe aber weder Bälle noch Töne.«

Ich weiß nicht, warum, aber je mehr ich rede, umso nachdenklicher wird Yasir. »Bei euch zu Hause«, fragt er jetzt, »wie ist es da?«

»Na ja, wir wohnen in einem kleinen Einfamilienhaus in Othmarschen. Ziemlich spießig. Aber ich find's gut. Hab ein Zimmer unterm Dach, das lieb ich. Mein Vater dagegen findet sich zu angepasst, glaube ich. Zu kleinbürgerlich. Aber so ist das eben: In Hamburg-Othmarschen nicht bürgerlich sein zu wollen, das ist wie …« Ich muss nachdenken. Dann weiß ich es: »Das ist wie als Hund kein Fleisch essen zu wollen: irgendwie wider die Natur.« Ich schließe die Augen. Mein Gott, bin ich müde. Aber gleichzeitig total aufgekratzt. »Deshalb muss es bei uns auch immer ein bisschen unordentlich sein«, sage ich. »Ist kein Witz. Mein Vater achtet ganz genau darauf, dass ein bestimmtes Maß an Unordnung herrscht. Weil man sonst nämlich sehen würde, was er eigentlich ist: ein Hippie-Bausparer. Der merkt gar nicht, dass das, was *er* macht, viel spießiger ist, als Ordnung zu halten.«

Ich taste nach dem Nachttisch und schalte die Lampe aus. Danach höre ich das Blut in meinen Ohren rauschen.

»Hippie-Bausparer«, kommt Yasirs Stimme von der anderen Seite. »Der ist gut, Mann.«

Mein Kopf will schlafen, aber mein Puls ist auf hundertzwanzig. So liege ich da, auf dem Rücken. Yasir pennt schon längst. Irgendwann dringen Geräusche aus dem Flur: stampfende Schritte und ein Gewirr unterschiedlicher Stimmen. Nüchtern sind die nicht. Ich mache mindestens drei verschiedene Sprachen aus. Müsste ich raten, würde ich auf Schweden, Spanien und Irland tippen. Sie ziehen vorbei, lachend, hinauf ins nächste Stockwerk. Kurz darauf sind das Getrampel und die Stimmen über uns. Betten werden aneinandergestellt.
»Ist keine Gegend für einen Kanacken.«
Pennt also doch noch nicht. Oder nicht mehr.
»Gibt's hier nur die guten Ausländer, weißt du?«, erklärt Yasir und klingt seltsam schicksalsergeben. Als sei eine Arrestzelle der angemessene Platz für einen wie ihn. »Franzosen, Engländer, Australier, so.«
Ich versuche, einen letzten klaren Gedanken zu fassen: »Aber du bist doch gar kein Ausländer«, sage ich. »Du bist doch hier geboren.«
»Hab ich kein deutschen Pass, bin ich Ausländer. Wenn die mich abschieben, dann geh ich in mein Heimatland. Steht in jedem Brief, den die schicken. Ich war nie da und sprech auch die Sprache nicht. Aber ist Libanon mein Heimatland.«
Ob er danach noch etwas sagt, weiß ich nicht. Falls ja, dann höre ich es nicht mehr.

21

Es ist zehn Minuten vor elf. Yasir und ich haben gerade mit gesenkten Häuptern die Arrestanstalt betreten, in der er vermutlich bald jeden Wasserhahn mit Namen kennen wird. War ein hartes Stück Arbeit. Jedenfalls fühlt es sich an, als hätte ich den ganzen Morgen Zementsäcke gestapelt und dabei zu viel Kaffee getrunken.

Bis zur Haltestelle ging es noch, aber als wir dann auf den Weg zur Arrestanstalt einbogen und das Gebäude vor uns auftauchte, da hat es Yasir glatt die Beine weggezogen. Er fing richtig an zu zittern, wie Schüttelfrost, und konnte keinen Schritt mehr gehen. Ich wollte ihn schon fragen, was los ist, aber dann sah ich, wie ihm die Tränen herunterliefen und wie er die weiße Stahltür mit dem Metallbügel anstarrte. Und da musste ich nicht mehr fragen. Bis zu diesem Moment waren die zehn Jahre Arrest eine düstere Zukunftsaussicht gewesen, jetzt waren sie mit einem Schlag Realität und nicht mehr zu verdrängen.

Ich wollte meinen Arm um Yasir legen, doch er stieß mich weg und drehte mir den Rücken zu. Kurz dachte ich, jetzt haut er doch noch ab und ich darf da reingehen und Sunny sagen, dass sein Bruder ihn im Stich gelassen hat – dass statt Yasir *er* die nächsten Jahre hinter Gittern hocken und langsam absterben wird.

»Wir müssen da rein«, sagte ich.

Diesmal stieß Yasir, der mir noch immer den Rücken

zugewandt hatte, etwas weg, das gar nicht da war. »Gleich, Mann!«

Am Ende ging ich zu ihm, schob vorsichtig von hinten meine Hände unter seinen Armen durch und lehnte meinen Kopf an seine Schulter. Ich spürte, wie sein Brustkorb sich hob und senkte, und dann weinten wir beide, stumm, und betrauerten die Zukunft, die er nicht haben würde.

Ich bin im Begriff, meine Tasche abzugeben, als, vom Klacken ihrer Absätze angekündigt, Frau Schüttauf um die Ecke biegt.

»Wenn das kein Zufall ist!«

Und was für einer.

Vor Freude, uns zu sehen, wippt ihr Pferdeschwanz auf und ab. Heute trägt sie ein knielanges Kleid, das mit bunten Lilien bedruckt ist – ein bisschen wie die Wand im Lovenest. Verliebter geht nicht. Sie grinst, als wären Yasir und ich Olympiasieger im Synchronschwimmen geworden, kommt auf mich zu und nimmt meine Hand zwischen ihre. Scheiße. Gleich fliegen wir auf. Ich grinse, so gut es irgend geht. Yasir versucht, sich unsichtbar zu machen, indem er die Luft anhält. Starre. Von den drei Grundreaktionen, die der Urinstinkt kennt, die gefährlichste.

»Stellt euch vor: Yasir ist wie ausgewechselt!« Sie blickt zwischen Yasir und mir hin und her. Ich spüre, wie meine Hand in ihren zu schwitzen anfängt. »Gestern, nach eurem Besuch, da hat er ein Tischtennisturnier organisiert. Sechzehn Teilnehmer! So etwas gab es hier noch nie. Sogar die Betreuer und das Wachpersonal haben mitgemacht. Er selbst ist bis ins Halbfinale gekommen. Danach hat er dann gleich die Fotos auf dem Internetblog hochgeladen!«

Sie lässt endlich meine Hand los und blickt lächelnd Yasir an, während wir darauf warten, dass sie es endlich merkt. Die Verwechslung. Den Betrug.

»Ist ja toll«, sage ich tonlos.

Sie grinst nur immer weiter. Heute Morgen habe ich Yasir Sunnys Kontrastbrille gegeben, die der sonst zum Fahrradfahren aufsetzt. Um sein blaues Auge wenigstens etwas abzudecken. Könnte unsere Rettung sein. Yasir grinst ebenfalls. Sieht total bekloppt aus. Jetzt muss sie es doch kapieren!

Der Mensch sieht nur, was er sich auch vorstellen kann. Üblicherweise ist er auch nur in der Lage, etwas zu entdecken, wenn er vorher weiß, wonach er sucht. Sagt mein Vater. Gibt sogar einen Namen für dieses Phänomen, habe ich aber vergessen. Offenbar kann Frau Dr. A. Schüttauf sich einfach nicht vorstellen, dass es Yasir ist, der gerade neben mir steht. Nicht Sunny. Eine andere Erklärung gibt es nicht.

Sie sagt: »Geht schon mal vor – ihr wisst ja, wo ihr hinmüsst. Ich sag gleich Bescheid und lass ihn holen!« Mit diesen Worten wendet sie sich ab und wippt davon. Im Gehen dreht sie sich noch einmal um und ruft über die Schulter: »Finde ich toll von euch – dass ihr so Anteil nehmt! Familiärer Rückhalt ist sooo wichtig.«

Wir stehen da und grinsen.

»Ist die krass blöd«, nuschelt Yasir.

»Die ist nicht blöd«, sage ich, »die ist verliebt.«

»Ist dasselbe, Mann.«

Fünf Minuten später sitzen wir im Besuchsraum und warten. Yasir zieht unsichtbare Rillen in die Tischplatte, während ich die braunen Blätter von einem Drachenbaum zupfe. Drachenbäume eignen sich gut für Hydrokulturen und haben relativ große Blätter. Dieser hier ist außerdem so hoch, dass man im Sitzen nicht darüber hinwegschauen kann, und genau das ist der Grund, weshalb wir diesen Tisch gewählt haben: Von der Tür aus ist er kaum zu sehen.

Der Minutenzeiger der Uhr rückt mit einem kaum hörbaren Klick auf die Zwölf vor, als sich die darunter befindliche Tür öffnet und Sunny hereinkommt, gefolgt von … Frau Schüttauf! Die ihn persönlich begleitet. Wie schön. Sie kommen durch den Raum, Sunny wirft uns einen Blick zu, als würde er gerade an einem Halsband zum Schafott geführt werden, ich werde rot wie eine Tomate und Yasir legt die Hand an die Stirn, als hätte er Kopfschmerzen.

Vor unserem Tisch bleiben sie stehen, Yasir und ich erheben uns, und dann stockt uns allen der Atem, mit Ausnahme von Frau Schüttauf, die wie ein Honigkuchenpferd grinst und uns erwartungsvoll ansieht. Sobald Yasir auch nur einmal den Mund aufmacht und »isch fick disch« oder was anderes Nettes sagt, ist es vorbei. Und das weiß er.

»Was ist?«, ermuntert uns Frau Schüttauf.

Nach den Wundertaten, die wir mit Yasir gestern vollbracht haben, hat sie offenbar eine etwas herzlichere Begrüßung erwartet.

»Yo«, raunt Sunny und streckt Yasir eine Ghettofaust hin. »Was geht?«

Yasir glaubt es nicht. Das soll *er* sein? Als käme er aus der Bronx und nicht aus Moabit. Kaum merklich schüttelt er den Kopf. Sunny zieht seine Faust zurück und vergräbt sie in der Hosentasche. Wenn diese Kiste uns nicht innerhalb der nächsten zehn Sekunden um die Ohren fliegen soll, dann muss jetzt etwas geschehen, und zwar sofort.

»Frau Schüttauf?«, sage ich.

»Ja-a?«

»Kann ich Sie kurz sprechen?«

»Aber natürlich.«

Keiner bewegt sich. Vor allem Frau Schüttauf nicht.

»Von Frau zu Frau«, erkläre ich.

»Oh – aber natürlich.«

»Soner«, sie blickt Yasir an, »Yasir«, sie sieht Soner an: »Ihr entschuldigt uns einen Moment ...«

Yasir sagt nichts. Sunny sagt: »Auf jeden, Alter.«

Also eins ist mal klar: Schauspieler wird mein Freund in diesem Leben nicht mehr.

Ich gehe an den Getränkeautomaten vorbei, ziehe mich mit Frau Schüttauf in die gegenüberliegende Ecke des Raums zurück und stelle mich so hin, dass sie Yasir und Sunny im Rücken hat.

»Frau Schüttauf«, flüstere ich sehr bedeutsam.

»Ja?«, flüstert sie zurück.

Im Hintergrund werden Pflaster abgezogen und Mützen getauscht. Ich mach mir gleich in die Hose vor Aufregung. Vor allem weiß ich nicht, was ich Frau Schüttauf sagen soll. Sie bemerkt meine Nervosität und will sich zu Yasir und Sunny umdrehen.

»Frau Schüttauf!«

Erschrocken sieht sie mich an.

Ich mache es wie sie eben: Nehme ihre Hand zwischen meine. Theatralischer geht nicht. »Ich wollte Ihnen etwas sagen ...«

»Ja?«

Scheiße, ich weiß nicht weiter. Nur das weiß ich: Wenn sie sich jetzt umdreht, ist alles aus. Yasir zieht sich gerade Sunnys T-Shirt über den Kopf. Mit einem Aufstöhnen werfe ich mich Frau Schüttauf an den Hals und schließe sie in die Arme. Von wegen theatralischer geht nicht. Ich bin schon selbst ganz ergriffen.

»Ich weiß nicht, wie ich Ihnen danken soll«, hauche ich ihr ins Ohr.

Im nächsten Moment wird mir klar, dass es die Wahrheit ist, dass ich ihr wirklich wahnsinnig dankbar bin. Ich löse mich aus der Umarmung und dann stehen wir da und halten einander an den Händen und haben beide Tränen in den Augen. Wie verrückt ist das denn?

Irgendwann tönt es »Laura?« von jenseits der Hydrokultur. Yasir ist wieder Yasir, Sunny wieder Sunny. Vor Erleichterung schießen mir gleich noch einmal Tränen in die Augen.

Frau Schüttauf und ich gehen zum Tisch zurück und da stehen sie, Yasir und Sunny, und es fühlt sich an, als würden sie mir gehören, beide, ich quelle über vor Gefühl, wie ein Teig mit zu viel Backpulver, und da sich meine Hormonschleusen offenbar bis zum Anschlag geöffnet haben und ich am liebsten die ganze Welt umarmen und jeder Ameise und jedem Fisch im Ozean zurufen möchte, dass alles gut wird, schließe ich Yasir in die Arme, drücke meinen Kopf an seine Brust, fange an, Rotz und Wasser zu heulen und flüstere ihm ins Ohr: »Egal, was passiert: Ich lass dich nicht im Stich.«

»Egal, was passiert«, flüstert er in meins, während er ungelenk die Arme an den Körper gepresst hält: »Den Tag gestern werd ich nie vergessen. Schwöre.«

Sunny und ich sitzen in der S-Bahn auf dem Weg zurück ins Zentrum. Im Waggon riecht es nach nassem Hund. Was kein Wunder ist, denn neben mir liegt einer. Ein Airedaleterrier. Ich finde ja, Airedales sehen aus, als würden sie gar nichts kapieren. Gleiches gilt übrigens für sein Herrchen. Egal. Der Boden ist von sandigen Schlieren überzogen. Irgendwann letzte Nacht hat es angefangen zu regnen. Im Halbschlaf habe ich gehört, wie die vorbeifahrenden Autos plötzlich nach nassem Asphalt klangen. Seitdem hat es nicht wieder aufgehört. An den Fenstern der S-Bahn laufen diagonale Rinnsale herab.

Ich würde Sunny gerne fragen, wie das war, anstelle seines Bruders im Knast zu sitzen – ohne wirklich sicher sein zu können, ob der auch wieder zurückkommt. Doch Sunny brütet etwas aus, kratzt sich mit dem Finger über die Daumennarbe. Nach einer Weile ahne ich, was ihn so beschäftigt, spreche es aber nicht aus. Damit muss er schon selbst rausrücken.

Schließlich fragt er: »Ist da was gelaufen zwischen euch?«

Wusste ich's doch. So also war es für ihn: gefangen in einer Zelle voller Eifersucht. Na ja, ist ja eigentlich immer so mit der Eifersucht: sitzt man drin wie in einer Zelle. Ich ärgere mich. Über mich selbst. Weil mein erster Impuls ist, mich zu verteidigen. Dabei war überhaupt nichts.

»Was meinst du denn bitte mit ›was gelaufen‹?«, frage ich.

»Du weißt, was ich damit meine.«

Keiner von uns sieht den anderen an. »Und was soll die Frage?«

»Na, das war ja schon eine sehr… *intensive* Verabschiedung da eben…«

»Schön, dass du offenbar sonst keine Sorgen hast.«

»So abwegig ist das ja wohl nicht«, überlegt Sunny. Er wäre gerne nicht eifersüchtig, würde gerne drüberstehen. Schafft er aber nicht. »Hat er versucht, dich ins Bett zu kriegen?«

Ich verdrehe die Augen. »Würdest *du* mit der Freundin deines Zwillingsbruders ins Bett gehen?«

»Nein, würde ich nicht.«

»Wieso glaubst du dann, dass Yasir es tun würde?«

»Ich bin nicht Yasir.«

Ich mache ein Geräusch, das irgendwo zwischen »genervt schnaufen« und »abfällig lachen« angesiedelt ist. »Bin ich nicht Sunny«, sage ich. Und da er damit natürlich nichts anfangen kann, erkläre ich: »Hat Yasir gestern zu mir gesagt.«

»Und was hast du geantwortet?«

»Dass ihr euch ähnlicher seid, als ihr wahrhaben wollt.«

Der Klappsitz neben Sunny ist unbesetzt. Er drückt die Sitzfläche runter und lässt sie wieder hochschnellen, drückt sie runter, lässt sie hochschnellen, runter, hoch, runter, hoch … »*Ist* jetzt was gelaufen, oder nicht?«

»Nein.«

»Gar nichts?«

Ich wische mit meiner Hand durch sein Sichtfeld: Hallo, jemand zu Hause? »Da war nichts, okay?«

»Aber da hätte was sein können«, insistiert er.

»Da war nichts, o-kay?«

Einmal noch drückt er die Sitzfläche herunter und lässt sie wieder emporschnellen. »O-kay.«

»Schön. Möchtest du mich jetzt vielleicht fragen, ob Yasir und ich gestern etwas erreicht haben?«

Er hört auf, an seinem Daumen zu kratzen, und sieht mich an: Stimmt, da war ja noch was. Sein Bruder. Totschlag. Zehn Jahre Jugendarrest. Möglicherweise. Oder Abschiebung. »Entschuldige, ich ...«

»Schon gut.«

»Und? Habt ihr etwas erreicht?«

»Nein.«

Ich berichte ihm, was passiert ist: Dass Kerim, nach allem, was wir wissen, inzwischen das Land verlassen hat. Und dass Almila, die Frau auf dem Überwachungsvideo und die wahrscheinlich einzige Person, die Yasir entlasten könnte, ihn lieber auf dem elektrischen Stuhl sehen würde, als für ihn auszusagen.

»Suboptimal«, stellt Sunny fest.

Hübsche Beschreibung für zehn Jahre Jugendarrest. Mir schnürt sich die Kehle zusammen, als hätte ich Essig getrunken. Ich ahne, dass Sunny aufgeben will. Wir haben alles getan, was wir konnten. Es hat nichts gebracht. Schicksal. In zwei Tagen ist Hockeyturnier. Das Leben geht weiter.

»Das bedeutet dann wohl ...«, setzt er an.

Ich weiß, was das bedeutet. Für dich. Bei mir sieht das anders aus: Ich habe Yasir das Versprechen gegeben, ihn nicht im Stich zu lassen. Und dieses Versprechen werde ich halten.

»... dass ich meine Eltern anrufen sollte«, führt Sunny den Satz zu Ende.

Ich starre ihn an.

»Lass uns mal aussteigen«, sagt er.

Wir befinden uns in Mitte – Oranienburger Straße –, unter einer weißen Markise, die, schwer geworden vom Regen, bedrohlich durchhängt. Von der Kante läuft in feinen Fäden Wasser herab. Der zur Markise gehörende Imbiss heißt »dada Falafel« – warum auch immer. Wir sind umgeben von dem Geruch nach gebratenem Fleisch, frittiertem Gemüse und Sesamsoße. Ich bekomme automatisch Hunger. Was offenbar nicht nur mir so geht: Außer uns sitzen noch ungefähr zwanzig weitere Personen wie Hühner auf der Stange und versuchen, satt, aber nicht nass zu werden.

Sunny und ich halten jeder einen Schawarma in der Hand. Während ich meinen in mich hineinstopfe, bevor das Papier aufweicht, erklärt mir Sunny, weshalb er zu Hause anrufen will: »Ohne externe Hilfe kommen wir nicht weiter.«

»Und du glaubst, dein Stiefvater kann helfen.«

»Wir können auch gerne *deinen* Vater anrufen …«

Früher oder später werde ich das müssen. Später. Und helfen kann der uns bestimmt nicht. Ich kaue meine Worte hervor: »Was glaubst du, wie er reagieren wird?«

»Ganz ehrlich: ist mir scheißegal.« Sunny wedelt mit seinem Schawarma herum wie mit einem Taktstock. Zwei Gurkenscheiben segeln zu Boden. Er hat ihn noch nicht einmal angebissen. Sollte sich ranhalten, falls er mir nicht die Hälfte abgeben will. »Wenn Uwe daran gelegen ist, dass sein Adoptivsohn in diesem Leben noch einmal mit ihm redet, dann bewegt er besser seinen Arsch.«

»Wie du neuerdings redest«, bemerke ich und lecke Sesamsoße von meinem Fingerknöchel. »Man könnte glauben, du wärst im Knast gewesen.«

»Das ist kein Witz, Mann. Uwe hat viel für mich getan, aber deshalb bin ich noch lange nicht sein Eigentum. Am liebsten würde ich ihn jetzt gleich anrufen …«

Meine Mutter sagt gerne, man muss auf den richtigen Moment warten und dann aufspringen. Das heißt, sie sagt natürlich nicht »man muss«. Das Wort »müssen« kommt bei ihr nur vor, um verneint zu werden. Also: Wer es versteht, den richtigen Moment abzupassen und mitzunehmen, kann ihn besser für sich nutzen. Oder so ähnlich.
»Dann mach doch«, sage ich. Spring auf!
Er sieht mich an.
Und weiß, dass ich recht habe.
Den Moment mitnehmen.
Danke, Mama.
Er steht auf und kramt sein iPhone aus der Hosentasche. Kleines Manager-Einmaleins: Wichtige Telefonate führt man im Stehen. Hat er von Herrn Bergmann gelernt.
»Sunny?«
Er fokussiert sich bereits auf das Gespräch mit seinem Stiefvater und hört mich kaum noch: »Hm?«
»Soll ich solange deinen Schawarma halten?«
Er gibt mir seinen Schawarma, der inzwischen wie eine welke Banane im Teigmantel aussieht, drückt sich sein iPhone ans Ohr und tritt unter der Markise heraus in den Regen. Einen Moment später höre ich ihn sagen:
»Hallo, Uwe.« Seine nächsten Worte sind: »Nein.« »Nein.« Und noch einmal: »Nein.«
Geht ja gut los.
Ungefähr zwei Meter von mir entfernt bleibt Sunny stehen. Jenseits des Vorplatzes rumpelt verschwommen eine gelbe Tram vorbei. Die von der Markise rinnenden Regenfäden scheinen von oben ins Bild zu laufen. Als müsste Sunny sich gleich auflösen und mit den restlichen Farben verschmelzen. Blöderweise habe ich keine Kamera

dabei, also kann ich mir nur wünschen, dieses Bild niemals zu vergessen. Manchmal funktioniert das. Wenn die emotionale Verknüpfung im Gehirn groß genug ist, behält man einzelne Bilder fürs ganze Leben. Sagt mein Vater.

»Meine Mutter ist also verzweifelt, ja?« Sunny tritt abwechselnd mit der rechten und linken Fußspitze gegen einen Laternenpfahl, der extra auf alt gemacht ist und vermutlich an die Goldenen Zwanziger erinnern soll. »Da ist sie nicht die Einzige, kann ich dir sagen! Ihr Sohn hat nämlich vor drei Tagen herausgefunden, dass er von seinen Eltern sein ganzes Leben lang belogen worden ist. Erstaunlich, nicht? Hätte man gar nicht angenommen. Aber da möchte ich jetzt nicht mit dir drüber reden, Uwe, und da *werde* ich jetzt auch nicht drüber reden. Denn es gibt etwas, das wichtiger ist…« Hossa. Emanzipiert sich da etwa gerade jemand im Zeitraffer von seinem Vater? Ich frage mich, ob der emotionale Zug, auf den Sunny aufgesprungen ist, nicht vielleicht eine Spur zu schnell unterwegs ist. Nicht, dass man ihn jetzt noch stoppen könnte. »… Um ganz ehrlich zu sein, Uwe: Das ist mir so was von *fuck* egal, was *du* denkst, was *ich* jetzt machen muss – da habe ich gar keine Worte für…« Vom Regen glänzen Sunnys Wangen. Wenn er schweigt, mahlen seine Kiefer aufeinander. Diesen Gesichtsausdruck kannte ich von ihm bislang nur, wenn seine Mannschaft eine Strafecke zugesprochen bekam. Ich weiß, das passt jetzt nicht hierher, aber: Es sieht gut aus. »… Yasir ist mein Bruder, Uwe! Ob uns das nun passt oder nicht. Und ihm drohen zehn Jahre Jugendarrest. Und zwar für ein Verbrechen, das er nicht zu verantworten hat. Ich weiß nicht, was wir noch tun können, aber ich gehe davon aus, dass, wenn jemand eine Idee dazu hat, du es bist. Ich möchte …« Sunny tritt so fest gegen den Pfahl, dass er sich dabei einen Zeh anknackst. »Ich glaube, du würdest uns beiden einen Gefallen tun, wenn du mich ausreden ließest … Ich möchte, dass du nach Berlin kommst, so schnell wie möglich. Damit wir gemeinsam überlegen, wie wir Yasir helfen können. Über alles andere können und werden wir später reden.«

Ich kann nicht hören, was Herr Bergmann sagt, aber für jemanden, der Dreiwortsätze bevorzugt, dauert es ganz schön lange. Zwischendrin streckt Sunny plötzlich seinen Kopf unter die Markise, schirmt mit der Hand sein iPhone ab und lächelt sein Gewinnerlächeln, das ich schon vermisst habe.

»Der hat ein so schlechtes Gewissen«, flüstert er, »dass er auf allen vieren angekrochen käme.« Dann drückt er sich wieder das iPhone aufs Ohr und tritt in den Regen: »Sag einfach Ja oder Nein.«

Pause.

Herr Bergmann antwortet.

»Danke, Uwe.«

Sunny lässt sein iPhone in die Hosentasche gleiten, beugt sich vor und schießt am Laternenpfahl vorbei mit einem unsichtbaren Hockeyschläger einen unsichtbaren Ball oben links ins Netz, genau in die Ecke. Anschließend reißt er nicht, wie man es erwarten würde, die Arme empor, sondern tut so, als wäre von Anfang an klar gewesen, dass er treffen würde. Als hätte er das Tor unmöglich verfehlen können.

Er setzt sich wieder zu mir. Ich bemerke, dass mir etwas aufs Bein tropft. Regen.

Denkste.

Fett. Vor lauter Anspannung habe ich den Schawarma zerquetscht und jetzt tropft die Soße aus dem aufgeweichten Papier direkt auf mein Bein.

»Und?«, frage ich.

»In drei Stunden ist er da.«

»Danke«, sage ich. Als hätte Sunny es für mich getan. Hat er vielleicht auch. Ein bisschen wenigstens.

Ich halte ihm mit fettglasierten Fingern den triefenden Schawarma hin: »Hier.«

»Danke, iss du ihn ruhig.«

22

Die schräg einfallenden Sonnenstrahlen zeichnen wieder verzerrte Kreuze auf die Wand. Sunny steht vor dem Fenster unseres Lovenests und sieht aus wie in Licht gegossen. Er kratzt sich am Daumen und blickt hinunter auf die Straße. Wir warten auf das Eintreffen von Nazan und Herrn Bergmann. Ich liege auf dem Bett, habe mir drei Kissen in den Rücken gestopft und eine Decke unter den bandagierten Fuß. Wenn das hier vorbei ist, schlafe ich eine Woche durch.

Außer auf das Eintreffen von Sunnys Eltern warte ich noch auf etwas anderes: den richtigen Moment, mein Handy einzuschalten. Das halte ich bereits so lange in der Hand, dass das Gehäuse ganz beschlagen ist. Bescheuert, wie sehr man sich von einer kleinen schwarzen Plastikschale stressen lässt. Irgendwann, sagt Mama, muss man sich seinem Dämon stellen. Und wenn es nur sein Handy ist.

Ich drücke den Einschaltknopf, der nur noch funktioniert, wenn man ihn mit Gewalt ins Gehäuse presst, gebe die PIN ein – 2275 – und warte darauf, dass mein Handy eine Verbindung zu seiner Umwelt aufbaut. Es hat noch nicht einmal ein Netz angezeigt, da fängt es zu klingeln und zu zappeln an. Mein Vater, ich spüre es.

Ich blicke auf das Display.

Ricky.

Gott sei Dank.

Alles wird gut.

»Ricky?«

»Ich hoffe, dir ist klar, dass die Digitalpolizei dich in diesem Moment ortet und in drei Minuten verhaften wird!«

Ich bin zu verwirrt für eine schlagfertige Antwort: »Digitalpolizei?«

»Wer länger als drei Tage sein Facebook-Account nicht aktualisiert und außerdem sein Handy ausgeschaltet lässt, gilt als öffentliche Bedrohung und wird automatisch von der Digitalpolizei aufgegriffen. Wusstest du nicht?«

Ah. Ein Witz. Und jetzt ist er sogar bei mir angekommen.

»Darf man vielleicht mal erfahren, wo du steckst?«, redet Ricky weiter. Und bevor ich die Gelegenheit habe, mir zu überlegen, wo ich am besten anfange, ruft sie: »Erzähl mir nicht, du bist mit einem Surflehrer durchgebrannt und liegst jetzt auf Ibiza faul in der Sonne rum.«

Ist ein Traum von ihr: dass eines Tages ein schwedischer Surflehrer mit seinem Brett vor dem Schultor steht und zu ihr sagt: Was machst du noch hier? Auf Ibiza war sie übrigens noch nie. Oder, um mal wieder mit meiner Mutter zu reden: Das Paradies existiert ausschließlich als Projektion.

»Nein«, erwidere ich, »mit Sunny.«

»Du bist mit Sunny durchgebrannt?«

»Könnte man so sagen.« Wer hätte gedacht, dass es mir einmal gelingen würde, Ricky zu überraschen …

»Nach Ibiza?«

»Berlin.«

»Nur, damit hier nichts verrutscht: Reden wir von demselben Sunny? Sunny Bergmann, Schulsprecher des Gymnasiums Christianeum und Traumschwiegersohn sämtlicher Mütter der Generation Fünfzig plus?«

»Genau der.«

»Und ihr seid in Berlin?«

»Yep.«

»Ist ja krass!« Muss Ricky erst einmal verdauen. Dauert knapp anderthalb Sekunden. »Habt ihr es endlich GETAN?«

Wenn ich es nicht besser wüsste, müsste ich langsam glauben, dass Ricky selbst noch Jungfrau ist.

Aus dem Augenwinkel registriere ich, dass Sunny aus dem Licht zurücktritt und sich mir zuwendet. Sein Gesicht sieht aus, als habe man alle Gefühle der Welt in einen Topf gegeben und auf Stufe drei verrührt. Das kann eigentlich nur eins bedeuten:

»Sie sind da«, sagt er.

»Habt ihr?!«, tönt es aus meinem Handy.

»Ricky«, wiegele ich ab, »das ist jetzt echt nicht der richtige Zeitpunkt. Sunnys Eltern sind gerade gekommen und wir müssen …«

»Sunnys Eltern?«

»Genau die.«

»Nazan und Uwe Bergmann?«

»Exakt.«

»Die kommen extra euretwegen nach Berlin?«

Sunny lässt den Kopf kreisen, als wärme er sich für ein Spiel auf.

»Ich erklär dir alles, wenn …«

»Und ob du das wirst! Ich erwarte einen ausführlichen Bericht bis spätestens acht Uhr dreißig morgen früh, auf meinem Schreibtisch, inklusive sämtlicher Details. Vor allem der sexuellen.«

»Bekommst du, auch wenn dich letztere möglicherweise eher enttäuschen werden.«

»Ihr habt immer noch nicht miteinander ge*schlafen*?!«

Ich kann nur hoffen, dass Ricky nicht gerade auf dem Schulhof steht und jetzt aber auch wirklich JEDER weiß, dass Sunny Bergmann und Laura Schuchardt IMMER NOCH NICHT MITEINANDER GESCHLAFEN haben.

Sunny steht am Fußende des Bettes, die Tasche über der Schulter, und scharrt mit den Füßen.

»Wie gesagt: Ist nicht der richtige Zeitpunkt. Wir müssen los.« Ich schwinge die Beine aus dem Bett und versuche, den getapten Fuß in meinen Schuh zu zwängen. »Ach, Ricky? Kannst du bei meinen Eltern anrufen und ihnen sagen, dass alles okay ist und sie sich keine Sorgen machen sollen? Ich melde mich, sobald es geht. Heute. Spätestens morgen. Okay? Kannst du ihnen das sagen?«

»Geht klar. Die haben mich sowieso schon angerufen und mir das Versprechen abgenommen, dass ich mich melde, sobald ich was von dir höre.«

»Ricky?«

»Hier.«

»Danke.«

»Laura?«

»Ja?«

»Bitte.«

Nazan und Herr Bergmann stehen an der Rezeption und täuschen Normalität vor. Geht voll nach hinten los. Ich muss die Augen hinter Nazans Brille gar nicht sehen, um zu wissen, dass sie verheult sind – mindestens dreimal nachgeschminkt und wieder von Neuem verlaufen. Dementsprechend hält ihre Fassade auch nur so lange, bis Sunny und ich in den Empfangsbereich treten. Mit einem unterdrückten Aufschrei fliegt sie ihrem Sohn entgegen, wirft sich ihm an den Hals und lässt ihren Gefühlen freien Lauf, die ihren Ausdruck in hemmungslosem Schluchzen finden: »Es tut mir leid, Soner«, schnieft sie. »Es tut mir sooo leid ...«

Ihr Gesicht, beziehungsweise das, was ich davon sehen kann, ist angstverzerrt. Die Vorstellung, dass ihr Sohn, der sein ganzes Leben mit der Liebe für zwei beladen wurde, sich von ihr abwenden könnte, versetzt sie in nackte Panik. Sunny dagegen ist zu einer sichtbaren Reaktion unfähig. Er würde Nazan gerne verachten und seinen gesamten Frust über ihr auskippen, aber etwas in ihm kann nicht anders, als sie trotz allem zu lieben. Ich stehe daneben und bin gleichfalls hin und her gerissen: Einerseits tut mir Nazan total leid, andererseits hat sie einfach mal echt die Arschkarte gezogen und die ist bekanntlich rot auf der Rückseite. Außerdem will sie Mitleid dafür, dass sie Mist gebaut hat, und so etwas kann ich generell nicht leiden.

Herr Bergmann hat sich besser im Griff, logisch. Steht vor der Rezeption wie ein Hundert-Kilo-Fels in maßgeschneidertem Zwirn. Als einzig sichtbares Zeichen seiner inneren Anspannung gestattet er sich ein leichtes Zappeln seiner Sonnenbrille, die er am Bügel zwischen Daumen und Zeigefinger hält.

Er nickt mir zu: »Tag, Laura.«

»Hallo, Herr Bergmann.«

Patrick, der offenbar nicht nur hinter dem Tresen arbeitet, sondern dort auch wohnt, tut so, als wäre er schwer beschäftigt. Keine Zeigefingerpistole, kein cooles Englischgequatsche. Mir fällt ein, dass er annehmen muss, Sunny habe ihm letzte Nacht ein blaues Auge angedroht.

»Laura!«

Plötzlich bin ich es, dem Nazan ihr verlaufenes Mascara ins T-Shirt schmiert. Ich erwidere ihre Umarmung und sehe über ihre Schulter hinweg, wie Sunny und sein Stiefvater sich die Hände reichen. Sieht nach Armdrücken aus. Der wird sich wundern, denke ich. Wir haben nämlich eine kleine Überraschung vorbereitet.

»Können wir?«, fragt Sunny.

Nazan und Herr Bergmann sehen uns an.

»Wir sind verabredet«, erklärt Sunny.

23

In der Waldstraße 35 in Berlin-Moabit steht ein Mietshaus wie es ungemütlicher kaum aussehen könnte. Zumindest von außen: sieben Stockwerke wie aus steinernen Umzugskartons übereinandergeklotzt, unterbrochen von Reihen kleiner Balkone und noch kleinerer Fenster. Da hilft auch nicht, dass man das Erdgeschoss mit Sonnenblumengraffiti verschönert hat. An etwa jedem zweiten Balkon hängt eine Satellitenschüssel. Hier bin ich bereits gestern vorbeigefahren – mit Yasir und Kerim und diesem Typen, der zu oft »Drive« geguckt hat. Da hat Yasir nichts davon gesagt, dass er und sein Vater hier wohnen. Vielleicht, überlege ich, hat er sich geschämt. Aber das ist meine Sicht. Vielleicht war er auch einfach zu sehr in Gedanken.

Herr Bergmann prüft unauffällig, ob die Türen seines Porsche Cayenne auch wirklich geschlossen sind, nachdem er sie zentralverriegelt hat. Die Gegend ist ihm nicht geheuer. Türken, hat er mal durchblicken lassen, klauen alles, was nicht niet- und nagelfest ist. Ist eben so. Meint er. Sagen seine Erfahrungen als Spediteur.

»Du machst es ja spannend«, stellt er fest.

Doch ihm ist nicht wohl bei der Sache. Überhaupt nicht. Und Nazan noch viel weniger.

Der Balkon neben der Eingangstür ist so niedrig, dass ich die BZ sehen kann, die dort auf einem Campingtisch liegt. Hinter dem Tisch sitzt ein Mann mit Walrossbart, rasiertem Schädel und Oberarmen vom Durchmesser gut gewachsener Eichen. Jeder, der hier kommt oder geht, wird von ihm registriert. Natürlich auch wir. Sunny studiert das Klingelbrett und findet dreimal den Namen Aziz. Der Typ auf dem Balkon blättert seine Zeitung um.

»Entschuldigung«, Sunny reckt den Kopf über die Brüstung. »Können Sie mir sagen, wo Mohamed und Yasir Aziz wohnen?«

Der Mann sieht kurz auf und kratzt sich die Bartstoppeln auf seinem Hinterkopf. Er kennt Sunnys Gesicht – aus der Zeitung: Yasir. Der Schläger. Hier aus dem Haus. Kennt seine eigene Wohnung nicht. Er bekommt es nicht zusammen. Ein weiteres Mal reibt er über seinen Hinterkopf, dann gibt er es auf: »Zweiter Stock.«

Als Sunny den Klingelknopf findet, stockt Nazan und Herrn Bergmann endgültig der Atem. »Wir gehen jetzt nicht zu Yasirs Vater?«, fragt Nazan. Dabei weiß sie es besser.

»Ist schon merkwürdig«, Sunny drückt den Knopf, »Yasir meinte auch, es sei *sein* Vater und nicht meiner.« Er presst die Hand gegen das Glas der Eingangstür. »Stimmt aber nicht.«

»Hallo?«, tönt es aus der Gegensprechanlage.

»Hallo Mohamed«, sagt Sunny. »Wir sind's.«

Unsere Schritte hallen durch das Treppenhaus. Die Stufen sind aus Stein, die Wände in einer senfgelben Ölfarbe gestrichen. Wer hier flüstert, den hört das ganze Haus.

Mohamed steht in der Tür wie ein Kaninchen, das vorsichtig seinen Kopf aus dem Bau streckt. Ich weiß nicht, warum, aber irgendwie tut er mir von allen Beteiligten am meisten leid. Vielleicht, denke ich, hat er das schwerste Los gezogen. Als er Nazan sieht, seine Nazan, die ihn vor fünfzehn Jahren verlassen hat, die seine Frau hätte sein sollen und die so schön ist, als sei die Zeit an ihr vorbeigegangen wie an einer Statue, schnürt es ihm die Brust zusammen. Kaum merklich krümmt er sich unter der Last seines Schicksals.

Herr Bergmann kommt als Letzter die Stufen herauf, versucht, sich im Hintergrund zu halten. Ist für einen wie ihn nicht einfach. Und hilft auch nicht wirklich, denn auch er kommt schließlich auf dem Treppenabsatz an: der Mann, wegen dem Nazan Mohamed verlassen hat. Das Leben, das er ihr nie hätte bieten können. Steht da vor seiner Wohnung, eins fünfundneunzig groß, in einem Anzug, wie ihn Erfolgstypen in Hollywoodfilmen tragen.

»Wie du siehst, haben wir noch jemanden mitgebracht«, entschuldigt sich Sunny.

Mohamed wusste, dass wir kommen. Aber er wusste nicht, dass wir Nazan und Herrn Bergmann dabeihaben würden.

Er presst die Lippen aufeinander. Sein Blick könnte Basalt in schwarze Butter verwandeln. »Ja, sehe ich«, bringt er hervor. »Hallo, Nazan.«

»Hallo, Mohamed ... Das ist mein Mann: Uwe.«

Herr Bergmann und Mohamed reichen sich die Hände, von oben nach unten, als würde Herr Bergmann auf dem Siegertreppchen stehen.

»Bitte«, sagt Mohamed, »kommt herein.«

Die Wohnung ist nicht, was ich erwartet habe: keine Gebetsteppiche, keine Shisha, kein Duft nach Kardamom und Kreuzkümmel. Tatsächlich hat die Wohnung überhaupt keine besonderen Merkmale, außer dass sie klein ist.

In der Küche gibt es eine Einbauzeile aus den Siebzigern mit abgeplatzten Kanten, dazu einen Tisch, an den gerade so zwei Stühle passen. Im Wohnzimmer, das Mohamed gleichzeitig als Schlafzimmer dient, steht ein kleines Bett, über das eine Patchworkdecke mit arabischen Mustern gebreitet ist. Ein Teppich in derselben Art hängt über dem Sofa an der Wand. Zwei Stühle, ein Couchtisch, eine Kommode mit einem Fernseher drauf. Der Boden ist mit einem gräulich-bräunlichen PVC belegt, der etwas Natürliches imitieren soll – was genau, ist allerdings unklar. Alles wirkt sehr aufgeräumt. Karg. Es gibt noch ein weiteres Zimmer: Yasirs, wie ich annehme. Die Tür ist allerdings geschlossen.

»Bitte«, Mohamed deutet auf den Tisch, »setzt euch. Ich mache Tee.«

Er verschwindet im Flur. Nazan und Herr Bergmann nehmen auf dem Sofa Platz, Sunny und ich auf den Stühlen rechts und links des Tischs.

Nazan wartet einen Moment, bevor sie ihre Brille abnimmt. Ihr Gesicht ist ein Desaster. Schön, trotzdem. Natürlich. Aber ein Desaster.

Sie wirft Sunny einen durchdringenden Blick zu. »Warum?« Sie formt das Wort eher, als dass sie es tatsächlich ausspricht.

»Willst du so weitermachen wie bisher?«, fragt Sunny zurück.

»Was deine Mutter meint«, ergreift Herr Bergmann das Wort, »ist: Warum jetzt? Warum alles auf einmal?«

Sunny setzt zu einer Erwiderung an, aber ich bin schneller: »Weil Yasir unsere Hilfe braucht.«

Sunny dreht seine Handflächen nach oben: »Familienzusammenführung«, ergänzt er.

Heute diktiert er die Regeln.

Nazan verdreht die Augen, Herr Bergmann starrt aus dem Fenster. Das hier geht ihm so was von gegen den Strich, da gibt's keine Worte für. Oder, um an dieser Stelle einmal mehr meine Mutter zu zitieren: Menschen wie Herrn Bergmann fällt es schwerer als anderen, Beschneidungen ihres Machtbereichs hinzunehmen.

Mohamed kommt aus der Küche und trägt einen silbernen Teller vor sich her, auf dem er eine silberne Kanne, gemusterte Untertassen und kleine blaue Gläser balanciert. Die Kanne und der Teller glänzen wie am ersten Tag. Mohamed legt die Untertassen aus und stellt auf jeder ein Glas ab. Und da wir uns unmöglich länger anschweigen können, sagt er mit weicher Stimme:

»Es tut mir leid, dass wir uns *so* wiedersehen – weil Yasir im Gefängnis sitzt. Ich schäme mich.« Er drückt mit zwei Fingern den Deckel auf die Kanne und beginnt, reihum die Gläser zu füllen. »Ich habe gebetet, dass so etwas nicht passiert. Jeden Tag hab ich gebetet ...«

Betretenes Schweigen. Nachdem Mohamed die Gläser gefüllt hat, weiß sein Körper nichts mehr mit sich anzufangen. Gedankenverloren steht er vor dem Tisch, die Kanne in der Hand. Seine Haare streben in alle möglichen Richtungen vom Kopf weg. Sunny und er sehen sich wirklich verdammt ähnlich, auch wenn fünfzehn Jahre beständige Desillusionierung in Mohameds Gesicht tiefe Spuren hinterlassen haben.

»Aber er hat es nicht getan«, sage ich.

Mohamed macht ein Gesicht, als komme es darauf nicht an. Als sei, was auch immer geschieht, Gottes Wille. »Wäre es nicht das gewesen, wäre was anderes gekommen.

Gab es Probleme ...« Er stellt die Kanne auf den Teller. Metall trifft auf Metall. »Ich hole einen Stuhl.«

Mohamed sucht erneut im Flur Zuflucht, kehrt mit einem Stuhl zurück und setzt sich zu uns wie der ungebetene Gast, das fünfte Rad am Wagen.

Herr Bergmann beugt sich vor, nimmt das kleine Glas und nippt daran: »Schwierige Situation.«

Es ist unklar, ob damit Yasir gemeint ist oder ob wir gemeint sind, jetzt, hier, wie wir um diesen Tisch sitzen. Herr Bergmann klärt es nicht auf. Dem Mann, der sonst so gerne lösungsorientiert denkt, fällt offenbar nicht mehr ein.

»Ich hätte damals beide mitnehmen sollen«, grübelt Nazan. »Dann wäre alles ganz anders gekommen.«

Ich muss an das denken, was Mohamed gesagt hat: Dass Yasir ihm, rückblickend gesehen, wahrscheinlich das Leben gerettet hat. Falls das stimmt, hat Nazan auf jeden Fall recht und es wäre alles ganz anders gekommen.

»Wärst du bei mir geblieben«, erwidert er leise, »wäre auch anders gekommen.«

Nazan schweigt, zieht sich in sich selbst zurück. An ihrer Stelle antwortet ihr Mann: »Was hätten Sie Ihren Kindern denn bieten können – das Sie Yasir nicht bieten konnten?«

Mohamed antwortet sofort: »Eine Familie.«

Herr Bergmann muss sich schwer zusammenreißen, um nicht abfällig zu schnaufen. »Ohne Öl ins Feuer gießen zu wollen, wage ich mal die Behauptung, dass unter diesen Umständen auch alles noch viel schlimmer hätte kommen können.«

Mohamed übergeht Herrn Bergmanns Bemerkung.

»Wenn ich dich nicht geheiratet hätte«, sagt er zu Nazan, »dann würdest du heute noch in Toula sitzen und Kufta rollen.« Seine Stimme spannt sich wie eine Violinsaite. »*Du bist es, die unsere Familie zerstört hat.*«

Wieder schweigt Nazan. Ihre Vergangenheit scheint ihr im Hals festzustecken.

»Es gibt ja auch eine positive Seite, die sollte man an dieser Stelle vielleicht nicht verschweigen«, meint Herr Bergmann. »Durch die Vereinbarung, die wir damals getroffen haben, hatte wenigstens Soner die Chance, etwas aus sich zu machen.«

»Hat Yasir auch etwas aus sich gemacht«, wehrt sich Mohamed, »der ist ein guter Junge.«

Herr Bergmann presst die Spitzen seiner Finger gegeneinander. »Sagen wir es doch, wie es ist: Yasir ist ein Krimineller. *Das* ist es, was er aus sich gemacht hat.«

»Das stimmt nicht«, gehe ich dazwischen. »Yasir ist kein Krimineller.« Und dann wiederhole ich, was ich letzte Nacht bereits zu Almila gesagt habe: »Er versucht, das Richtige zu tun.«

Sunnys Stiefvater macht ein Gesicht, das besagt: *Na Glückwunsch*. Bringt mich total auf die Palme.

»Er hat den Mann in der U-Bahn nicht mal angerührt!« Ich ärgere mich selbst über meinen zickigen Tonfall. »Sein Kumpel Kerim war's. Yasir hatte einfach das Pech, zur falschen Zeit am falschen Ort zu sein.«

»Jeder ist seines Glückes Schmied«, beharrt Herr Bergmann. »Mit so Leuten wie diesem Kerim treibt man sich eben nicht herum. Folgerichtig bekommt man irgendwann selbst Ärger.«

Ganz schön selbstgerecht, finde ich. Aber ein Alphamännchen wie Sunnys Stiefvater kann sich so etwas eben erlauben. Glaubt er zumindest. Ich frage mich, was in Nazan vorgeht, wenn sie ihren Mann so reden hört – weshalb sie so beharrlich schweigt. Auf die Schnelle würde ich tippen: Schuldgefühle auf der einen, Loyalität auf der anderen Seite.

Bis hierher hat Sunny kommentarlos verfolgt, wie sich seine Versuchsanordnung entwickelt. Jetzt reicht es ihm: »Ihr seid so was von egoistisch! Ihr habt alle nichts Besseres zu tun, als euch gegenseitig die Schuld zuzuweisen. Dabei geht's hier nicht um euch, sondern um Yasir! Du, Uwe, machst es dir echt zu einfach: redest über Yasir, als wüsstest du genau Bescheid. In Wirklichkeit aber weißt du gar nichts – hast nie ein Wort mit ihm geredet. Und du, Mama, sitzt hier und tust so, als ginge dich das alles nichts an. Dabei ist Yasir nicht weniger dein Sohn als ich es bin.«

Nazan beißt sich auf die Lippen, die kurz darauf zu beben beginnen. Hilfe suchend blickt sie ihren Sohn an. Die Ablehnung, die ihr von dort entgegenschlägt, treibt ihr sofort die Tränen in die Augen.

Sunny verliert die Fassung: »Jetzt fang nicht an zu heulen, Mama, sondern sag was!«

Nazan schnieft und schluckt und versucht, mit den Rücken ihrer Zeigefinger den Mascaraverlauf einzudämmen. Schließlich blickt sie zu ihrem Mann auf: »Soner hat recht, Uwe: Yasir ist mein Sohn – so wie er es ist.«

»Ist das so?«, entgegnet Herr Bergmann. »Die letzten fünfzehn Jahre hat dich das aber nicht sonderlich interessiert.«

»*Du* warst es, der den Vorschlag gemacht hat, die

Kinder zu trennen!«, wimmert Nazan, die in all den Jahren, die sie jetzt verheiratet sind, wahrscheinlich noch nie gegen ihren Mann aufbegehrt hat.

Herr Bergmann verbreitert den Abstand zwischen ihnen: »Und Mohamed und du? Ihr wart beide einverstanden, soweit ich mich erinnern kann.«

»Wenn du mich liebst«, sagt Nazan und gibt endgültig den Versuch auf, ihr Gesicht zu wahren, »dann musst du mich mit allem lieben, was ich bin.«

Mohamed setzt lautlos und in Zeitlupe sein Glas auf der Untertasse ab. Herr Bergmann schwillt die Halsschlagader. Er kann es nicht glauben: Nazan, seine eigene Frau, stellt ihm Bedingungen?

»Er ist mein Bruder!«, ruft Sunny »Und der einzige Grund, weshalb *ich* hier sitze und nicht *er*, ist, dass er eine Viertelstunde früher auf die Welt gekommen ist. Sogar die Geburt war für mich schon leichter als für ihn.«

»Ich glaube nicht«, auch sein Stiefvater ist kurz davor, die Fassung zu verlieren, »dass ich in diesem Ton mit mir reden lassen mu…«

»Ob du es *glaubst* oder nicht«, entreißt ihm Sunny das Wort, »was du *glaubst*, interessiert hier nicht! Yasir, der zufällig nicht nur mein Zwillingsbruder, sondern gleichzeitig« – er zielt mit dem ausgestreckten Zeigefinger auf die Stelle zwischen Nazans Augenbrauen – »*dein* Sohn ist, sitzt im Gefängnis für ein Verbrechen, das er nicht begangen hat. Und wenn *uns* nicht irgendetwas Schlaues einfällt, bleibt er die nächsten zehn Jahre eingesperrt!«

Herr Bergmann erhebt sich und fährt ebenfalls seinen Zeigefinger aus. Die Messer sind gewetzt: »So etwas muss ich mir nicht anhören!«

Ich erwarte eine der drei stressbedingten Grundreaktionen: Angriff, Flucht, Starre. Flucht kommt für einen wie Herrn Bergmann nicht infrage. Starre ebenso wenig. Aber er kann mit Sunny auch schlecht eine Prügelei anfangen.

»Ich warte im Wagen«, verkündet er.

Also doch Flucht.

»Bitte«, Mohamed ist ebenfalls aufgestanden, versucht die Wogen zu glätten. »Bleiben Sie …«

Doch Herr Bergmann ist bereits in den Flur gestampft, reißt die Wohnungstür auf und knallt sie hinter sich ins Schloss. Der Hall jagt durchs Treppenhaus.

Erst jetzt, da plötzlich alles ruhig und die Luft erstarrt ist, bemerke ich, wie sehr ich selbst unter Adrenalin stehe. Mein ganzer Körper zittert. Das heißt … Wo ich so darüber nachdenke, fällt mir auf, dass es nicht mein gesamter Körper ist, sondern vielmehr meine Hüfte. Und das wiederum deutet nicht so sehr auf Adrenalin hin, als vielmehr auf … mein Handy! Das ich nach dem Gespräch mit Ricky auszuschalten vergessen habe und das jetzt munter vor sich hin vibriert.

Ich ziehe es aus der Tasche und will es zum Schweigen bringen, als ich sehe, dass mir das Display eine Berliner Festnetznummer anzeigt, ohne Namen. Wer in dieser Stadt hat meine Nummer, ohne unter meinen Kontakten abgespeichert zu sein? Während die Synapsen in meinem Kopf Breakdance tanzen, stammele ich »'tschuldigung«, tappe in den Flur und nehme den Anruf entgegen:

»Hallo?«

Schweigen.

»Hallo?«, wiederhole ich. »Wer ist denn da?«

»Hallo«, antwortet ein zerbrechliches Stimmchen. Ihr

Stimmchen. Das eine Wort reicht mir, um zu erkennen, wer sich dahinter verbirgt. »Hier ist ...«

»Almila«, nehme ich ihr den Satz aus dem Mund.

Eine kleine Ewigkeit lang geschieht nichts, außer dass Sunny seinen Kopf in den Flur streckt und mich fragend ansieht. Ich deute mit dem Finger auf das Handy und forme mit den Lippen AL-MI-LA. Sunny reißt die Augen auf, da höre ich sie sagen:

»Du hattest recht.«

Interessant. Aber womit?

Sie atmet tief durch: »Es hätte auch mein Sohn sein können.«

Ziemlich genau dreieinhalb Minuten später stehe ich unten auf der Straße und klopfe gegen die Seitenscheibe von Bergmanns SUV. Die anderen sitzen oben und wissen noch gar nicht, was los ist. Bin direkt runtergerannt. Herr Bergmann drückt aufs Knöpfchen, die Scheibe gleitet in die Tür. Ach du Scheiße, denke ich, hat der etwa auch geheult? Dann wird mir klar, dass er auf etwas wartet. Dass ich etwas sage, zum Beispiel.

»Sie ist bereit, eine Aussage zu machen«, poltere ich.

Kann Herr Bergmann natürlich nichts mit anfangen.

»Almila«, erkläre ich.

Immer noch nix.

»Die Frau auf dem Überwachungsvideo!«

Nö. Nix.

»Sie hat der Frau des Apothekers alles gestanden und ihren Job gekündigt und jetzt, wo ihr sowieso alles um die Ohren fliegt, will sie nicht noch einen Unschuldigen ins Gefängnis bringen.«

Ich habe das deutliche Gefühl, dass Herr Bergmann immer weniger versteht, je länger ich rede.

»Kann ich mich kurz zu Ihnen setzen?«

Das versteht er immerhin. Er entriegelt die Türen: »Bitte.«

Im Fast Forward erzähle ich, was in den letzten Tagen passiert ist, zeige sogar meinen getapten Fuß vor, als Beweis. Das ist unsere einzige Chance, schärfe ich ihm ein, und dass wir schnell handeln sollten – bevor Almila es sich wieder anders überlegt. Während meiner Ausführungen hält sich Herr Bergmann die ganze Zeit über mit den Händen am Lenkrad fest und blickt stur geradeaus. Als wären wir auf der Autobahn und würden 180 fahren. Ziemlich unvorbereitet stelle ich dann fest, dass ich mit meiner Geschichte im Jetzt angekommen bin und nichts mehr zu erzählen habe.

Auf der Suche nach einem geeigneten Schlusspunkt fällt mir nur noch ein, was Sunny vorhin gesagt hat: »Yasir ist nicht weniger Nazans Sohn als es Sunny ist.«

»Meiner ist er nicht«, erwidert Herr Bergmann.

»Wenn Sie Ihre Frau wirklich lieben«, lege ich vorsichtig nach, »dann müssen Sie sie mit allem lieben, was sie ist.«

Er merkt nicht einmal, dass ich ihm zum zweiten Mal den Satz seiner Frau auftische. »Was willst du mir denn *da*mit sagen?«

Das weiß er natürlich ganz genau. Ist ja schließich ein schlaues Kerlchen. Aber manche Dinge muss man eben aus dem Mund seines Gegenübers hören, um handeln zu können.

»Als Sunny in Untersuchungshaft saß, da haben Sie keine Sekunde gezögert, um sämtliche Hebel in Bewegung zu setzen«, rufe ich ihm in Erinnerung. »Ich finde, Sie sollten bereit sein, für Yasir das zu tun, was Sie für Soner getan haben.«

Herr Bergmann knetet seine Stirnfalten. Und schnauft. Und schnauft noch einmal. Und knetet seine Stirnfalten. Dann blickt er auf die Uhr. Und schnauft. Im Grunde aber wissen wir beide: Aus der Nummer kommt er nicht mehr raus.

Er fummelt sein iPhone aus der Jacketttasche, schnauft, wischt mit dem Finger über das Display, hält sich das Gehäuse ans Ohr. Während er wartet, greift die freie Hand wieder nach dem Lenkrad. Bei 180 darf man die Fahrbahn keine Sekunde aus den Augen lassen.

»Herr Dierksen? … Ja, Bergmann hier…« Er beugt sich vor, legt den Kopf in den Nacken und sucht den Himmel nach göttlichen Zeichen ab. Nix, keine Hilfe von höherer Stelle. »Hören Sie, Herr Dierksen: Ich bin in Berlin. Und ich brauche Sie hier. Nach Möglichkeit sofort.«

24

Sunny und ich hängen kraftlos in der letzten Reihe des spärlich gefüllten Busses der Linie 275. Hinter uns liegt eine weitere Nacht mit gefühlt acht Stunden zu wenig Schlaf. Ich habe den Kopf an Sunnys Schulter gelehnt, woraufhin er meine Hand genommen und seine Finger mit meinen verschränkt hat. Ein Gefühl wie frische Himbeermarmelade auf ofenwarmem Croissant.

Okay, ich merke schon: Bevor ich das nicht losgeworden bin, kann ich nicht weitererzählen. Hier also der Grund für die gefühlten acht Stunden zu wenig Schlaf. Ricky weiß es noch nicht, aber: WIR HABEN ES GETAN! So, jetzt ist es raus. Und steht auch nicht mehr in riesigen Lettern über jedem Bett zwischen Paris und Moskau.

Als wir gestern Abend im Lovenest eintrafen – Sunny hatte abgelehnt, mit seinen Eltern im Hyatt zu übernachten –, ließ ich meine Tasche aufs Bett fallen, streifte mir vorsichtig den Schuh von meinem geschwollenen Fuß und bemerkte erschöpft: »Ich hätte nichts dagegen gehabt, im Hyatt zu übernachten. In so einem Hotel war ich noch nie.«

Sunny trat an mich heran und legte mir die Hände auf die Hüften. Seine Finger sandten Informationen aus – wie wenn man sich eine Batterie an die Zunge hält. Zaghaft breitete sich ein Lächeln auf seinem Gesicht aus: »Da wären wir zu nah an meinen Eltern dran gewesen.« Und in dem Moment wusste ich, wie ich die Informationen seiner Finger zu verstehen hatte.

Er fing an, mich auszuziehen, im Stehen, ein Kleidungsstück nach dem anderen. Vor dem Slip hielt er kurz inne und blickte mir in die Augen, um sich zu vergewissern, dass es okay ist, dass auch ich es will. Keine Ahnung, was er in meinen Augen gesehen hat, auf jeden Fall lächelte er und schob mir den Slip über den Po. Danach war ich vollständig nackt und er vollständig angezogen.

»Du hast noch deine ganzen Klamotten an«, bemerkte ich.

»Lass dich nicht aufhalten.«

Ich hatte mir vorher eine Menge Gedanken über das erste Mal gemacht: dass es nicht irgendwer sein darf, logisch, und dass es auf jeden Fall etwas Besonderes sein sollte. Aber auch über technische Fragen: Bewegt man sich besser miteinander oder gegeneinander? Erwarten die Männer, dass man stöhnt, und wenn ja, wie? Wer streift das Kondom über, und wann? Lauter so Zeug eben.

Sobald wir unter der Decke lagen, kam Sunny dann ziemlich schnell zur Sache – als wollte er es hinter sich bringen. Was okay für mich war, schließlich wollte ich es auch hinter mich bringen. Ich fand es toll, wie er vorsichtig meine Schenkel auseinanderschob und zwischen meine Beine glitt, und es war echt aufregend, wie dann seine nackte Haut überall auf und über mir war. Das Gefühl, als er dann in mir war, war ganz schön fremdartig. Auf der anderen Seite aber auch sehr erfüllend. Als finde da etwas seine Bestimmung oder so. Große Worte.

Einmal hatte ich einen echt schrägen Moment – als ich die Augen geöffnet und unter Sunnys Armbeuge hindurch das Bett gesehen habe, in dem Yasir in der Nacht zuvor geschlafen hatte. Das hat mich echt aus der Kurve gehauen. Aber Sunny hat es nicht gemerkt, und nachdem ich die Augen wieder geschlossen hatte, war ich dann auch schnell wieder ganz bei ihm, bei uns.

Was mich dann echt überrascht hat, war, wie anders sich Sunny plötzlich anfühlte, nachdem er gekommen war. Ich hatte keine Ahnung, dass ein zum Zerreißen gespannter Körper von einer Minute auf die andere – wie soll ich das beschreiben? – seinen Aggregatzustand wechseln kann. Aber so war es. Auf einmal war Sunnys Haut ganz weich. Ich weiß nicht, ob das bei allen Männern so ist, aber ich schätze schon. Bin sicher, mein Vater wüsste es und könnte mir außerdem sämtliche Hormone aufzählen, die an diesem Prozess beteiligt sind, aber ich werde ihn ganz sicher nicht danach fragen.

Insgesamt würde ich jetzt nicht sagen, dass mein erstes Mal unglaublich, irre und hammermäßig schön war. Dafür waren wir beide zu nervös und meine Erwartungen so groß, dass die Realität das unmöglich hätte einlösen können. Aber es war etwas ganz Besonderes, so viel steht fest. Und der richtige Mann war es auch. Und es war auf jeden Fall so schön, dass ich wild entschlossen bin, möglichst bald da weiterzumachen, wo wir letzte Nacht aufgehört haben. Ich bin sicher, dass es da noch eine Menge zu entdecken gibt.

Ach ja – was die technischen Fragen angeht: Die Sache mit dem Kondom hat dankenswerterweise Sunny übernommen. Allerdings hätte er, glaube ich, nichts dagegen gehabt, wenn ich mich darum gekümmert hätte. Mal sehen, wie das in Zukunft wird. Und: *Gegen*einander ist richtig. Und Stöhnen kann auf jeden Fall nicht schaden. Wie genau, muss ich allerdings auch erst noch herausfinden. Eins noch: Die Sache mit dem Jungfernhäutchen wird komplett überbewertet. Ist in Wirklichkeit nicht schlimmer, als wenn man sich die Nagelhaut einreißt.

Sunny und ich sind also auf dem Weg zur Arrestanstalt. Eine Fahrt, die inzwischen etwas von Routine hat. Die Sonne steht so, dass sie den Asphaltstreifen des Kirchhainer Damms in eine weiß glühende Schneise verwandelt. Der Busfahrer hat die Blende heruntergeklappt und muss trotzdem noch seine Augen mit der Hand abschirmen.

Wir sind verabredet, um elf, auf dem Parkplatz vor der Anstalt: Nazan und Herr Bergmann, Herr Bergmanns Anwalt, Mohamed, Sunny und ich. Familienzusammenführung. Yasir wird entweder in Tränen ausbrechen oder aus dem Fenster springen. Das heißt: Aus dem Fenster springen ist nicht. Die sind vergittert. Das ist das Dumme an Gefängnissen. Man kann nicht flüchten. Eine der drei Grundreaktionen bei Gefahr kommt also nicht in Betracht. Bleiben noch Starre und Angriff. Könnte spannend werden.

Die Station, an der wir aussteigen, heißt »Kirchhainer Damm/Stadtgrenze«. Nach dem Jugendarrest kommt nur noch die Endstation. Würde eine gute Metapher abgeben: Jugendarrest gleich Endstation. Aber interessanterweise hat man nicht nur den Jugendarrest an der Stadtgrenze angesiedelt, sondern auch – benachbart und noch näher an der Endstation – ein Seniorenheim. Da haut es dann auch mit der Metapher wieder hin.

Wir sind eine Viertelstunde zu früh, dennoch wartet Mohamed bereits in seinem Taxi. Sein Blick verliert sich in der Baumansammlung, die das Arrestgelände von der Straße trennt. Als wir näher kommen, höre ich Musik, die ich mit dem Wort orientalisch beschreiben würde, und sehe, dass Mohamed eine Gebetskette mit blau-weiß gemusterten Perlen im Schoß hält.

Er ist derart versunken, dass er unsere Anwesenheit erst bemerkt, als Sunny vorsichtig gegen die Scheibe tockt. Er schreckt auf, lächelt mit zusammengepressten Lippen, zieht den Schlüssel aus dem Zündschloss – die Musik verstummt – und steigt aus.

»Guten Morgen!« Er umfasst mit der Linken Sunnys Oberarm, während sie sich die Hände reichen.

Mich begrüßt er auf die gleiche Weise.

Er sieht müde aus, wie immer. Ich vermute, er ist die ganze Nacht Taxi gefahren. Seit Yasir im Gefängnis sitzt, würde er am liebsten gar nichts anderes mehr machen. Hat er uns neulich gestanden. Zu Hause sitzen ist der Horror für ihn. Dennoch hat er sich so fein gemacht, wie es seine Garderobe erlaubt: beigefarbene Bundfaltenhose, weißes, gebügeltes Hemd. Am Griff über der Rückbank hängt ein graues Sakko an einem Bügel, das er sich über sein Hemd zieht. Rasiert hat er sich auch und dabei zu viel Aftershave benutzt, die Haare gebändigt, so gut es geht. Er will neben Sunnys Stiefvater nicht als Loser dastehen – jedenfalls nicht auf den ersten Blick. Dabei ist er das gar nicht. Jedenfalls nicht in meinen Augen. Nicht mehr. Wenn man genauer hinsieht, steckt eben immer mehr dahinter.

Mohamed streicht sein Sakko zurück und schiebt sich am Rücken das Hemd in den Hosenbund, als mit dezentem Knirschen und schweren Rädern Bergmanns SUV auf den Parkplatz rollt. Außer Herrn Bergmann und Nazan steigt auch Herr Dierksen aus, Herrn Bergmanns Anwalt. Sofort fällt mir auf, was ihn von Yasirs Pflichtverteidiger unterscheidet: Titus Schütz ist ein Poser, der die große

Geste liebt und sich gerne reden hört. Herr Dierksen dagegen ist ein zurückhaltender Mann, dessen hervorstechendste Eigenschaft ist, dass er genau zuhört. Er ist mittelgroß, hat ein jungenhaftes Gesicht, trägt eine randlose Brille und eine sehr schlichte Aktentasche aus einem Leder, das man sofort anfassen will.

Bereits gestern Abend hat mich Herr Dierksen ziemlich beeindruckt. Zweieinhalb Stunden, nachdem Herr Bergmann ihn angerufen hatte, saßen wir bei gedämpftem Licht auf fetten Ledersesseln im Foyer des Hyatt, und während Herr Dierksen sich Notizen machte, erzählten Sunny und ich ihm so ziemlich alles, was in den letzten Tagen passiert ist. Am Ende sagte er nur: »Gut, dann weiß ich jetzt Bescheid«, nickte in die Runde und zog sich auf sein Zimmer zurück. Aus irgendeinem Grund war klar, dass damit die Verantwortung für alles Weitere in seine Hände übergegangen war.

Herr Dierksen begrüßt mich, Mohamed und Sunny mit einem freundlichen Händedruck und zieht sich wieder hinter Herrn Bergmann und Nazan in die zweite Reihe zurück. Danach warten alle auf Sunnys Stiefvater. Es ist klar, dass er das Startsignal geben und den Tross in Bewegung setzen muss.

Macht er aber nicht.

Er zögert – hält seine Brille am Bügel zwischen Daumen und Zeigefinger, lässt sie hin- und herschaukeln und zögert. Selbst Nazan sieht fragend zu ihm auf.

»Herr Aziz«, wendet sich Herr Bergmann an Mohamed. Was immer es ist – er will, dass wir alle es hören. »Bevor wir zu Ihrem Sohn gehen und auszuloten versuchen, was wir für ihn tun können, möchte ich noch etwas klarstellen.«

Die Sonne schneidet ein scharf umrissenes Schattendreieck aus seiner Wange. »Was ich gestern zu Ihnen gesagt habe, tut mir sehr leid. Ihnen vorzuwerfen, dass alles noch schlimmer gekommen wäre, wenn Nazan und Soner bei Ihnen geblieben wären, war völlig unangebracht und ist durch nichts zu entschuldigen. Ich hoffe, Sie können mir verzeihen.«

Die Stille, die nach diesen Worten eintritt, ist total. Da raschelt kein Blatt, der Wind hält die Luft an, auf dem Kirchhainer Damm steht der Verkehr still. Ui, denke ich. Wie sich's wohl als Mann so lebt – ohne Eier? Ist aber gemein. Und ungerecht. Ich sollte mich freuen. Und das tue ich auch. Auf diesem Satz hat Herr Bergmann unter Garantie die ganze Nacht herumgekaut. Denn, wie wir wissen, sind Eingeständnisse für Menschen wie Herrn Bergmann eine kaum zu nehmende Hürde. Egal, wie das hier ausgeht: Am Ende, schätze ich, werden wir alle etwas gelernt haben.

Mohamed blickt Herrn Bergmann an, presst die Lippen aufeinander und deutet ein Nicken an: »Tut mir auch leid, was ich gesagt habe«, entgegnet er und streift seine Exfrau mit einem Blick. »Habe ich auch meinen Anteil daran gehabt, dass meine Familie auseinandergegangen ist.«

Herr Bergmann und Mohamed reichen sich die Hände, und, ganz ehrlich, die Versöhnlichkeit, die in diesem Handschlag liegt, lässt jedem von uns einen kalten Schauer über den Rücken rieseln – sogar Herrn Dierksen, der sich unauffällig abwendet.

Als sich ihre Hände wieder voneinander lösen, scheint Herr Bergmann vergessen zu haben, weshalb wir hier sind. Sieht so aus, als müsste jemand anderes die Initiative ergreifen. Und das geschieht auch. Allerdings sind es weder Sunny oder Herr Dierksen noch Nazan oder ich. Indem sich Herr Bergmann und Mohamed die Hände gereicht haben, hat nämlich auch der Verkehr auf dem Kirchhainer Damm wieder eingesetzt, und das wiederum führt dazu, dass sich in diesem Moment ein weißer Audi A3 auf den Parkplatz pirscht, der mit dynamischem Schwung vor dem Schild mit der Aufschrift »Dr. Schüttauf« zum Stehen kommt.

Die Anstaltsleiterin hat Sunny und mich bereits aus der Gruppe herausgefiltert, bevor sie ihrem Wagen entsteigt. Sie ist ganz in Weiß heute. Ihr Lächeln überstrahlt den Parkplatz. An ihren goldenen Ohrringen könnte man Turnübungen machen. Und sie war beim Friseur. Mehr Dynamik im Haar. Wenn da nicht bald die Hochzeitsglocken läuten.

»Das nenne ich Engagement!«, ruft sie, kommt im Trippelschritt zu uns herüber, bleibt stehen und sieht uns an wie ein Menschen-Sudoku: Wer gehört zu wem?

Sie kennt Sunnys und Yasirs Geschichte. Wir haben sie ihr erzählt: Dass Sunny nichts wusste von seinem Zwillingsbruder und dass seine Eltern diese Information all die Jahre im Safe verschlossen hatten und so weiter. Und jetzt, da wir versammelt vor ihr stehen – Herr Bergmann, Nazan und Mohamed inklusive –, da fängt Frau Schüttauf natürlich an, eins und eins zusammenzuzählen. Eins und eins und eins und eins und eins, um genau zu sein.

»Da wird sich aber jemand freuen«, beendet sie ihre Überlegungen. Wenn sie könnte, würde sie die ganze Welt in Liebe vereinen. Dann federt sie voran und wir trotten ihr nach.

»Ihr seid schlimmer als Hundescheiße am Schuh!«, bringt Yasir seine Freude zum Ausdruck.

Dabei hat er Mohamed, Herrn Bergmann und Nazan noch gar nicht gesehen. Instinktiv sind Sunny und ich aufgesprungen und ihm entgegengegangen, als sich die Tür zum Besuchsraum geöffnet hat.

Yasir sieht an unseren Gesichtern, dass etwas nicht stimmt, anders ist. Also baut er sich vor uns auf, breitbeinig, die Hände in den Taschen. Wie ein Türsteher.

»Was's los, Mann?«

Die Antwort erhält er, als Mohamed sich zwischen zwei Hydrokulturen hindurchschiebt.

»Baba!«

Yasir nimmt die Hände aus den Taschen und will zu seinem Vater eilen, als er an dessen Gesicht die nächste Information abliest: Hier stimmt noch etwas nicht. Mohamed ist nur die halbe Antwort.

Yasirs Tritt kommt ins Stottern und dann geschieht das Unvermeidliche: Durch die Reihe mit Drachenbäumen hindurch sieht er drei Menschen, die ebenfalls aufgestanden sind – zwei Männer und eine Frau, die er alle nicht kennt –, und dann starren plötzlich ALLE in diesem scheiß Raum ihn an, als wüssten sie etwas, das er nicht weiß, und so etwas geht Yasir grundsätzlich schon mal schwer auf die Eier, aber in diesem besonderen Fall ist es praktisch gar nicht auszuhalten. Es dauert ein, zwei Augenblicke, bis bei Yasir die entscheidende Information eingelaufen ist und auch er zu ahnen beginnt, was die anderen wissen. Zumindest *etwas* in ihm ahnt, was gerade abgeht, nämlich dass sich hier eine Art Familien-GAU ereignet und er selbst sich mittendrin befindet.

Er dreht seine Handflächen nach oben wie ein Fußballer, der seine Unschuld beteuert. »Was soll die Scheiße?«, stößt er hervor.

Es sind seine letzten Worte vor der Kapitulation. Was bleibt ihm auch? Flucht ist unmöglich, Starre und Kampf sind aussichtslos. Also kann er sich nur noch auf den Rücken legen, alle viere von sich strecken und dem Gegner die eigene Kehle darbieten.

Wie an einer Schnur gezogen geht Nazan zu ihrem Sohn, bleibt stehen und sieht ihn lange ungläubig an – die Automaten brummen mal wieder wie ein ganzer Hummelstaat –, bevor sie ihm in Zeitlupe zwei Finger an die Wange legt und schwer zu schlucken anfängt. Sie begreift es nicht, wie sie über so viele Jahre hinweg Yasirs Existenz verdrängen konnte, und jetzt, überwältigt von der Fassungslosigkeit angesichts dessen, was sie getan hat, kann sie nichts anderes tun, als augenblicklich in Tränen auszubrechen. Ungelenk umarmt sie ihren Sohn – wie einen Fremden, der er ja streng genommen auch ist –, drückt ihre Wange an seine Brust und löst sich praktisch in ihren eigenen, lautlosen Tränen auf. Es tut weh, hinzusehen. Yasir würde sie gerne von sich wegstoßen. Doch er schafft es nicht. Wie sein Bruder. Am Ende wollen sie beide nur geliebt werden. Wie alle anderen auch. Gott sei Dank.

Ich glaube, was es wirklich heißt, Kinder zu haben, weiß man erst, wenn man selber welche hat. Aber dieser Moment, diese Begegnung zwischen Nazan und Yasir, kann einem echt Angst machen. Sollte man sich wirklich verdammt gut überlegen, ob man sich das antut: eigene Kinder kriegen. Kann sicher großes Glück bedeuten. Aber unter Umständen auch das größte Unglück.

Ausgerechnet jetzt kommen mir meine eigenen Eltern in den Sinn – der Verlust, den sie erlitten haben, als Sandra starb. Und dass nichts auf dieser Welt diesen Verlust jemals wird ersetzen können. Und dass ihre Art, mit diesem Verlust klarzukommen, darin besteht, sich jeden Tag aufs Neue an ihn zu erinnern. Klingt komplett widersinnig, wie ich finde. Aber ich habe eben auch keine Ahnung, wie das ist, wenn einem das eigene Kind wegstirbt. Vielleicht ist Sandras Foto mit dem bescheuerten Rahmen drumherum auch einfach nur ihr Versuch, sie vom Sterben abzuhalten.

Längst hat sich auch mein Blick verschleiert, was mir unter anderen Umständen echt peinlich wäre. Jetzt und hier aber ist es egal, denn inzwischen laufen die Tränen, wo man hinsieht: Mohamed, der niemanden zum Umarmen hat, steht hilflos und mit ruckenden Schultern im Gang, Sunny hat jeden Widerstand aufgegeben, lässt seine Tränen die Wangen hinablaufen und auf das Linoleum plitschen, Yasir verdreht seine glasigen Augen zum Himmel und fragt sich, womit er nur diese Scheiße verdient hat, und Herr Bergmann und Herr Dierksen drücken sich bei den Hydrokulturen herum, als müssten sie die Blätter auf Läusebefall untersuchen. Sunnys Hand findet meine und umschließt sie.

Nachdem das Schlimmste vorbei ist, trocknen wir unsere Tränen. Mit Einmalhandtüchern. Nazan hat in weiser Voraussicht zwei Packungen Taschentücher eingesteckt, aber nicht bedacht, dass sie ihre Handtasche würde abgeben müssen. Ich habe also einen Packen Papierhandtücher aus der Damentoilette geholt und reihum verteilt. Als wir damit durch sind, nehmen wir uns drei extra Stühle hinzu und gruppieren uns zu siebt um den Vierertisch in der äußersten Ecke am Fenster. Durch die Gitterstäbe hindurch sehe ich Frau Schüttaufs kleines Häuschen im Hof. Fast wie im Märchen. Strange, denke ich, ohne zu wissen warum und warum ausgerechnet jetzt: very, very strange.

Herr Bergmann erklärt Yasir, dass er ab sofort einen neuen Anwalt hat. Anschließend übergibt er das Wort an Herrn Dierksen, der uns zunächst betont ruhig und sachlich die juristische Lage auseinandersetzt. Dabei stellt sich heraus, dass er bereits Yasirs Pflichtverteidiger getroffen und sich von ihm die Akte hat geben lassen; Almila gesprochen hat; mit ihr beim Staatsanwalt war und außerdem mit dem zuständigen Richter korrespondiert hat. Und das alles heute Vormittag. Sollte ich jemals im Leben einen Anwalt brauchen, dann will ich den.

Die Situation sieht folgendermaßen aus: Straffrei wird Yasir aus der Sache nicht herauskommen, allerdings droht ihm aufgrund von Almilas Aussage keine Verurteilung wegen Totschlags mehr. Vermutlich wird Paragraf 323c greifen, unterlassene Hilfeleistung, und das bedeutet ein Jahr Jugendarrest, nicht mehr, möglicherweise weniger. Theoretisch droht ihm danach allerdings die Ausweisung.

»Was heißt das – ›ihm droht‹?«, fragt Mohamed nach.

Herr Dierksen nimmt sein linkes Brillenglas zwischen Daumen und Zeigefinger und rückt sich die Brille zurecht. »Das bedeutet: Es liegt im Ermessen des Richters.«

Ich sehe, wie sich vor Mohameds innerem Auge ein Abgrund auftut.

»Natürlich ist der Richter nicht verpflichtet, eine Abschiebung anzuordnen«, fährt Herr Dierksen fort. »Allerdings ist der öffentliche Druck inzwischen immens ... Er müsste schon gewichtige Argumente vorweisen können.«

Ich nehme an, wir fragen uns alle dasselbe. Da keiner es ausspricht, tue ich es: »Und was für Argumente könnten das sein?«

»Zunächst einmal müsste sich Yasir kooperationsbereit zeigen. Konkret gesprochen bedeutet das, ...«

»Ja, Mann«, unterbricht ihn Yasir, der genau weiß, was das konkret bedeutet. Darüber hat er sich nämlich die ganze Nacht den Kopf zerbrochen. Loyalität, Freundschaft, Zusammenhalt ... Doch um welchen Preis? »Ich mach es«, sagt er jetzt, »ich sag, dass es Kerim gewesen ist.«

Unsere Blicke treffen sich, Yasirs und meine. Als wären wir alleine im Raum.

»Du verrätst deinen Habibi?«, frage ich.

Yasirs Blick ist ein trauriges Abschiednehmen – von mir, Kerim, seiner Kindheit ... Vielleicht alles zusammen. Es gibt eine Menge Gründe, Kerims Identität nicht länger zu schützen, überlege ich: Er hat grundlos einen Menschen zu Tode getreten, er hat Yasir im Stich gelassen, er ist ein fieses Arschloch ... Aber das Bild, das Yasir jetzt vor Augen hat, ist nicht, wie Kerim ausgerastet ist, sondern wie er seine Hand zwischen meine Knie geschoben und gesagt hat: »Du hast sie echt noch nicht gefickt? Kann ich als Erster, oder was?«

Entschuldigend verzieht Yasir einen Mundwinkel: »So einer ist nicht mein Habibi«, sagt er und ich muss mich echt zusammenreißen, um nicht nach seiner Hand zu greifen.

Herr Dierksens Räuspern erinnert uns daran, dass wir nicht alleine an diesem Tisch sitzen. »Das ist doch schon einmal ein Anfang«, stellt er fest. »Wichtiger noch wäre allerdings ein Arbeitsverhältnis. Idealerweise eine Festanstellung. Arbeitsvertrag, Sozialabgaben, Einzahlung in die Rentenkasse ...«

»Der Nachweis, dass Yasir ein nützliches Mitglied der Gesellschaft ist«, sagt Sunny.

Herr Dierksen nickt: »So läuft das.«

»Geben und nehmen«, überlegt Sunny.

»Geben und nehmen«, bestätigt Herr Dierksen.

Ratlose Blicke sammeln sich auf dem leeren Tisch. Im Gegenlicht sind Streifen zu erkennen, die ein Wischlappen dort hinterlassen hat.

»Kannst du voll vergessen, Mann!« Yasir klingt, als würde er jede Form von Arbeit grundsätzlich verweigern, doch das meint er nicht.

Über seine Brille hinweg wirft ihm Herr Dierksen einen Blick zu.

»Ein Typ wie ich?«, erklärt Yasir. »Der kriegt nie einen Job – einen richtigen, mein ich, mit Vertrag und dem ganzen Scheiß.«

Als er das sagt und dabei die Augenbrauen so zusammenzieht, dass selbst Colin Farrell nicht mehr mitkäme, spüre ich mein Herz überschwappen. Eine warme Woge, die meine Adern flutet, ohne dass ich sie aufhalten kann. Ich glaube, es ist seine Bedürftigkeit. Springe ich voll drauf an, ob ich will oder nicht.

»Willst du denn einen?«, frage ich.

»Was'n das für 'ne Frage?«

»Willst du oder willst du nicht?«

»Logisch will ich.«

»Warum versuchst du es dann nicht?«

»Hab ich, Mann. Aber hab ich schon vorher keinen Job

bekommen. Und jetzt, mit der Verurteilung und wo jeder in dieser Stadt mein Gesicht aus der Zeitung kennt ... Ich hab nicht mal Schulabschluss, so.«

Dieses »so« klingt wie der letzte Nagel für seinen eigenen Sargdeckel. Mohamed sieht Herrn Dierksen an, als könne der jedes Wunder bewirken, wenn er sich nur genug anstrengt. Der Anwalt nimmt seine Brille ab, legt sie, die Bügel voran, auf den Tisch. Er reibt sich die Augen. Der offizielle Teil ist beendet. Jetzt wird Klartext geredet.

»Es geht nicht mehr nur um Yasir. Dieser Fall hat längst eine politische Dimension erreicht. Die einen wollen schärfere Gesetze, und diejenigen, die gegen eine Verschärfung der Gesetze sind, müssen beweisen, dass der bestehende Gesetzesrahmen ausreichend und wirksam ist. Alle wollen Ergebnisse sehen, sichtbare Ergebnisse.« Er reibt seine Nasenwurzel, da, wo seine Brille sonst sitzt. »Natürlich gibt es die richterliche Unabhängigkeit und ich bin überzeugt davon, dass der Richter richtig urteilen möchte. Nur könnte der Druck, unter dem er steht, kaum größer sein. Und wirklich unabhängig ist niemand ...«

25

Auf den Abschied von Yasir war ich in keiner Weise vorbereitet. Hat mich kalt erwischt. Noch während wir uns umarmten, gaben meine Knie nach. Für einen Moment dachte ich tatsächlich, ich klatsche der Länge nach auf den Boden. Es war das erste Mal, dass ich mich von jemandem mit dem Gefühl verabschiedet habe, ihn nie mehr wiederzusehen. Plötzlich war ich sterblich und spürte, dass alles irgendwann zu Ende geht. Noch jetzt, zwei Stunden später und auf der Rückbank von Herrn Bergmanns perfekt klimatisiertem SUV, habe ich Beine aus Butter.

Wir verlassen Berlin auf der Autobahn Richtung Hamburg. Die Aufregungen und der fehlende Schlaf der letzten Tage addieren sich zu etwas, das mich reich machen würde, wenn ich es in Tablettenform als Schlafmittel auf den Markt bringen könnte. Ist aber nicht. Stattdessen muss ich wehrlos mitverfolgen, wie mein Körper tiefer und tiefer in das dunkelblaue Leder einsinkt. Als wir die Stadtgrenze passieren, könnte ich nicht mehr sagen, wo mein Körper aufhört und der Sitz anfängt. Sunny und ich teilen uns die Rückbank. Er blickt aus dem Fenster, ohne etwas zu sehen. Vor ihm sitzt Herr Bergmann, die Hände am Steuer, vor mir Nazan. Herr Dierksen ist in Berlin geblieben und sieht, was er tun kann. Alle schweigen. Der Motor schnurrt, ist aber nicht halb so laut wie die Automaten im Besuchsraum der Arrestanstalt.

Die Ausfahrt »Oberkrämer« wischt an uns vorbei, da sagt Herr Bergmann plötzlich: »Seien wir doch mal ehrlich« – aus irgendeinem Grund weiß jeder sofort, dass es um Yasir geht –, »selbst wenn ein Wunder geschieht und er nicht ausgewiesen wird: Am Ende steht er in drei Monaten doch wieder vor dem Richter.«

Interessant, denke ich. Da will sich jemand rechtfertigen, obwohl ihm niemand etwas vorgeworfen hat.

»Ach ja?«, fragt Soner.

»Du hast doch gehört, was er gesagt hat: Kein Schulabschluss, kein Job, vorbestraft … Das ist ein Kreislauf, das weiß man doch.«

»Ebenso gut hätte es mich treffen können«, wendet Sunny ein.

Herr Bergmann sieht das anders: »Das sind Gedankenspiele, Soner. Am Ende zählen die Fakten.«

Ein Rapsfeld zieht vorbei, dessen Gelb selbst durch die getönten Scheiben noch unnatürlich aussieht. Abgelöst wird es von einer Raststätte, zu der ein großer Lkw-Parkplatz gehört. Über dem Asphalt flirrt die Luft. Ich sehe zwei Sattelschlepper mit leuchtend gelber Schrift auf leuchtend blauem Grund und es dauert Sekunden, bis mir auffällt, dass ich diese Farben und diese Schrift kenne und dass da SPEDITION BERGMANN steht und die Sattelschlepper zu Herrn Bergmanns Unternehmen gehören.

»Dann unterbrechen Sie den Kreislauf doch«, sagt jemand.

Ups, das war ich.

Herrn Bergmanns und mein Blick treffen sich im Rückspiegel.

»Also eins weiß ich«, wage ich mich vor, »Yasir ist loyal. Und er versucht, das Richtige zu tun.«

Herr Bergmann ist so was von nicht überzeugt.

Ich überlege, was ich noch in die Waagschale werfen könnte. »Am Ende steckt immer mehr dahinter, als man denkt.« Ist nicht viel, zugegeben, aber vielleicht das Wichtigste, das ich in den letzten Tagen gelernt habe.

Nein. Reicht nicht. Herr Bergmann ist noch immer nicht überzeugt.

»Vermutlich hast du recht«, sagt Nazan plötzlich zu ihrem Mann. »Kein Schulabschluss, kein Job, keine Perspektive ...«

Schweigen.

Herr Bergmann beginnt zu ahnen, worauf das hier hinausläuft. Und dass es drei zu eins gegen ihn steht. Ich sehe es an den Falten, die sich auf seiner Stirn bilden.

»Dabei kann es an den Genen alleine ja eigentlich nicht liegen«, meint jetzt auch Sunny, während er weiter aus dem Fenster blickt.

»Tja«, bestätige ich, »schon verrückt irgendwie ...«

Sunny wendet sich mir zu, lupft eine Augenbraue, und das Zucken seines Mundwinkels verrät, dass sein siegessicheres Grinsen bereits auf der Lauer liegt. »Vielleicht müsste ihm einfach mal jemand eine Chance geben, einen Job. Am besten mit berufsbegleitender Schulausbildung – so etwas gibt's ja.«

»Mmh«, bestätige ich. »Aber wer sollte so verrückt sein, jemandem mit Vorstrafe und ohne Schulausbildung einen Job zu geben?«

»Eine Spedition wäre nicht schlecht«, überlegt Sunny. »Ich habe gehört, loyale Mitarbeiter mit Sprachkenntnissen in Deutsch und Arabisch sollen da sehr begehrt sein ...«

Herr Bergmann wirft erst uns und dann seiner Frau einen Blick zu. Nazan ist schöner denn je. Sie leuchtet, von innen. Ein solches Commitment würde sie ihrem Mann niemals vergessen.

Es dauert.

»Also dass eins mal vollkommen und unmissverständlich klar ist«, erwidert Herr Bergmann schließlich. »Immer vorausgesetzt, Yasir will überhaupt einen Job, und ebenfalls vorausgesetzt, das könnte den Richter dazu bewegen, ihn nicht abzuschieben ...« Er schnauft. Für die Liebe seiner Frau würde er alles tun. Armer Kerl. »Der erscheint mir pünktlich zur Arbeit, und zwar jeden verdammten Tag. Und wenn er etwas mitgehen lässt – und sei es nur die Unterlegscheibe für eine Schraube –, dann stecke ich ihn eigenhändig in einen Container und verlade ihn auf ein Schiff mit dem Ziel Libanon.«

Schweigen. Das nächste Rapsfeld zieht vorbei, leuchtend wie eine Verheißung.

Voller Dankbarkeit blickt Nazan ihren Mann an. Ihre Mundwinkel bewegen sich kaum, doch wir alle spüren ihre Erleichterung. Sie legt ihre Hand auf seinen Oberschenkel. Herr Bergmann erwidert ihren Blick. Er ist stolz. Auf seine Frau. Und auf sich auch. Gestattet er sich mal, ausnahmsweise. Alleine Nazans Dankbarkeit lässt ihn um zwei Zentimeter wachsen, kann er nichts gegen tun.

»Danke, Papa.« Das war Sunny. Herr Bergmann wächst noch einmal zwei Zentimeter.

»Danke.« Ich. Keine Ahnung, ob das ebenfalls zu Herrn Bergmanns Wachstum beiträgt, aber schaden kann es nicht.

»Ja, ja«, brummt Herr Bergmann, »schon gut.«

Als die Bergmanns mich zu Hause absetzen – mit all dem Gepäck der letzten Tage –, begleitet Sunny mich noch bis zur Haustür. Wir umarmen uns.

Plötzlich höre ich mich in sein Ohr flüstern: »Versprichst du mir was?«

»Was du willst.«

Ist ihm ernst. Er meint, was er sagt: Für dich würde ich alles tun. Nicht schlecht, Sunny. Auf der Straße steht Bergmanns SUV mit laufendem Motor.

»Was ich will?«, frage ich nach.

»Was du willst.«

»Da könnte ich dich jetzt aber ganz schön ins Messer laufen lassen.«

»Wäre es mir wert.«

Sieh an.

»Ich vertraue dir eben«, fügt er hinzu.

Doppel-sieh-an.

»Also?«, fragt er.

Ich habe den Faden verloren.

»Das Versprechen«, erinnert er mich.

Genau: »Versprich mir, dass du niemals Politiker wirst.«

»Wie kommst du denn jetzt *da*rauf?«

»Versprichst du es mir?«

Sunny zieht die Schultern hoch. Er weiß noch nicht, dass es Jobs gibt, die sich einen suchen. »Okay.«

»Heißt das, du versprichst es?«

»Ja.«

»Dann los: Ich will es hören.«

Er hebt zwei Finger zum Schwur: »Ich verspreche, niemals Politiker zu werden.«

»Gut, und jetzt küss m...«

Hoppla, den hat er sofort kapiert.

26

»Du hast uns einen ganz schönen Schreck eingejagt.«

Mama, die sonst stets um professionelle Distanz bemüht ist, weshalb ich mir so oft wie eine Patientin und nicht wie ihre Tochter vorkomme, drückt mich an sich. Und heult einfach mal los. Dann ist Papa dran: drücken und losheulen. Und dann stehen wir im Flur und jeder umarmt jeden. Ich bin die Einzige, die nicht weint, und ich gebe zu: Das ist echt mal ein gutes Gefühl.

Solo hat natürlich längst gemerkt, dass hier gerade sonderbare Dinge vorgehen. Er sieht, riecht und hört kaum noch etwas, doch seine Antennen für atmosphärische Schwingungen funktionieren nach wie vor. Ich höre, wie er sich aufrappelt und, das linke Hinterbein nachziehend, durch den Flur getapst kommt. Schließlich drückt er sich von hinten gegen mein rechtes Bein.

Durch die schmale Lücke, die sich zwischen den Schultern meiner Eltern bildet, sehe ich Sandras Foto am Ende des Flurs – in dem blattgoldenen Rahmen, der früher mal Friedrich den Zweiten oder wen auch immer beherbergt hat: das kleine Mädchen mit dem Milchzahnlachen – noch nicht einmal eine Zahnlücke hat es –, mit Blumen im Haar und Blumen in der Hand, die sie dem Fotografierenden entgegenstreckt: Blattschuss für jedes Mutterherz.

Wie ich sie so betrachte – während Solo sich an meinem Bein reibt, und Mama und Papa sich an meiner Schulter ausweinen und in stereo ihre Nasen hochziehen –, fällt mir auf, dass mein Groll gegen Sandra verflogen ist. Verwundert spüre ich noch einmal nach: nein. Kein Neid, keine Eifersucht, keine Feindseligkeit, keine Gegnerschaft. Stattdessen ist da etwas Neues, auch wenn ich es noch nicht benennen kann. Offenbar weiß ich besser, was ich alles nicht empfinde. Ich will nicht sagen, dass ich Sandra vermisst habe – dieses Foto von ihr. Aber es ist okay, dass sie da hängt. Und es ist okay, dass meine Eltern nicht über ihren Verlust hinwegkommen. Es gibt Dinge, gegen die kann man nichts ausrichten.

Solo drückt mir auffordernd seinen breiten Wuschelkopf in die Kniekehle: Komm schon, kraul mir ein bisschen den Hals. Was bleibt mir sonst noch?

Vorsichtig löse ich mich aus dem Dreieck, das Mama, Papa und ich bilden, und drehe mich um: »Na, komm«, flüstere ich, knie mich hin und setze mich auf die Fersen.

Sofort flatscht Solo sich vor mich und legt dankbar seinen Kopf auf meinen Oberschenkeln ab. Da ich nicht direkt anfange, ihn zu streicheln, richtet er seine großen, trüben Knopfaugen auf mich: Jetzt mach doch schon ...

Ich greife in sein muffiges Plüschfell und kraule ihm den Hals. Seine Schnauze ruht auf meinem Unterarm. Ich spüre seinen Atem auf meiner Haut. Bald wird er sterben. Aber nicht heute. Und auch nicht morgen. Und wenn er geht, wird er seine Zeit gehabt haben.